Le vieil ours
Sur la berge du Lac Brûlé

Colette Major-McGraw

LE VIEIL OURS

I

Sur la berge du Lac Brûlé

Éditeur

Clermont Éditeur

230, Elizabeth, Rosemère (Québec) Canada J7A 2L4

Téléphone : 514 802-7710

Courriel : info@clermontediteur.ca

clermontediteur.ca

Dépôt légal : 4ᵉ trimestre 2014

Bibliothèque nationale du Québec

Bibliothèque nationale du Canada

Distribué au Canada par Distribution Prologue

prologue.ca

ISBN :

Livre 978-2-923899-42-8

ePub 978-2-923899-43-5

PDF   978-2-923899-44-2

Photo couverture : thinkstock.com

Conception et mise en page : Temiscom.com

REMERCIEMENTS

Mes plus sincères remerciements à Monsieur Sylvain Labelle, président de J.L. Brissette, un homme fier de ses racines agathoises et très engagé à différents niveaux dans la communauté. Il a gentiment accepté d'être le «parrain» du premier roman de la trilogie «Le Vieil Ours».

PROLOGUE

Sur le Chemin Ladouceur au Lac Brûlé, à quelques milles de la ville de Ste-Agathe-des-Monts dans les Basses-Laurentides, la vie s'écoule paisiblement au gré du temps et des saisons.

Les habitants y sont en majorité des cultivateurs qui élèvent quelques bêtes pour nourrir leur famille, troquent le surplus de nourriture avec les voisins ou en marchandent avec les touristes. Ils se suffisent à eux-mêmes et n'achètent que le strict nécessaire aux quelques magasins du village.

D'un niveau de vie assez modeste, ils n'en sont pas moins heureux. Chaque jour représente un cadeau du Ciel et, pour la plupart, avoir une famille en santé symbolise la richesse. On se contente de peu et l'on se réserve le dimanche pour remercier le Créateur de ses bienfaits et même des épreuves rencontrées.

Le bonheur est une raison de vivre presque partout, sauf chez celui qui grogne sa hargne du matin jusqu'au soir.

CHAPITRE 1

LE BOIS DE CORDE
(MAI 1959)

Ernest se faisait attendre pour le repas du soir et sa femme commençait vraiment à s'inquiéter. C'est que, depuis toujours, son mari était ponctuel comme le chant du coq et il ne tolérait aucun retard d'autrui, pas même de la part de Monsieur le curé. Jamais il n'avait dérogé en ce qui a trait à l'heure des repas, qui avait préséance sur toutes choses. On aurait pu croire que son estomac était réglé comme une horloge et Pauline, en épouse soumise de l'époque, se faisait un devoir de dresser son couvert bien avant qu'il ne foule le sol de la cuisine. C'était sa façon à elle de prévenir un tant soit peu les critiques acerbes de cet homme discipliné, mais surtout très impatient.

Il avait consacré sa journée à charroyer du bois vers la cabane à sucre, au volant de son vieux tracteur Cockshutt rouge, dont il était fier et derrière lequel il trainait une antique remorque cabossée et délavée par l'usure du temps. Il préparait ainsi sa réserve de bois pour le prochain printemps et c'est toujours à cette période de l'année qu'il effectuait cette tâche, tout comme son père l'avait fait bien avant lui. Très tôt dans la vie, il avait été mis à contribution et pour ce qui était de ses fils, n'eussent été l'obligation d'aller à l'école et sa femme qui les couvait mieux qu'une poule, ils auraient été à ses côtés pour effectuer le travail aujourd'hui. Mais malgré tout, ils devraient participer ce soir, dès que le repas serait terminé. Albert et Yvon n'auraient d'autre choix que de se joindre à lui pour corder la montagne de billes de bois qu'il avait entassées devant la bâtisse au cours de la journée.

La corvée serait exécutée selon les exigences d'Ernest, car il ne tolérait pas que l'on conteste ses méthodes de travail. Il n'était pas rare qu'il rabroue la moindre initiative de changement, même si cela aurait pu simplifier ou améliorer une besogne. Il lui fallait toujours avoir le dernier mot en tout et pour tout.

Une panne de tracteur avait cependant prolongé son dernier circuit et lui et ses fils devraient travailler plus tard que prévu afin que tout soit terminé ce soir. Travailleur acharné, Ernest imposait à ses enfants le même tempo.

En le voyant arriver dans la cour arrière, sa femme, Pauline, se hâta de déposer son assiette au bout de la table, la place du paternel que personne n'oserait s'attribuer sous peine de représailles. Une grande catalogne était même installée de l'entrée jusqu'à sa chaise, afin qu'il n'ait pas besoin de se déchausser avant de s'attabler.

— T'arrives donc *ben* tard, dit Pauline sur un ton calme, sachant que c'était sûrement contre son gré qu'il était en retard.

— Le *batinse* de tracteur m'a lâché comme j'arrivais à la cabane, répondit-il d'un ton autoritaire que personne ne penserait à défier. C'est une maudite *hose* qui a pété ; je l'avais pourtant réparée le mois passé. Je pense que cette fois *icitte*, y faudra que je change le morceau pour un neuf ; on finira jamais à prendre le dessus dans nos affaires, continua-t-il sur un ton vraiment dépité.

C'est qu'il était plutôt radin et réparait tout avec de vieilles pièces ramassées un peu partout. Il ne mettait du neuf qu'en tout dernier recours, et ce, toujours à contre-cœur. On disait de lui au village qu'il coupait une *cent* en quatre. Aldège, le maître de poste et la commère du village en rajoutait, en disant que s'il avait une si grande famille, c'est qu'il rapiéçait ses vieilles capotes.

— Y sont où Albert pis Yvon ? Leur as-tu dit qu'on cordait le bois *à soir* ?

— Y sont en haut en train de finir leurs devoirs. Tu sais que ça va être ben vite le temps des examens ; si on veut qu'ils aient de l'avenir un p'tit brin, y faut les faire éduquer un peu. Il y a ben assez de nous autres qui n'avons pas pu aller à l'école assez longtemps.

— Est-ce que je te fais honte, la femme ? demanda Ernest de but en blanc. J'ai rien qu'une cinquième année, pis je pense que je te fais assez ben vivre.

— *Maudit* que t'es susceptible, on peut pas rien dire, qu'aussitôt tu te sens visé. Je veux juste que nos enfants réussissent leurs classes ; qu'ils aient un métier moins dur que le tien. Tu ne trouves pas que tu travailles fort à faire cinquante-six métiers ? J'aimerais que nos garçons gagnent leur vie moins difficilement que t'as eu à le faire.

Ils n'auront peut-être pas la santé que tu as eue pour passer à travers tout ça. Regarde juste notre petit Pierre qui est si *feluette* malgré ses six ans. Si au moins il avait une bonne éducation, plus tard, il pourrait travailler dans un bureau ?

Ernest ne répliqua pas ; c'est à croire qu'il ne l'avait même pas écoutée. Dès le tout premier jour, Pauline avait appris à se taire la plupart du temps en sachant qu'il ne prenait, de toute manière, jamais en considération son opinion. Quand il était question du bien-être des enfants, elle tentait cependant de s'imposer, mais elle n'avait pas souvent gain de cause.

Ernest dévora son repas gloutonnement et quitta la table sans aucun commentaire et, bien entendu, sans un mot de remerciement. Il tenait pour acquis que c'était le devoir de sa femme de lui servir la nourriture qu'il gagnait à la sueur de son front. Il quitta la maison en maugréant :

— Envoie-moi les gars au plus vite. Y a de l'ouvrage à faire et y faut que ça se fasse au plus *calvaine*.

— C'est correct, mais y faudrait les ramener de bonne heure ; ils vont à l'école demain matin. Quand bien même que ça prendrait quelques jours de plus pour le bois, y va quand même pas disparaitre.

— C'est à soir que je veux finir ça. L'école, l'école, y a pas juste ça dans la vie ; c'est pas ça qui va chauffer la cabane l'hiver prochain. Même si tes p'tits gars se couchent un peu plus tard une fois dans la semaine, ça les fera pas mourir. Si tu continues à les couver comme ça, tu vas rien qu'en faire des tapettes.

Et il claqua la porte, sans écouter les répliques de Pauline qui, encore une fois, parlait dans le vide. Pour éviter des discussions inutiles, elle monta dans la chambre de ses fils et demanda à Albert et Yvon de se dépêcher pour aller rejoindre leur père.

— C'est la journée pour corder le bois à la cabane et votre père est pas mal fatigué. Si vous vous étiez moins amusés en chemin après avoir débarqué de l'autobus, vos devoirs seraient terminés depuis longtemps. Je vous réveillerai de bonne heure demain matin, pis vous les finirez. Vous savez que la fin d'année arrive et j'voudrais pas vous voir redoubler votre année. L'école, c'est important, c'est ça qui va décider quelle sorte de vie vous allez faire.

— C'est toujours nous autres qui faisons tout icitte, répliqua Yvon, fulminant. Luc est ben chanceux d'être parti en ville, lui. Je te dis que j'ai hâte d'avoir l'âge pour sacrer mon camp, *moé* itou.

Yvon, qui n'avait qu'à peine douze ans, essayait de faire valoir ses droits, mais c'était le plus souvent avec sa mère qu'il tentait ces manœuvres. Il craignait son père qui avait la main leste quand il s'agissait de corriger un opposant.

Malgré son jeune âge, il avait déjà une bien piètre opinion des femmes. À force de voir son père dominer sa femme, la traiter comme une servante, une subalterne, il avait une conception selon laquelle l'homme ordonnait et la femme exécutait et ça lui semblait tout à fait normal. Son paternel était en quelque sorte son idole et il comptait bien lui ressembler plus tard. Il se permit donc de répliquer à sa mère et ainsi lui dire le fond de sa pensée.

Pauline ne lui en tint pas rigueur, il était encore bien jeune. Elle aurait aimé cependant qu'il la respecte un tant soit peu.

— Luc a fait son temps lui aussi ; il nous envoie de l'argent tous les mois. La vie coûte cher sans bon sens ; à part de ça, j'ai pas dans l'idée de discuter de ça avec vous autres. Si votre père dit que c'est à soir qu'on fait cet ouvrage-là, ça sera pas demain ou après-demain.

— Viens Albert, on y va si on veut se débarrasser de *cette maudite job-là au plus sacrant.* Pas moyen de s'amuser, on travaille comme des nègres.

Albert était pour sa part plus docile ; il avait deux ans de plus. Il n'aimait pas qu'Yvon soit arrogant avec leur mère qui était si bonne avec eux. Il incita donc son frère à cesser de discuter et ramassait déjà ses affaires pour aller rejoindre son père le plus tôt possible.

Yvon passa devant sa mère sans lever les yeux sur elle et il ferma la porte de cuisine de toutes ses forces, sachant que ça horripilait Pauline au plus haut point.

Pierre, le petit dernier, avait assisté à la scène sans dire un mot. Il était trop petit pour défendre celle qu'il aimait le plus au monde, mais il pouvait tout au moins la réconforter. Il s'approcha de sa mère et vint se blottir contre sa grosse bedaine sans savoir qu'elle lui donnerait bientôt un petit frère ou une petite sœur. On ne parlait pas de ça aux enfants, on considérait que ça ne les regardait pas. De toute façon, ils poseraient toutes sortes de questions auxquelles on ne saurait répondre.

Pauline ne connaissait rien à la sexualité en se mariant et elle avait quand même bien fait sa vie. Ils ne seraient pas mieux ou pas pire qu'eux, se dit-elle. De plus, avec la radio et la télévision, on apprenait quand même des mots qu'on n'avait jamais entendus avant ; qui sait, un jour on parlerait peut-être de ce qui se passe dans la chambre à coucher comme on parle de la pluie et du beau temps. Le simple fait d'avoir pu imaginer cela lui donna le rouge aux joues et son doux visage s'illumina d'un sourire coquin. Impossible de croire que ce sont des choses dont on pourrait parler sans rougir. Elle trouvait déjà cela gênant de le faire, alors s'il fallait en plus y ajouter des mots... Il ne faudrait tout de même pas charrier, songea-t-elle.

Quand le petit Pierre se lovait contre elle, c'était un moment de pure tendresse qui occupait son cœur qu'elle croyait parfois tari par tant de mépris et d'indifférence. Chacune de ses grossesses s'était déroulée péniblement et c'était du premier au dernier mois qu'elle se consacrait à la maisonnée, sans jamais faillir à la tâche. Mais cette fois-ci, elle qui croyait la ménopause bien en place à cause des règles quasi inexistantes, avait constaté après quelques mois que sa fertilité lui avait joué un bien mauvais tour. Un autre petit être innocent allait se greffer à cette famille dont l'aînée, Diane, était déjà mariée.

Elle aurait préféré passer le flambeau et finir d'élever ses enfants calmement. Prendre le temps de voir grandir les plus jeunes et attendre que sa fille lui donne un petit-fils ou une petite-fille. Mais la nouvelle génération était moins pressée de faire des enfants. Sa fille et son gendre travaillaient tous les deux pour la compagnie de téléphone située sur la rue Principale à Ste-Agathe, et ils avaient dessein de bien s'établir avant d'avoir des enfants. C'était peut-être eux qui avaient la bonne méthode, qui sait ?

— Viens Pierre, tu vas m'aider. On va finir de ramasser la cuisine et faire la vaisselle ensemble. Après tu vas te laver et mettre ton pyjama. Comme les gars vont rentrer plus tard, on va en profiter pour jouer une partie de paquet voleur. C'est toi qui m'as battue la dernière fois et je veux me venger.

— Si papa arrive et que je suis encore debout après sept heures ?

— Ne t'en fais pas, et si toutefois il arrive plus tôt, je lui dirai que ta fièvre est revenue et que j'ai dû te lever pour éviter que tu tousses à t'époumoner[*].

Son dernier garçon était chétif comparativement aux autres. Il avait eu six ans en mars dernier, mais il avait l'air beaucoup plus jeune. De beaux cheveux blonds bouclés et des yeux bleus ciel lui donnaient l'allure d'un petit roi. Il avait toutefois une santé précaire et quand la fin de l'hiver arrivait, on aurait dit que c'était encore pire. La moindre toux ou le plus petit reniflement inquiétait la mère. Elle craignait toujours les longues nuits à veiller ce petit qui, sans ses bons soins, ne serait déjà plus de ce monde. Le bon vieux docteur Grignon venait quand elle ne pouvait dompter les microbes qui semblaient habiter en permanence ce petit corps qui refusait de grandir normalement. Une injection dans la fesse, un bon sirop et des louanges à la mère pour les traitements adéquats ; voilà ce que le toubib apportait lors de ses visites. Celles-ci faisaient tout autant de bien à la mère qu'à l'enfant.

Encore fallait-il avoir l'argent pour payer ces consultations médicales et Ernest se plaignait toujours d'en manquer. Pauline se demandait parfois combien il pouvait

---

* *Époumoner : se fatiguer les poumons*

gagner mensuellement, mais jamais elle n'aurait abordé le sujet avec lui, sachant fort bien qu'il était terriblement cachotier et qu'il ne tenait pas à ce que sa femme se mêle des finances de la maison.

— Manques-tu de quelque chose? Je te donne de l'argent toutes les semaines pour la *grocery* et je te demande pas ce que tu en fais. De l'argent, j'en chie pas.

— Oui, mais pour le docteur, il faut le payer. Ça fait déjà deux visites qu'il nous fait ce mois icitte et tu remets toujours ça à plus tard. Je suis rendue quasiment gênée de l'appeler.

— Quand il ne voudra plus venir, on s'en passera. Je l'ai toujours payé avant; il a rien qu'à nous attendre un peu. Quand j'aurai l'argent, j'y en donnerai. Tu le sais que j'ai de l'ouvrage, mais pas à plein temps tout l'été. C'est pas avec mes jobines alentour que je peux tout régler.

Pauline était mal à l'aise quand il était question d'argent et elle pensait à sa grossesse qui serait bientôt à terme. Ce serait une autre dépense à couvrir maintenant qu'on allait à l'hôpital pour accoucher et là-dessus, le docteur avait été très pointilleux.

— À votre âge, madame Potvin, il ne faut pas prendre de risque. Vous savez que ça a été difficile pour le petit Pierre et puis une complication c'est vite arrivé. Si vous aviez été à la maison pour celui-là, vous ne l'auriez peut-être pas réchappé et puis vous auriez même pu y laisser votre vie. Comme c'est peut-être votre dernière grossesse, pourquoi ne pas faire ça en grand?

Il avait dit cette petite phrase pour la faire sourire, mais Pauline avait de moins en moins le goût de rire. Elle qui était gaie comme un pinson dans ses jeunes années, avait parfois l'impression de s'éteindre tout doucement. Quelle en était la cause ou plutôt qui avait soufflé sur la flamme jour après jour ?

En allant coucher son petit Pierre ce soir-là, elle lui fit réciter sa prière, comme tous les soirs.

— Notre Père qui êtes aux Cieux, veillez sur mon père et ma mère. Veillez aussi sur mes frères, sur mes sœurs et surtout sur mes grands-parents. Protégez-moi du péché et dirigez-moi vers le bon chemin. Ainsi soit-il.

Et dans sa tête, Pauline compléta : « et faites en sorte que je retrouve la santé afin que je ne quitte pas cette terre, car ma mère en mourrait ». Comme elle craignait de perdre ce gamin qu'elle avait tant soigné depuis sa venue au monde. Il était magnifique et délicat comme le plus beau des bibelots, mais tellement unique et fragile.

* * *

Pauline semblait sereine pendant que, dans son rêve, elle était assise sur la berge du Lac Brûlé auprès d'un bel homme aux yeux pers, dont le regard embrasait son cœur. Le vent dansait dans ses cheveux et tout doucement, elle touchait ce magnifique visage du revers de la main quand soudain, elle se réveilla. Des bruits de pas sur la galerie l'avaient tirée de son sommeil. Elle revint durement à la réalité en entendant son mari rentrer dans la cuisine, disputant et jurant après ses enfants.

— Si tu regardais où tu te mets les doigts aussi, tu te serais pas fait mal. Tu travailles comme un pied. C'est pas de même que je te l'ai montré pourtant. Lave-toi les mains, le visage et va te coucher.

En descendant l'escalier, Pauline vit Albert face à l'évier de cuisine. Elle devina qu'il avait mal en le voyant grimacer au contact de l'eau sur sa main.

— Qu'est-ce que tu t'es fait, mon grand ?

— C'est ça, répliqua Ernest en beuglant, chouchoute-le un peu, pis tu vas en faire une mauviette. Il s'est juste écrasé la main droite parce qu'il n'allait pas assez vite. Ça ne prend pas la tête à Papineau pour corder du bois. Quand le morceau est mis sur la corde, d'habitude, t'enlèves ta main pour que le prochain mette le sien ; et lui y avait encore la main là. C'est pas cassé, il a même pu continuer à travailler. Y a juste commencé à chialer quand il est arrivé proche de sa mère. C'est pas de même que tu vas en faire un homme.

Et il ressortit en claquant la porte comme son grand Yvon l'avait fait à l'heure du souper ; tel père, tel fils. C'est dans son hangar ou dans son garage qu'il allait finir sa soirée en fouillant dans les cochonneries qu'il avait ramassées le long des routes durant les dernières semaines.

Pauline n'avait plus qu'à désinfecter, panser la blessure de son enfant et lui apporter un peu de réconfort avant qu'il ne se mette au lit.

— Allez mettre vos pyjamas et faites pas de bruit pour réveiller votre p'tit frère. Je vais revenir dans quelques minutes pour vous dire bonsoir.

Travailler jusqu'à dix heures, un soir de semaine, quand on va à l'école le lendemain matin, ça méritait bien un petit goûter. Deux bons verres de lait et un délicieux gâteau aux épices, ça effacerait la douleur de la main du plus vieux et amadouerait le plus jeune qui pourrait bavasser à son père.

— Merci maman, lui dit Albert quand elle lui donna sa collation.

Yvon ne dit pas un mot, mais il mangea lui aussi avec avidité. Les émotions semblaient ne pas exister pour lui ; comment un fils pouvait-il tellement ressembler à son père ?

Pauline alla ensuite se coucher seule, comme la plupart du temps. Quand Ernest se mettrait au lit, elle dormirait profondément depuis déjà plusieurs heures ; et si toutefois il avait envie d'avoir son *nanane**, comme on dit, il le prendrait sans égard pour l'heure, la situation de son épouse enceinte et encore moins son opinion ou son envie. Elle était « sa femme » pour le meilleur et pour le pire et si elle ne voulait pas qu'il aille ailleurs, elle devait se soumettre.

Pauline croyait cependant qu'elle dormirait bien cette nuit, car le tracteur occupait toutes les pensées d'Ernest. Il devait être en train de fouiller dans ses boîtes de vieux morceaux pour trouver une pièce qui lui servirait à *rabou-diner*** à peu de frais l'engin dont il avait tellement besoin à ce temps-ci de l'année.

À toute chose malheur est bon.

* * *

* *Nanane : faveurs sexuelles*
** *Raboudiner : rapiécer, rafistoler*

CHAPITRE 2

L'ACCOUCHEMENT
(JUIN 1959)

L'ANNÉE 1959 s'écoulait à la vitesse de l'éclair. On en avait déjà parcouru près de la moitié et avec les classes qui avaient pris fin la veille, il n'y aurait pas de repos possible dans la maison du Lac Brûlé. À partir de maintenant, il y aurait toute la famille à table matin, midi et soir, mais, en contrepartie, il n'y aurait plus de boîtes à *lunch* à préparer tous les matins. La routine serait différente pour Pauline, laquelle était lasse de sa grosse bedaine. Elle refusait maintenant d'aller en ville pour faire ses courses.

Prévoyante, elle avait tout ce dont elle avait besoin dans la maison et, advenant un oubli de sa part, elle ferait tout son possible pour se passer de ce qui pourrait lui manquer, plutôt que d'aller exhiber son corps difforme au village. Elle ne voulait pas nourrir les ragots des commères. Si encore elle avait eu des vêtements à sa taille, mais, à force de repousser le bouton de sa jupe de maternité, elle avait l'impression de ressembler à un épouvantail à moineaux.

Quoique très peu soucieuse de sa personne, elle se disait qu'il y avait tout de même une limite à faire rire la populace.

Pauline se doutait bien que le bébé arriverait bientôt, car la peau de son ventre était étirée au maximum et paraissait aussi mince qu'une feuille de papier. Jamais elle n'avait été aussi grosse et pourtant elle avait auparavant mené à terme six grossesses, en plus de trois fausses-couches alors qu'elle était enceinte de plusieurs mois.

Quel était donc le mystère qui faisait en sorte qu'un bébé soit prêt à naître? Sa mère, Rose-Aimée, disait que la pomme tombait du pommier quand elle était mûre et à voir la peau lisse de son ventre, elle se disait que la récolte aurait dû avoir lieu depuis déjà belle lurette.

C'est donc ce matin que, tout comme les femmes de sa génération le faisaient, elle donnerait un coup de main à la mère Nature en nettoyant ses planchers à quatre pattes. On racontait que le fait de s'allonger les bras pour laver les travées du plancher, ça pouvait donner une chance au bébé de décoller de son nid douillet. Elle entreprit donc de récurer son prélart qui était usé jusqu'à la corde. À certains endroits, on pouvait même voir les planches par les trous d'usure, notamment devant l'évier de la cuisine et le poêle, où se faisait une grande partie des travaux domestiques. Du motif d'origine, on ne voyait plus que peu de détails et aucun éclat. Il fallait donc décrasser et cirer régulièrement celui-ci, afin de pouvoir l'entretenir un tant soit peu. Elle savait également qu'elle serait moins alerte à son retour de l'hôpital et que le bébé demanderait beaucoup d'attention les premières semaines.

Vite qu'il arrive, afin qu'elle soit en forme pour la récolte des petits fruits et la mise en conserve. Chaque petit pot qu'elle rangeait dans la cave lui apportait un réconfort, une assurance de bien nourrir ses petits pour la prochaine année et à peu de frais. Et sans vouloir se vanter, elle était tout de même une bonne cuisinière.

C'est en ramassant sa chaudière et ses guenilles qu'elle ressentit les premières douleurs, qu'elle mit sur le compte d'une simple fatigue. Les sueurs de labeur s'ajoutèrent à celles de l'enfantement à venir, et c'est sans aucun avertissement qu'elle eut une violente contraction qui lui fit plier l'échine.

— Oh bonne Sainte-Anne, faites que ça se passe vite, dit-elle en faisant son signe de la croix.

En vieillissant, il lui semblait qu'elle avait la couenne moins dure et que la douleur lui transperçait la chair. Elle savait ce qui l'attendait et souhaitait pouvoir se rendre à l'hôpital assez rapidement, afin que le docteur l'examine et qu'on l'endorme au plus tôt. Des souffrances, elle en avait eu suffisamment dans les dernières années. Elle désirait avant tout donner la vie dans le calme et surtout, profiter des vapeurs provoquées par l'anesthésie.

— Ernest! cria-t-elle depuis la porte de moustiquaire. C'est le temps d'aller à l'hôpital; viens vite.

Mais pas un mot en provenance du hangar ou du garage. Était-il au moins alentour, lui à qui elle avait demandé de ne pas s'éloigner ces jours-ci. Elle lui avait même fait une remarque ce matin, alors qu'elle n'avait pas été en mesure de prendre une seule bouchée à l'heure du déjeuner.

— Ernest, j'aimerais ça que tu restes alentour aujourd'hui ; j'ai pas besoin de te dire pourquoi, mais ça se pourrait ben que le temps soit arrivé.

— Penses-tu que je vais rester toute la journée assis dans la cuisine, pour attendre le bébé avec toi ? maugréa-t-il, comme d'habitude.

— C'est pas ça que j'ai dit, mais pourvu que je puisse envoyer les gars te chercher. Tu sais que la dernière fois, ça avait été assez vite.

Mais Ernest était sorti comme si sa femme n'avait pas dit un traître mot. Sa journée était planifiée et il s'attendait bien à faire l'ouvrage qu'il avait prévu. Elle n'avait pas été surprise outre mesure, mais elle savait bien que dans les circonstances, il ne partirait pas pour le village sans faire en sorte qu'elle le sache. Il faisait son rebelle, mais il était tout de même intelligent, peut-être même trop.

— Albert, Yvon, hurla-t-elle alors, allez chercher votre père et dites-y que j'ai affaire à Ste-Agathe pour voir le docteur. Il va comprendre.

Sa petite valise ramassée, Pauline se passa une débarbouillette rapidement et évita de se laver les parties génitales afin de ne pas accélérer le travail ou nuire au bébé. Malgré ses nombreuses grossesses, c'était encore mystérieux pour elle de donner la vie et elle ne voulait d'aucune manière entraver le processus normal. En faisant ses ablutions, elle songeait souvent qu'elle aimerait ne plus avoir cette partie de son corps tout simplement ; ça l'intimidait et l'importunait en même temps. Maintenant que la famille était nombreuse, cet orifice ne pourrait-il pas guérir comme une simple plaie et lui permettre de vivre sereinement les années qu'il lui restait ? Comme elle aimerait pouvoir dormir dans un lit juste à elle, que la nuit puisse au moins lui appartenir, sans crainte qu'Ernest demande à satisfaire ses besoins.

On klaxonna devant la maison, finie l'introspection. Voilà Ernest qui, au lieu d'entrer dans la maison, la sommait de venir le rejoindre dans le camion. Quand la politesse était passée, son homme devait être bien loin dans les bois. Elle prit donc son maigre bagage et s'empressa d'aller le rejoindre.

— Allez, monte, qu'on se rende au plus *batinse*. J'ai de l'ouvrage sans bon sens et il fallait que ça arrive *à matin*.

— As-tu dit aux enfants de s'en aller chez pépère en attendant que tu reviennes ?

— Ben oui. Je leur ai dit de finir l'ouvrage au jardin avant d'aller diner, mais Pierre était déjà parti trouver sa mémère parce que je l'avais *chicané* un peu. Y est pas fait fort celui-là, surtout que tu lui avais déjà dit de rester dehors pendant que tu lavais le plancher. Si ce n'est pas dans les jupes de sa mère qu'y braille, c'est dans celles de sa mémère.

Mais Pauline fit la sourde oreille, c'était une forme d'autodéfense. Il lui aurait été impossible de survivre, si elle avait porté attention à toutes les critiques qu'Ernest faisait sur ses enfants et particulièrement sur Pierre, qu'il négligeait ouvertement et même volontairement. C'est à croire qu'il ne pouvait les aimer ou alors qu'il les aimait mal. Ses priorités étaient bien établies. Sa petite personne passait en tout premier lieu, son père et sa mère occupaient le deuxième rang et femme et enfants étaient bons derniers.

Il disait parfois en riant qu'ils n'étaient pas comme lui, des « Potvin, pure race ».

La route entre le Lac Brûlé et Ste-Agathe était sinueuse et les rigueurs de l'hiver avaient laissé de nombreuses cavités dans la chaussée. Ernest qui était brusque en tout, ne faisait rien pour éviter les trous et Pauline se mordait les lèvres pour se retenir de se lamenter. Ça s'était passé comme ça pour la dernière grossesse, pourquoi est-ce que ça aurait changé ?

En arrivant à l'hôpital, Pauline récupéra sa vieille valise et se présenta à l'entrée, suivie par Ernest, qui n'avait même pas pris soin de se laver les mains avant de partir. Elle devait dire que c'était son mari, mais elle aurait souhaité aujourd'hui être seule et pouvoir vivre ce moment en toute intimité avec ce petit être qu'elle avait senti grandir en elle pendant tous ces longs mois.

— Bonjour, ma sœur, c'est pour le docteur Grignon, je vais accoucher et c'est lui mon docteur de famille.

— Suivez-moi madame. Monsieur, veuillez attendre ici, je vais revenir pour l'ouverture du dossier.

La religieuse, une sœur oblate, regarda Ernest d'un œil austère. Sans le connaître, elle jugea l'homme distant, vu qu'il n'avait eu aucun geste de solidarité envers sa femme qui souffrait en attendant la délivrance.

Ernest ne dit pas un mot, car il était soulagé de ne pas avoir à se rendre dans la chambre avec sa femme. Les hôpitaux, il n'aimait pas ça et de plus, toutes ces histoires d'accouchement, ça l'horripilait. Bien sûr, il ne souhaitait pas consciemment de la douleur pour sa femme ni pour le bébé à naître, mais il éprouvait un réel malaise quand il était en contact avec la maladie, quelle qu'elle soit. À son niveau, c'était beaucoup plus simple quand il était question de machinerie ou de bois et pour ce qui était du corps humain, il trouvait ça compliqué et doublement quand il s'agissait des femmes. Il se demandait pourquoi c'était aussi embarrassant alors qu'avec les animaux, c'était si naturel.

S'il avait pu décider de sa vie, il n'aurait eu qu'un ou deux enfants et des garçons de préférence. Aujourd'hui, ils seraient grands et ils travailleraient avec lui. Plus tard, l'un des deux aurait pris la relève et lui aurait assuré une belle vieillesse. Mais avec sa trâlée d'enfants, six et bientôt sept, il avait de la misère à joindre les deux bouts et dans la maison ça continuait à chicaner pour tout et pour rien.

Son père lui avait pourtant bien dit que le mariage ce n'était pas facile, mais s'il voulait suivre la tradition familiale, il devait se marier et avoir un fils afin d'obtenir en héritage la maison paternelle, et Dieu seul savait combien il l'avait convoitée. En retour, il se devait de veiller sur ses parents et c'est ce qu'il avait fait en les installant dans une petite maison qu'il avait halée d'un rang voisin. Il l'avait installée sur un solage de logs de bois à la limite nord de son lot de terre. Quand ils décèderaient, il prévoyait d'y installer un de ses fils avec sa famille afin d'avoir de l'aide alentour de chez lui.

Assis dans la salle d'attente de l'hôpital, il pensait à tout et à rien, mais il réalisa soudain que ça faisait un temps fou qu'il était là. Qu'est-ce que la bonne sœur pouvait donc bien faire ? Si c'était pour s'éterniser, elle pourrait à tout le moins venir le prévenir et il pourrait s'en aller, quitte à revenir après sa journée d'ouvrage. Ces histoires, de venir accoucher à l'hôpital... songea-t-il, c'était tellement plus simple quand le médecin venait régler tout ça à la maison.

— Monsieur Potvin ? Il était plus que temps que vous arriviez, lui dit la religieuse qui s'amenait d'un pas franc et décidé. Sur un ton impérieux, elle rajouta à l'intention de celui qu'elle regardait de bien haut :

— Saviez-vous que votre femme était dans les grosses douleurs et qu'elle aurait pu accoucher sur le pavé ? Ça ne vous est pas passé par la tête de nous l'amener plus tôt ?

— Comment vouliez-vous que je le sache moé ? Quand je l'ai laissée après le déjeuner, elle avait l'air pas pire. Elle voulait même laver ses planchers.

— Vous ne pensiez tout de même pas qu'elle pouvait devenir plus grosse qu'elle ne l'était ou bien vous êtes complètement aveugle, lui lança-t-elle d'un ton avoisinant l'ironie.

Elle abhorrait déjà cet individu quand elle l'avait vu laisser sa pauvre femme porter sa vieille valise. Elle s'en débarrassa donc sans politesse, après avoir noté les seules coordonnées nécessaires pour l'établissement d'une facture, qu'elle souhaitait avoir la jouissance de lui remettre en main propre.

— Nous communiquerons avec vous dès que le bébé sera là et ça ne devrait pas tarder, conclut-elle, lui tournant le dos immédiatement pour retourner à ses occupations.

Les religieuses avaient l'habitude de ces hommes durs auxquels elles auraient aimé faire vivre les douleurs de l'enfantement afin de les amadouer.

— Merci ma sœur, répondit-il d'un ton plus conciliant. J'*va* attendre votre appel.

* * *

Dans la salle commune où Pauline avait été conduite, il y avait déjà quatre jeunes femmes alitées. L'une d'entre elles dormait, car elle avait donné naissance à une belle petite fille dans le courant de la nuit, la deuxième avait malheureusement fait une fausse-couche la veille et les deux autres avaient été hospitalisées plus d'une semaine avant l'accouchement afin de recevoir du sérum pour prendre des forces. Depuis que l'on prenait ainsi soin des futures mamans avant les accouchements, on perdait beaucoup moins de femmes en couche.

Pauline ressentait beaucoup de douleur, mais elle était soucieuse de ne pas apeurer inutilement ses compagnes de chambre. Elle prenait garde de ne pas se lamenter même si elle aurait voulu clamer toute sa souffrance. Elle se souvenait trop bien de son dernier accouchement alors qu'une dame Desroches avait hurlé et même blasphémé pendant toute une nuit. Comme cette femme l'avait effrayée par ses paroles tenant du délire.

Heureusement, aujourd'hui, une bonne sœur oblate était venue s'asseoir à côté de son lit et avait récité le chapelet qu'elle entrecoupait de litanies chrétiennes, ce qui avait calmé ses appréhensions quant au temps que ça prendrait pour enfin être délivrée. Ces bonnes sœurs avaient discrètement remplacé les sœurs de la Providence quand celles-ci s'étaient vues dans l'obligation de vendre l'hôpital en 1954, n'étant plus en mesure de le gérer sainement. On avait depuis modernisé et agrandi l'établissement sous la direction des docteurs Albert Joannette et Gilles Grignon.

Pour Pauline, qu'il s'agisse d'une congrégation ou d'une autre, c'était du pareil au même. Enfanter n'était pas de tout repos, mais en songeant que la Vierge Marie avait traversé les mêmes affres, elle se disait qu'elle se devait d'être à la hauteur si elle voulait un jour bercer un petit ange contre son sein.

La période de délivrance fut laborieuse, mais Pauline demeura cependant d'une sérénité exemplaire, comme si les pensées pieuses avaient anesthésié son âme et libéré son esprit, le temps que le médecin accomplisse son boulot.

— Vous avez un beau gros garçon, madame Potvin. Il doit peser dans les dix livres, la félicita le bon vieux docteur Grignon.

— Est-ce qu'il est ben correct, il ne lui manque rien ? demanda Pauline d'une voix somnolente, mais fière à l'idée du nouveau petit être que le mystère de la vie lui octroyait encore une fois.

— N'ayez aucune crainte. C'est un petit homme bien en forme. Je pesais 10 lb à la naissance moi aussi et regardez de quoi j'ai l'air aujourd'hui, dit le gros homme dont le ventre était d'une proéminence édifiante.

— Merci docteur, répondit-elle enfin rassurée, avant de fermer les yeux pour profiter pleinement du sommeil réparateur.

Bien avant sa venue à l'hôpital, Pauline était déjà épuisée par ses longues journées à la maison et elle n'avait que très rarement le loisir de dormir à satiété. Elle entendait bien prendre tout le repos nécessaire avant de retourner chez elle, où elle devrait rapidement reprendre la charge de la famille.

* * *

Quand le bébé fut bien emmailloté dans le petit lit de la pouponnière et que la mère eut reçu tous les soins requis par son état, la religieuse entreprit de communiquer par téléphone avec le père.

— Monsieur Potvin, c'est sœur Cécile de l'Hôpital de Ste-Agathe. Votre épouse vient de donner naissance à un gros garçon.

— Ouais, c'est ben correct, répondit-il sur un ton avoisinant l'indifférence. Dites-y que je suis content.

— Ça a été très difficile, monsieur Potvin. Vous savez qu'elle aurait pu y rester. C'est le Seigneur Dieu qui a veillé sur elle ; vous devrez le remercier grandement.

— Est-ce que je peux la voir ? demanda-t-il, coupant court au discours de la religieuse.

— Votre femme dort maintenant, mais vous pourrez revenir pour l'heure des visites à sept heures ce soir, répliqua-t-elle froidement, frustrée que l'homme l'ait empêchée de parler, et ce, de façon si cavalière.

— C'est correct ma sœur, dit-il à son tour d'une voix tranchante. Il détestait se faire dicter sa conduite et il se voyait forcé d'attendre l'heure des visites pour se rendre à l'hôpital.

Un fils, il aurait à nouveau un descendant et il entendait bien ne pas le laisser gâter par sa mère. Il lui semblait qu'il n'avait jamais ressenti une telle sensation de plénitude. Ce soir, il irait voir son fils cadet.

En attendant, histoire de passer le temps, il pouvait retourner au travail encore une heure ou deux. Comme les autres fois, ses parents prendraient soin de ses enfants le temps que sa femme revienne à la maison.

* * *

CHAPITRE 3

LES GRANDS-PARENTS
(JUIN 1959)

MÉMÈRE Potvin avait vu arriver à travers le champ, Pierre, son petit-fils, celui pour qui elle avait une affection toute particulière. On disait qu'un enfant frêle et malade demandait plus d'amour et elle faisait en sorte de lui en donner en grande quantité. Elle savait que ce n'était pas son fils Ernest qui gâtait le plus sa progéniture.

— Je me demande où est-ce que j'ai été le pêcher celui-là, pour qu'il soit aussi égoïste? Il se regarde le nombril un peu trop à mon goût; ça me dit qu'il ne sera pas chanceux dans la vie.

— T'en fais pas pour ça, ma vieille, Pauline pis les enfants n'ont pas l'air trop maltraités. En tout cas, elle ne se plaint pas pis les enfants ne manquent de rien, répliqua le vieux qui avait la fâcheuse habitude de défendre son fils.

La bonne grand-mère entreprit de faire chauffer du lait qu'elle sucrerait avec du bon sirop d'érable pour son petit-fils préféré, ayant appris depuis longtemps à garder pour elle ses états d'âme.

— Rentre mon homme, viens voir mémère. Viens me raconter ce qui se passe chez vous à matin.

— Pas grand-chose, mémère. Maman a lavé son plancher. Comme d'habitude, a nous a demandé de rester dehors pour pas qu'on le *pilote**. Albert et Yvon travaillent dans le jardin, mais y veulent pas de moi et à part de ça, papa m'a chicané. C'est pour ça que j'ai décidé de venir vous voir, répondit Pierre qui n'entra pas dans les détails, car tous les enfants Potvin étaient bien avertis de ne pas colporter ce qui se passait à la maison.

— C'est signe que les sauvages vont bientôt venir nous visiter, si ta mère a des idées de grand ménage dans son état ; je faisais pareil. Ton père est alentour ?

— Oui, il était dans le garage, mais je l'ai vu partir avec son *truck* ; il est arrêté devant la maison. C'est certain que maman voudra pas le laisser rentrer lui non plus, affirma le petit garçon, avec un sourire narquois et un regard rempli de complicité pour sa grand-mère.

— C'est correct mon grand, dit la grand-mère en souriant également et en imaginant son fils n'ayant pas le droit de « piloter » le plancher que sa femme venait de récurer. Ce serait bien là tout ce qu'elle lui refuserait.

Au-delà de tous les problèmes familiaux, la grand-mère appréciait les beaux moments qu'elle vivait avec ses petits-enfants qu'elle avait la chance de côtoyer au jour le jour, à cause de la proximité de leurs résidences respectives.

— Tu vas passer la journée avec moé aujourd'hui ; on va faire de bons *beignes* poudrés. Édouard, va donc faire un

_____

* *Pilote : piétine*

tour chez Ernest et tu ramèneras les jeunes pour le diner. Je vais faire une omelette au lard pour la gang.

Et Édouard, de plus en plus docile avec les années, acquiesça à la demande de sa bonne femme. Dieu sait qu'il lui en avait fait vivre des moments difficiles au cours de ces quelque soixante années de vie commune, mais il essayait aujourd'hui de ne pas penser à cela, car ça l'attristait. Lui qui n'avait pas versé une larme avant la mort de sa mère, il avait tendance à avoir les yeux de plus en plus humides en prenant de l'âge.

Amanda, maintenant seule avec le petit, lui versa une bonne tasse de lait chaud et sucré. Ce n'étaient pas ces petites gâteries qui gâcheraient son repas. Elle aurait parfois le goût de le garder avec elle celui-là, pour l'engraisser un peu. Mais ce serait au risque d'offenser sa bru et elle la respectait beaucoup trop pour cela. Avant de poser un geste de la sorte, elle se demandait toujours comment elle aurait réagi dans la même situation et ainsi, elle évitait de froisser les autres.

Bien qu'elle allât avoir bientôt soixante-dix-huit ans, elle était contente de pouvoir se rendre utile pendant que sa belle-fille était hospitalisée. Avec la « charrue* » qu'elle avait à la maison, c'était bien mieux pour elle de rester quelques jours de plus avec les sœurs à l'hôpital. Un peu de repos lui permettrait de recouvrer des forces avant de reprendre le flambeau.

Elle savait de quoi elle parlait, elle qui avait mené à terme douze grossesses. Il n'y avait qu'une femme pour

---

* Charrue : beaucoup de travail

en comprendre une autre, surtout quand elle avait épousé un Potvin du Lac Brûlé. De bons gars, habiles, travailleurs acharnés et qui ne buvaient pas, mais ce n'est pas parce qu'on évite la boisson que l'on a un bon caractère pour autant. À son avis, la joie de vivre, le rire, la musique, c'était aussi important que le pain quotidien ; mais dans la famille Potvin, les faces de bois étaient de mise. Ils riaient de leurs farces seulement et elles étaient parfois cyniques. On aurait dit que le monde tournait autour d'eux exclusivement.

Quand elle avait rencontré Édouard, en 1898, elle était jeune et ne connaissait pas grand-chose à la vie. Sa mère, qui avait peur de tout, avait éduqué ses enfants dans la crainte ; qu'il s'agisse de la noirceur, du feu, de l'orage, de l'eau, du diable ou des punitions du Bon Dieu. Bien naturellement, elle n'avait pas omis de mettre ses filles en garde contre les hommes, qu'elles se devaient de craindre en tout temps. Elle leur avait dit qu'ils avaient tous les mains longues et que la vertu d'une jeune fille était difficile à conserver.

Pour ce qui était de ce cher Édouard, sa mère en faisait une exception, car il s'agissait du fils de son cousin préféré et elle le voyait dans sa soupe. C'est donc elle qui avait en quelque sorte organisé les visites du jeune homme à sa fille cadette, et quelques mois plus tard, la grande demande avait été faite et le mariage célébré avant la venue de l'hiver. Quand on avait plusieurs filles et qu'elles ne semblaient pas avoir la vocation, il était de bon ton qu'elles se marient jeunes. Elles évitaient alors de « se faire pogner » et de se retrouver en famille avant le mariage. Ce qu'on voulait également éviter, c'était qu'elles restent vieilles filles et collent à la maison. Amanda avait donc été charmée par le caractère de ce jeune homme et l'avait épousé bien avant de connaître sa véritable personnalité.

Elle n'avait pas de regrets, mais elle avait dû trimer dur pour se faire une petite place dans cette maison. Au fil des ans, elle avait analysé les comportements de cet homme prompt et avait su le manipuler, de façon à ce qu'il croie prendre les décisions quand c'était elle qui l'avait mis sur la piste. C'est ainsi que l'homme de la maison avait délégué beaucoup de pouvoirs à sa femme en croyant qu'il gérait la crise, et Amanda en avait profité avec les années pour s'occuper de ses enfants à sa guise. Si les premières années avaient été terribles, au fil du temps, elle avait réussi là où bien d'autres auraient abandonné.

Mais on ne peut abolir l'hérédité et Ernest avait été le plus rebelle de ses enfants. Encore à ce jour, elle avait de la difficulté à le cerner et son époux, Édouard, se voyait souvent menacé depuis que tous les biens avaient été transférés à leur fils cadet. Ils se devaient d'être diplomates afin de maintenir l'harmonie et vivre leurs vieux jours comme ils l'entendaient. Ils clamaient donc haut et fort qu'Ernest était maintenant le seul maître à bord. Plus on complimentait le paon, et plus il se faisait beau et docile.

À la vieille horloge de la cuisine, on sonnait midi. Il fallait vivement mettre la table pour recevoir la marmaille. Elle se réjouissait d'avoir l'opportunité de partager ce repas avec trois de ses petits-enfants en même temps. Ça mettrait de la vie dans leur modeste chaumière et sans leurs parents, les enfants étaient souvent plus attachants. Ils oubliaient qu'ils devaient être performants et devenaient naturels.

À une bonne omelette levée tout juste à point, Amanda ajouterait des patates réchauffées avec des oignons et le restant de la brique de lard de la veille au soir. Les enfants aiment toujours la nourriture chez mémère et c'est ainsi de génération en génération. Il semble surtout que la mère ne soit jamais à la hauteur d'une aïeule quand il est question de servir de bons desserts.

Les enfants arrivèrent en courant vers la maison, laissant le vieux grand-père marcher seul en arrière. Tout le monde s'attabla et commença à piailler.

— Qu'est-ce qu'on mange ? crièrent-ils en cœur.

— Des *beans* pis du bœuf à *spring*, répondit le grand-père en riant, comme il le faisait à chaque fois que quelqu'un posait cette question.

Et c'est avec le cœur rempli d'allégresse que la vieille dame sortit la poêle de fonte du fourneau et servit de généreuses portions aux enfants, qui avaient des appétits d'ogre après un avant-midi à travailler dehors. Il n'y avait que le petit Pierre qui mangeait comme un oiseau, mais personne ne savait qu'il s'était gavé de gâteries avant leur arrivée. Il garderait le secret, comme il était habitué à taire tout ce qui se passait chez lui, même les dures corrections que lui donnait son père en l'absence de sa mère.

Le repas du midi se déroula sans discussions ni chicanes. Que de la bonne humeur quand ils étaient dans cette maison. Pourquoi était-ce si différent quand ils étaient avec leurs parents ? C'est à croire qu'il y avait des esprits malins dans leur demeure et qu'il était impossible d'agir autrement.

Aucune journée ne se déroulait sans qu'on entende des cris et des larmes quand ce n'était pas des coups ou des jurons. Mais les enfants semblent pouvoir s'adapter à tout et ils apprennent par l'exemple. Qu'adviendrait-il de ces gamins quand ils deviendraient à leur tour des parents?

Le dessert terminé, tous aidèrent à ramasser leurs couverts et mémère leur donna congé en leur disant qu'elle allait garder Pierre avec elle pour qu'il l'aide à faire la vaisselle. On peut faire de chaque tâche un moment unique et c'est ce que la grand-maman tentait de faire vivre à ses petits-enfants.

Elle avait promis à son petit-fils qu'ils feraient ensuite des beignes, que ce serait lui qui les taillerait avec un verre enfariné et qu'il ferait lui-même les trous avec un dé à coudre. Elle se réservait la cuisson dans l'huile et là, il n'était pas question que les enfants approchent du poêle, de peur qu'un accident arrive. Elle se souvenait d'une petite fille du village qui avait reçu un plein chaudron d'huile sur la jambe et depuis, elle prenait doublement de précautions pour éviter qu'un malheur n'arrive à l'un des siens.

Elle voulait continuer de s'amuser avec les enfants en les intégrant à son train-train quotidien. Elle tenait à leur accorder du temps de qualité. Pour certains, c'était si simple alors que d'autres s'acharnaient à vouloir tout compliquer.

Amanda aimait ses petits-enfants et avait rapidement développé une complicité avec eux. Jouer lui permettait de rester jeune dans sa tête. Elle avait autant besoin de ces petits qu'ils avaient besoin d'elle. Quand on a eu des enfants autour de soi toute une vie et qu'on se retrouve seule avec son homme, il y a un vide qui est parfois difficile à combler. Ces petites frimousses qui nous ensoleillent une journée ne peuvent être substituées par des fleurs ou des sucreries. Elles sont irremplaçables.

C'était bel et bien décidé, elle allait demander à Pauline de garder Pierre cet été, le temps que sa belle-fille reprenne du poil de la bête. Un de moins ne « paraitrait » pas pour eux et pour elle ce serait un cadeau que la vie lui accorderait. Déjà, elle imaginait tout ce qu'elle pourrait faire avec son petit-fils préféré. N'aime-t-on pas plus ceux qui sont faibles ou démunis ?

Il lui faudrait jouer d'astuce pour laisser entrevoir à Ernest que la décision lui revenait de droit et que Pauline n'avait rien à redire. Elle en discuterait en temps et lieu avec sa belle-fille et elles établiraient un scénario digne d'un grand écrivain.

On peut manipuler un homme en flattant son égo, et elle l'avait démontré depuis fort longtemps avec son vieux mari ; ça marcherait à coup sûr avec le fils.

* * *

CHAPITRE 4

Ça faisait déjà une semaine que Pauline était revenue à la maison avec le petit dernier. Des complications durant son séjour à l'hôpital avaient fait en sorte qu'elle avait dû subir une grosse opération peu de temps après l'accouchement. Une hémorragie persistante n'avait pas donné le choix au docteur et avant de perdre la mère, il avait cru bon d'effectuer une hystérectomie. Avec ses dix grossesses, elle avait suffisamment donné à la société et le docteur Grignon savait que la mère était au bout de ses forces. Un seul autre enfantement aurait pu lui être fatal. C'est donc ce qu'il avait expliqué à Ernest, sans jargon technique, afin qu'il autorise l'intervention qui était nécessaire, mais qui, cependant, n'était pas gratuite.

— Encore moé qui paye dans tout ça, s'était exclamé Ernest, pour qui l'argent était toujours une source d'intenses conflits !

Il n'avait pas la main leste, mais il réfléchit tout de même au fait qu'il n'aurait ainsi plus d'accouchement à défrayer

45

à l'avenir et ça lui sembla de bon augure. Et qui sait si sa femme n'allait pas devenir un peu plus résistante à la maladie en étant stérile ?

Cependant, Ernest tenta de négocier avec le médecin afin que son épouse revienne à la maison le plus rapidement possible pour terminer sa convalescence, prétextant que les enfants s'ennuyaient atrocement. Le docteur, connaissant bien son interlocuteur, fut intransigeant et mentionna qu'il ne laisserait sortir la mère que lorsque son taux d'hémoglobine serait satisfaisant. Il ne voulait prendre aucun risque, sachant que de retour à la maison, celle-ci devrait reprendre dès son arrivée ses tâches ménagères, lesquelles étaient trop lourdes pour une personne dans sa condition.

C'est donc sans la mère que l'enfant fut conduit, quelques jours après sa naissance, à l'église de la paroisse de Notre-Dame de Fatima, pour y être baptisé. L'ainée de la famille, Diane, et son mari étaient dans les honneurs. On le baptisa sous le nom de Joseph Victor Simon, en souvenir du frère d'Ernest, Victor Potvin, décédé durant la dernière guerre mondiale, alors qu'il n'avait que trente-trois ans. Les croyances populaires voulaient qu'en donnant le nom d'un homme brave à un enfant, ce dernier soit doté de la même force de caractère. Pour son dernier fils, Ernest mettait ainsi toutes les chances de son côté.

* * *

Pauline avait été hospitalisée un peu plus de deux semaines et à son retour à la maison, elle semblait enfin ragaillardie. Elle vaquait à ses occupations journalières, s'occupait du nouveau bébé, mais trouvait toujours du temps pour aller cueillir des petits fruits des champs pour en faire des confitures. C'était sa fierté et elle profitait de ces courts moments de solitude dans la nature pour se ressourcer. Entre le ciel et la terre, elle ramassait délicatement avec ses mains fines les récoltes que le créateur lui offrait et comme un rituel, elle le remerciait fréquemment d'une douce pensée sous forme de prière.

De son côté, avec l'arrivée des beaux jours, Ernest devait mettre les bouchées doubles pour terminer les travaux qu'il avait entrepris à la maison de monsieur Thompson, dont il avait l'entière responsabilité depuis de nombreuses années.

Cette charmante demeure, située à quelques acres de celle des Potvin, avait été acquise par monsieur Douglas Thompson en 1918, soit l'année où l'hôpital Mont Sinaï avait été construit à Préfontaine. Celui-ci avait découvert ce coin de pays grâce à ses nombreux amis médecins. Ce qui avait été au tout début un camp de chasse et de pêche réservé aux hommes, avait été transformé au fil des ans en un magnifique chalet d'été ; son épouse, madame Thompson, venait y passer la belle saison avec leurs enfants. Au décès du paternel, c'est au fils ainé William qu'il avait été légué. Depuis le tout premier jour, les Potvin en étaient les gardiens, les « hommes engagés » de la famille Thompson, laquelle était plutôt bien nantie. Les Thompson occupaient la grande maison tout l'été, et ce jusqu'à tard l'automne. Depuis cinq ou six ans, ils ouvraient également celle-ci pour venir y célébrer le Jour de l'An et monsieur Thompson en profitait pour emmener des amis afin de faire du ski de randonnée, ce qu'il appelait communément du « *cross-country skiing* ».

Ils sillonnaient allègrement les sentiers Maple Leaf et Gillespie qui, depuis les vingt dernières années, étaient très populaires dans ce coin de pays où la neige avait préséance pendant de longs mois.

Tout comme son père l'avait fait avant lui, Ernest devait annuellement réparer les moustiquaires brisées, les repeindre et les réinstaller après avoir enlevé les châssis doubles. Il devait également nettoyer le terrain des branches et du bois mort qui couvraient le sol. Tout devait être impeccable à leur arrivée. Cette année, la grande galerie donnant sur le lac avait des planches pourries et il devait les remplacer, avant de lui redonner son éclat avec une couche de peinture grise, comme il le faisait tous les ans.

— Ça prend juste un Anglais pour dépenser autant de peinture après une maison, ronchonnait Ernest. Il y a plus épais de peinture qu'il y a de bois sur cette galerie-là.

Mais monsieur Thompson, quoique très exigeant, payait également très bien ses employés. Cette maison, achetée par son père et où il avait de si beaux souvenirs de vacances, avait à ses yeux une très grande valeur sentimentale. Habitué au rythme effréné de la grande ville, il se faisait un devoir de venir se ressourcer au cœur même des Laurentides où, disait-il, les gens prenaient le temps de vivre.

C'est donc de père en fils autant du côté des Potvin que des Thompson, qu'on faisait des affaires ensemble. Il s'agissait d'un important revenu pour la famille d'Ernest, étant donné que c'était tout près de chez lui et que son patron était généreux.

* * *

Pauline aimait bien l'allure de monsieur Thompson, cet homme distingué qui ne manquait jamais de venir la saluer à son arrivée dans la région. Il la charmait littéralement avec son air fier et la façon dont il s'exprimait en français. Son doux timbre de voix et les jolies phrases qu'il disait lui faisaient penser aux acteurs Humphrey Bogart ou Marlon Brando, dont on parlait dans les journaux et que sa fille Diane avait vus au théâtre Roxy, à Ste-Agathe.

Il était rare qu'elle se permette de rêvasser ainsi, mais lorsqu'on annonçait l'arrivée des touristes, elle avait le cœur qui battait la chamade. Son esprit faisait un retour en arrière, au beau milieu de son jardin secret… bien avant qu'elle ait connu Ernest.

Les enfants, Yvon et Albert, qui subitement arrivèrent de l'extérieur. la tirèrent de sa rêverie. Il n'y avait pourtant pas une minute à perdre si l'on voulait que tout soit prêt à temps.

— Monsieur Thompson arrive cette semaine et puis votre père a encore pas mal d'ouvrage à faire ; il veut être là de bonne heure demain matin. Vous savez comment ça se passe quand il faut mettre l'électricité, *primer*[*] la pompe à eau pis finir de ramasser toutes les cochonneries autour de la maison. Il veut aussi donner la couche de peinture finale sur la galerie pour que ça ait le temps de sécher avant d'être piloté. Vous êtes assez grands *asteure* pour l'aider un peu.

---

* Primer : amorcer

Et sitôt les garçons repartis, la voilà à nouveau dans les nuages. Dans ses plus profondes pensées, Pauline se disait que ça devait être plaisant de vivre auprès d'un homme de classe tel que monsieur Thompson, qui semblait aimer sa femme et la respecter. Même lorsqu'il parlait avec elle et sa belle-mère, madame Potvin, il avait toujours un langage dans lequel on sentait toute la considération qu'il leur témoignait. Quand monsieur Thompson adressait la parole à une femme, les sons étaient mélodieux, chaleureux. C'était un doux baume au cœur de se sentir importante, et ce, même si ce n'était que pour une courte période.

Chez les hommes de la famille Potvin, majoritairement, le ton était monocorde, dur et sec. Ernest gagnait la palme avec son allure froide, teintée de très peu ou d'aucune émotion. Même s'embrasser était un acte d'une rareté extrême. Il ne se gênait pas pour se moquer des gens qui se bécotaient quand ils se rencontraient ou se visitaient.

— C'est rien qu'une *gang de licheux*, qu'il disait ; et il ne s'avançait que rarement pour présenter la joue. De toute façon, sa froideur faisait en sorte que les gens n'avaient pas le goût de l'approcher. Une poignée de main pouvait faire l'affaire et à la limite, un signe de tête suffisait.

Pendant qu'elle était en convalescence à l'hôpital, Pauline avait fait un rêve qui encore à ce jour, la hantait. Lors d'une visite de monsieur Thompson, alors qu'Ernest était absent et qu'elle devait le faire patienter, elle se voyait lui offrir une tasse de thé et un morceau de gâteau aux épices. Ils discutaient ensemble de l'été à venir et des projets qu'il faisait pour moderniser son chalet et de but en blanc, il la complimentait sur ses longs cheveux bouclés et ses yeux rieurs.

Elle rougissait et il en remettait en lui disant, avec les plus jolis mots, qu'elle était une femme unique et exemplaire. Chacune de ses paroles faisait battre le cœur de Pauline à tout rompre. Finalement, il quittait la maison, disant que le temps lui manquait, mais il demandait d'avertir Ernest qu'il voulait le voir le plus tôt possible. Il remerciait son hôtesse pour les bonnes attentions; l'embrassait doucement sur la joue, tout en tenant délicatement ses épaules dans une caresse prometteuse. Elle le regardait s'éloigner en croisant les bras, pour maintenir la sensation de chaleur qu'il avait insérée si profondément en elle et tout à coup le soleil venait l'éblouir et l'aveugler.

Au moment du réveil, elle s'en était amèrement voulu d'avoir pu songer à des moments si intimes avec un homme marié. Devait-elle s'en confesser à son curé, au risque qu'il y ait fuite et que ça vienne aux oreilles de son mari ? Rien que d'y penser, elle en avait froid dans le dos.

Pourquoi la vie était-elle si aride pour certaines personnes alors qu'elle pouvait se faire tellement favorable pour d'autres ? Heureusement qu'elle avait ses enfants qu'elle chérissait plus que tout. Elle se disait qu'au contact de gens tels que ces nantis, ils apprendraient peut-être les bonnes manières. Dans la vie, on n'en sait jamais trop, avait-elle l'habitude de répéter.

* * *

À l'heure du diner, Ernest surgit dans la cuisine en grondant les enfants qui s'étaient amusés en route. Une vieille bicyclette, trouvée dans le hangar des Thompson, avait été remise en état par Yvon et Albert et au lieu de travailler, les deux garçons avaient fait des courses dans le chemin de la cabane à sucre, ce qui avait occasionné un retard sur les travaux qu'il les avait sommés d'accomplir.

— Deux grands fendants, que tes gars, dit-il à Pauline. Pas de jugeote pour cinq *cents*. À force de les couver comme tu le fais, y pensent rien qu'à jouer ; ils ne réalisent pas que je suis tout seul pour faire l'ouvrage icitte.

Et encore une fois, la mère était blâmée pour les gestes des enfants. Quand il s'agissait de bons coups, c'était ses enfants à lui, mais, en tout autre temps, Pauline était la seule responsable de leur attitude.

— À force d'aller à l'école, ils n'apprennent qu'à faire des niaiseries. Je devrais les garder icitte avec moi pour les dompter, pour en faire des hommes.

Quand il était question d'éducation, Pauline devenait alors intransigeante et se permettait à son tour de lever un tant soit peu le ton.

— Tu ne vas pas me les sortir de l'école avant qu'ils aient au moins un p'tit diplôme. Si l'on veut que nos enfants réussissent mieux que nous autres, ils auront besoin de plus d'instruction. Je trouve que tu travailles ben trop pour ce que tu gagnes.

C'était le même discours qui revenait chaque fois. Ernest savait qu'en menaçant de sortir les enfants de l'école, Pauline ferait en sorte qu'ils écoutent et aident aux travaux de la maison et du jardin. Il y avait très peu de temps pour les loisirs dans cette famille – le jeu et l'oisiveté menaient directement au vice et c'était répété de père en fils.

Monsieur Thompson arriva en fin d'après-midi à bord d'une toute nouvelle voiture, une Chevrolet Station Wagon bleue, dont la partie arrière était remplie de valises, de sacs et de boîtes de toutes sortes. On aurait pu croire à un déménagement en règle. Il était en compagnie de sa femme Irène et de sa fille unique, Catherine, laquelle venait tout juste d'avoir douze ans.

Yvon s'était caché dans le sous-bois, car il n'avait pas envie que son père l'oblige à travailler cet après-midi. Il regardait cependant la belle voiture avec envie et il observait ces gens différents mais gentils, et s'interrogeait sur le contenu de tous ces cartons. Lui qui était conscient de la pauvreté de sa famille, se demandait comment il était possible que des gens partent de Montréal et qu'ils apportent autant de marchandises juste pour passer l'été dans un chalet. C'était intrigant et aberrant à la fois.

Tout comme l'an passé, Ernest avait demandé à son fils Albert de l'accompagner pour rentrer les bagages des Anglais. Il s'en remit donc à lui pour transporter les nombreux colis dans la résidence et les déposer dans les endroits indiqués par la dame de la maison. Il n'aimait pas manipuler tous ces paquets qui contenaient des articles fragiles et dispendieux. La délicatesse n'était pas sa qualité première et il préférait laisser Albert prendre les risques.

Madame Irène, douce comme la saison, aimait bien le jeune fils Potvin. Elle lui prêtait les nombreuses revues de décoration et de mode qu'elle apportait et au fil du temps, l'année précédente, elle avait développé avec lui un lien particulier qu'elle ne démontrait pas devant son père. Elle avait déjà perçu le type d'homme sévère qu'il était et craignait qu'Albert n'en souffre ou tout simplement soit privé de ces visites à la maison d'été.

Son mari, de son côté, appréciait le jeune garçon qui avait beaucoup d'affinités avec sa femme et qui la distrayait avec ses discussions juvéniles en matière d'aménagement de la maison, de musique ou de littérature. L'enfant rendait à Irène mille et un services, déplaçant des bibelots ou cadres au gré de son humeur, laquelle était extrêmement changeante. À deux, ils réinventaient certaines pièces de la maison. L'humeur taciturne d'Irène quand elle était dans sa résidence de Westmount devenait subitement plus gaie, presque enjouée, dès qu'elle mettait les pieds au Lac Brûlé. Ça ne durait pas tout au long des vacances, mais l'arrivée était toujours prometteuse d'une certaine accalmie.

Pendant qu'Albert s'occupait du déchargement, à l'extérieur, Ernest faisait le tour des bâtisses et expliquait à monsieur les tâches qu'il avait effectuées et celles qui seraient nécessaires dans les prochains mois. Il était doué pour tous les travaux manuels, qu'il s'agisse de plomberie, d'électricité ou de menuiserie. Il avait appris de son père tous les aléas des divers métiers et il était très rare qu'il fasse appel à qui que ce soit pour effectuer une réparation. À la limite, il demandait l'information à une personne qualifiée et en revenant chez lui, il faisait le travail. Ça ne lui coûtait pas un traître sou et il ne se gênait pas pour en réclamer les frais à son client.

Monsieur Thompson était très peu bavard. Il se hâta donc de demander à Ernest de faire les comptes des derniers mois et de venir le rencontrer le lendemain afin qu'il puisse le payer.

— J'ai tout ça avec moé, dit Ernest en plongeant la main dans la poche arrière de son pantalon, pour en ressortir une feuille pliée en quatre. Je peux vous donner tous les détails, *dret* là.

— Laissez-moi le temps d'arriver mon bon Ernest et revenez me voir demain après-midi après ma sieste. J'aurai ainsi les idées plus claires et je pourrai vous faire part de ce que j'ai planifié de vous faire faire cet été ; si vous êtes toujours disponible, bien entendu ?

— Pour vous, monsieur Thompson, je peux toujours me libérer, répondit-il sur un ton qui sonnait faux et avec un sourire niais, pour masquer sa fureur de ne pas retourner à la maison avec une belle somme d'argent. Encore une nuit à attendre pour grossir son butin.

— Je vais garder votre fils quelques heures pour qu'il aide mon épouse à placer tout ce barda. Les femmes ont besoin de tellement de choses pour être heureuses, ajouta monsieur Thompson en riant. Vous demanderez également à votre dame si elle accepterait de venir rencontrer mon épouse en début de semaine. Je sais qu'Irène aimerait discuter avec elle de petits travaux de couture et de cuisine.

Et Ernest repartit chez lui jaloux jusqu'à l'os. William Thompson l'avait encore une fois dominé. Du haut de ses six pieds, il lui avait donné des consignes. Comme il aurait aimé avoir la stature de cet homme, lui qui était de si petite taille.

Comment être au même niveau que l'autre quand on ne peut le regarder dans les yeux ? Il devrait vivre avec ce complexe toute sa vie. Il avait même eu peine à trouver une compagne qui ne le dépasse pas d'une tête, et elle avait été bien avisée de ne pas s'affubler de ces talons hauts que les femmes de la ville portaient fièrement.

À tout le moins, à la maison, c'était lui le plus grand et ça devait le rester.

* * *

CHAPITRE 5

UN NOUVEAU-NÉ CAPRICIEUX
(AOÛT 1959)

L'ÉTÉ filait bon train, le soleil ayant brillé à satiété pendant toute la belle saison, une petite pluie à l'odeur d'hydrangée était venue rafraichir cet après-midi du mois d'août 1959.

Nostalgique à l'idée de rentrer en ville prochainement, Irène Thompson passait de longues heures assise dans le nouveau solarium vitré que son mari lui avait fait construire, à l'arrière de la maison. Avec une vue directe sur le lac, elle retrouvait dans cette pièce un calme qu'elle voulait mettre dans ses bagages pour le revivre en pensée durant la longue saison hivernale. Elle appréhendait la solitude de sa froide résidence de Westmount et angoissait à la simple pensée d'y être à nouveau recluse. Elle aurait de loin préféré s'installer à la campagne pour toujours, mais il était impensable que sa fille Catherine s'exile ainsi alors qu'elle pouvait fréquenter de si bonnes écoles à Montréal.

Irène avait le don de noter tous les changements de teintes que la nature effectuait au jour le jour. Elle constatait que les habitants de la région faisaient rarement mention des paysages magnifiques qui les environnaient. Il était dit que «lorsqu'on est trop proche de la forêt, on ne voit pas les arbres» et c'était propre à l'être humain.

Elle avait demandé à madame Ernest Potvin de venir prendre le thé cet après-midi et l'avait priée d'amener avec elle son petit dernier, Simon, que sa fille Catherine adorait. La jeune adolescente pourrait ainsi flatter et cajoler le bébé à volonté, sous le regard protecteur des deux femmes. C'est donc sans parure ni grand décorum que madame Thompson avait dressé une table, afin qu'on prenne la collation dans cette nouvelle pièce de la maison qu'elle affectionnait particulièrement.

Elle aimait bien cette gentille paysanne qu'elle n'entrevoyait que de temps à autre. Celle-ci s'occupait du grand ménage avant son arrivée au printemps et elle prenait également soin de l'entretien de la maison tous les mercredis. Pour ce qui était des repas, monsieur Thompson engageait depuis plusieurs années Adéline Gagnon, une veuve qui demeurait seule dans une toute petite maison sur le rang. Bien que madame Thompson puisse faire la cuisine à l'occasion, son mari insistait pour qu'elle ne se fatigue pas trop, elle qui avait une santé d'une fragilité déconcertante. Elle avait été hospitalisée à quelques reprises, mais personne ne connaissait la nature exacte de sa maladie. On la savait cependant frêle et délicate et elle ne fréquentait personne dans la région, tout comme elle ne recevait que peu de visiteurs.

Très mal à l'aise, Pauline aurait préféré avoir été mandée au chalet pour travailler et non pour prendre le thé. Que pourrait-elle dire à cette dame qui n'était pas de son rang, si ce n'est qu'elle l'estimait beaucoup ? À sa connaissance, elle n'avait jamais rencontré une femme plus généreuse. Comme elle n'avait pas beaucoup d'instruction, elle craignait de devoir répondre à des questions dont elle ne comprendrait pas la teneur. Outre cette inquiétude, elle adorait la chaleur humaine que cette grande dame dégageait. Partager son univers l'espace de quelques heures s'avérait un privilège dont elle ne se croyait pas digne.

Au tout début de l'été, son fils Albert était revenu à la maison avec une grande quantité de coupons de tissu que la dame avait rapportés de la ville tout spécialement pour elle, qui, disait-on, maniait si bien l'aiguille. Elle saurait faire de nombreux vêtements pour la famille, remplacer des rideaux et avec toutes les retailles, elle ferait des courtepointes. Rien ne serait perdu, c'était certain. Ça représentait une fortune d'avoir autant de choix pour créer des habits à toute la famille !

Plus jeune, elle avait été la risée du village avec ses bas rapiécés et ses jupes trop grandes ou trop petites. Comme beaucoup de gens démunis à cette époque, étant la plus jeune de la famille, elle portait ce qui ne faisait plus aux ainés, que ce soit ses sœurs, frères ou cousins et cousines. Elle s'était bien juré qu'elle mourrait en guenilles, mais que ses gamins auraient des hardes bien à eux pour se rendre à l'école ou au travail. L'immense générosité de la famille Thompson avait fait en sorte qu'elle avait été en mesure de réaliser son souhait.

— Entrez donc, madame Potvin. Venez vous asseoir, lui dit Irène Thompson avec une simplicité déconcertante pour une dame de son rang. On dirait que vous nous apportez du soleil après la douce pluie de ce matin.

Pauline, intimidée, s'empressa de remettre à son hôtesse les beignes et la tarte qu'elle avait préparés en vue de sa visite. Une attention à la mesure de ses moyens, mais que la bourgeoise était capable d'apprécier.

La jeune Catherine, qui était assise en retrait, attendait que Pauline lui offre l'opportunité de voir son tout petit bébé.

— Bonjour, mademoiselle Catherine, comment allez-vous ?

— Ça va bien, madame Potvin, répondit la jeune fille, obnubilée par le petit être qui dormait dans son carrosse à l'extérieur, et mue d'une envie folle de le réveiller afin de pouvoir s'en occuper.

— Je trouve que tu as terriblement grandi cet été, tu as maintenant l'air d'une petite femme. Est-ce que tu aimerais aller promener Simon en carrosse maintenant qu'il fait beau ? Ça éviterait qu'il se réveille et crie à pleins poumons. Je ne sais pas ce qu'il a celui-là, mais il est terriblement gâté et il pleure comme une Madeleine dès qu'il se retrouve seul quelques instants.

Elle ne pouvait faire plus plaisir à la jeune fille qui prit rapidement la route en poussant le vieux berceau à grandes roues, s'imaginant déjà être une jeune mère de famille. Si elle n'avait pas été gênée devant madame Potvin, elle aurait enfilé un de ces déguisements qu'elle arborait quand elle jouait toute seule dans sa chambre. Des souliers à très hauts talons aiguilles et aux bouts plus pointus que ses crayons à mine, une longue jupe, que sa mère ne portait plus et qu'elle se nichait sous les aisselles afin d'en faire une robe longue et un chapeau à large bord pour compléter son allure de petite madame. Jamais au grand jamais, elle n'oserait mettre le nez dehors ainsi affublée.

Les deux femmes entendaient au loin Catherine fredonner une berceuse et parler à l'enfant sur un ton qui était digne d'une pièce de théâtre. Il n'en fallut pas plus pour détendre l'atmosphère et créer une sensation de bien-être entre elles.

Pauline se sentait soudainement heureuse d'être assise là, dans cette magnifique pièce, et elle ressentait une fierté indescriptible à la pensée que dans les dernières semaines, c'était son homme qui avait réalisé ces travaux. Au fond de ses prunelles, on pouvait voir un éclair de bonheur à la pensée qu'Ernest puisse être si habile de ses mains. Était-ce de l'amour ou de la vanité, elle n'en savait rien, mais elle avait hâte de pouvoir lui faire part de son opinion dès ce soir pendant le souper. Elle répéterait ces éloges à son mari dimanche, alors qu'il y aurait de la visite. Il se gonflerait ainsi d'orgueil, ce qu'il aimait tout particulièrement.

— J'avais bien hâte de voir votre nouvelle pièce terminée, mais je n'osais pas vous déranger, dit Pauline qui avait toujours peur d'être jugée pour ses faits et gestes.

— Il est tout à fait normal que vous veniez prendre un peu de bon temps, vous qui travaillez si fort. Je me demande comment vous faites pour survivre à un rythme de vie si effréné. J'ai tout juste emménagé pour l'été ici et ça m'a pris deux longs mois pour m'en remettre. Mon beau-père avait raison quand il nous racontait que ses amis médecins ne juraient que par l'air pur des Laurentides pour guérir bien des maux. Pas étonnant que vos enfants soient si solides et vaillants. Il ne fait nul doute que ce petit Simon sera lui aussi tout un gaillard.

— Sûrement, car c'est le dernier et les grands m'aident beaucoup. Heureusement que j'ai du renfort, car il est plutôt capricieux ; on doit l'avoir dans les bras quasiment tout le temps. C'est le premier qui me fait ça.

— Entre vous et moi, répondit madame Thompson en riant, c'est un garçon et il aime se faire dorloter. Il lui faudra plus tard une femme pour le remettre bien à sa place.

Il n'en fallut pas plus pour que Pauline rie un bon coup avec cette dame si sympathique pour qui elle avait une grande estime et beaucoup d'admiration. Une énergie nouvelle inondait son cœur si souvent maltraité.

* * *

Sur le chemin du retour, Pauline poussait son vieux carrosse en ressassant chaque minute passée avec cette dame. Elle se disait que c'était comme un cadeau du ciel, car pendant tout le temps où elle était avec madame Thompson, le serrement qu'elle avait si souvent dans la poitrine s'était effacé au profit d'une béatitude sublime. Elle flottait sur un nuage de douceur et de liberté. C'était à croire qu'Irène était un ange coiffé de grâce et de beauté. Pauline avait cependant cru déceler une lueur de tristesse au fond de son regard au moment où elle l'avait quittée. Que pouvait-il manquer à quelqu'un qui vivait dans une si belle maison avec un époux attentionné et une gentille fillette ? Elle conclut qu'elle avait sûrement mal interprété une simple période de fatigue de la bourgeoise.

Pauline, très dévote et pieuse, prit donc quelques minutes pour remercier le Créateur de lui avoir procuré un moment d'une telle qualité aujourd'hui. Le Bon Dieu à qui elle confiait ses souffrances avait sûrement eu pitié d'elle et il voulait lui redonner espoir. Elle lui demanda de prendre également soin de madame Thompson dont la santé était d'une précarité évidente pour qui la côtoyait un tant soit peu.

Elle réalisa soudain qu'elle serait en retard pour le souper si elle continuait à trainer de la sorte et que son mari n'hésiterait pas à réinstaller la négativité et le mépris dans son sillon. Le petit Simon, bien installé dans sa voiture d'enfant, buvait la bouteille de lait que sa mère avait délicatement inclinée avec une couverture. Il dormirait au moins pendant toute l'heure du souper.

Ce petit dernier faisait, depuis son arrivée à la maison, l'objet de l'adoration de son père ; conduite plutôt étrange de la part de celui-ci. Ernest n'avait pratiquement jamais porté attention aux enfants avant qu'ils ne soient capables de travailler. Elle avait trouvé difficile cette attitude, surtout lorsque Pierre était bébé et qu'il lui faisait passer des nuits blanches. Ernest était demeuré de glace, priorisant son sommeil comme il le faisait depuis toujours avec sa petite personne.

Pour ce qui était de son attitude envers Simon, c'était le jour et la nuit. Était-ce parce qu'il savait que ce serait le dernier ou parce qu'il lui ressemblait en tout point, particulièrement en ce qui avait trait au caractère colérique ?

En tous les cas, elle profitait du fait qu'il aimait le bercer le soir, alors qu'elle faisait le raccommodage ou le repassage. Elle avait assez *catiné* dans sa vie pour laisser un peu la place aux autres.

Quand on lui avait appris qu'elle n'aurait plus d'enfant, elle avait été soulagée. De santé fragile, les neuf mois de grossesse étaient pénibles et année après année, c'était de mal en pis. Anémique depuis sa tendre enfance, il lui semblait qu'elle devait mettre deux fois plus d'énergie que les autres pour effectuer les mêmes tâches. Les nuits de sommeil étaient courtes et souvent entrecoupées par l'un ou l'autre des enfants. Après trois fausses-couches, elle craignait toujours pour l'enfant à naître. Elle se croyait responsable de la fragilité constante de son petit Pierre, qu'elle avait porté alors qu'elle perdait connaissance fréquemment.

Sa belle-mère disait qu'elle en avait fait un petit ange et elle le préférait ouvertement à tous les autres. Pauline laissait donc le petit Pierre passer beaucoup de temps auprès de ses grands-parents qui le gâtaient à leur manière : de bons repas de foie de veau pour lui redonner des forces, ainsi que des légumes en grande quantité. Il aurait peut-être ainsi la chance de passer au travers. Sa belle-mère avait même fait l'achat de vitamines proposées par un vendeur itinérant de la compagnie Familex, des capsules de foie de morue qu'elle lui donnait tous les jours en plus d'une bonne cuillérée d'Infantol. Ernest se moquait bien de la vieille dame qui ne jurait que par ce *peddler** qu'il qualifiait de « faux docteur ». Cependant, comme il n'avait

---

Peddler : colporteur

rien à débourser, il laissait faire sa mère qui, à chacune des visites de son vendeur itinérant, trouvait un nouveau produit susceptible de donner de l'énergie au petit.

Le souper avait déjà été prévu par Pauline, ainsi elle n'avait qu'à dresser la table et faire réchauffer une fricassée qu'elle avait concoctée après son diner, en sachant qu'elle pourrait être à court de temps pour tout préparer.

Elle était tiraillée, car elle ne voulait pas déplaire à madame Thompson en la quittant à un moment impromptu, mais elle savait également qu'elle devrait subir les foudres de son mari si le souper n'était pas sur la table à l'heure prévue. Ces sautes d'humeur répétitives agressaient Pauline et elle faisait tout son possible pour les éviter.

Elle se disait qu'Ernest n'avait pas dû être un bébé facile, tout comme Simon. Tel père, tel fils, disait-on. Elle essayait donc de corriger jour après jour le caractère du petit afin de le rendre un peu plus docile, car deux grognons dans la même maison, ce serait invivable. Elle sourit à l'image qui lui traversa l'esprit.

À l'arrivée de son mari à la maison, elle s'empressa de lui servir son repas ; sa sortie de l'après-midi ne pourrait donc être sujet de critique. Elle prit également la parole rapidement afin de le louanger pour les travaux réalisés chez les Anglais comme on les appelait, bien que madame Thompson soit d'origine canadienne-française et que son époux s'exprime dans un très bon français.

— C'est du beau travail que tu as fait là, Ernest. T'es vraiment doué pour travailler le bois, je n'avais jamais vu rien d'aussi beau et je te dis que madame Thompson te vante sans bon sens.

— Ça va ben quand tu travailles avec du bon bois, des bons outils, répondit Ernest qui grandissait à vue d'œil quand on le complimentait. Monsieur Thompson y est jamais regardant quand j'y dis ce dont j'ai besoin pour travailler. As-tu remarqué les nouveaux châssis qu'il m'a fait installer dans son solarium ?

— J'ai ben vu qu'il y avait des châssis neufs, mais tu sais que je ne connais pas grand-chose là-dedans.

— Ben y a pris ça chez Jean-Thomas Cloutier en bas du village. Ils appellent ça des châssis Bolac ; c'est tout nouveau.

— Qu'est-ce qu'ils ont de particulier ces châssis-là ?

— Il y a deux vitres en haut pis deux vitres en bas. C'est comme des espèces de poulies qui les font monter et descendre. Ils appellent ça « « des guillotines ». Ça a l'air, en tout cas c'est ça qu'y disent, qu'on aura plus besoin de châssis doubles. Ça a dû lui coûter une beurrée et on sait même pas si c'est vraiment bon. Tu imagines, pas de châssis doubles icitte dans le Nord.

— C'est pas des farces. Si quelqu'un nous avait dit qu'un jour ça existerait. Nous autres, on va continuer à mettre les *screens** au printemps pis les changer pour des châssis doubles l'hiver. C'est pas pour nous autres ces belles affaires-là.

— Dis-tu ça pour te plaindre, Pauline ? On dirait que d'avoir passé l'après-midi avec les riches, ça te donne des idées de grandeur.

_____

* *Screens : moustiquaires*

Et voilà qu'Ernest cherchait à nouveau la discorde. Impossible de discuter calmement avec lui et de donner son opinion. Partout et pour tout, il cherchait des poux.

— J'dis pas qu'on n'est pas ben, mais quand y fait *frette*, c'est certain qu'avec des châssis neufs, ça doit faire toute une différence. Tu le sais qu'en haut c'est pas ben ben chaud pour les enfants, surtout quand ça arrive sur le matin. Y a pas de chauffage *pantoute* au deuxième étage ; quand le poêle est mort, c'est long avant que la chaleur se rende jusque-là. Pierre a eu le rhume quasiment tout l'hiver passé.

— On dirait que ça revient toujours à Pierre. C'est pas à cause du frette qu'il est malade celui-là, c'est parce que tu le catines trop ; y a pas de couenne sur le corps. Penses-tu que j'ai pas gelé moi aussi dans ma vie ? Si tu savais les hivers que j'ai passés, pis *chu* pas mort.

Et Ernest, qui avait encore eu le dernier mot, prit le petit Simon dans ses bras et entreprit de le bercer. On aurait dit un ours qui mettait des gants blancs.

Pauline, rouge de colère, sortit sur la galerie pour secouer la nappe et par-dessus tout pour laisser sortir un long soupir empreint de colère. Si elle ne s'était pas retenue, elle aurait crié, crié sa rage de vivre dans une prison avec un homme qui ne l'aimait pas et qui usait de son statut de chef de famille pour la violenter verbalement et parfois même physiquement. Qu'avait-elle fait au Bon Dieu pour être digne d'une telle vie, n'avait-elle pas droit au bonheur sur cette terre ?

Elle se demandait si la vie était la même pour les filles qui étaient parties vivre en ville. Comment sa belle-mère avait-elle fait pour passer au travers de tant d'années de souffrance et être si calme et sereine aujourd'hui? Elle craignait pour sa part de ne pas en avoir la capacité.

Ce soir là, quand elle se mit au lit, elle fit la prière suivante: «Mon Dieu vous qui êtes si bon, si généreux et vous en qui j'ai placé toute ma confiance, donnez-moi la force de continuer. Je suis épuisée de me battre jour après jour. Je crains de ne pouvoir continuer bien longtemps. Pour l'amour de mes enfants, donnez-moi le courage et la santé de vivre au côté de cet homme que j'ai épousé pour le meilleur et pour le pire. Aidez-moi à l'aimer et à l'accepter jour après jour. Ainsi soit-il».

* * *

CHAPITRE 6

ERNEST s'était levé de bon matin pour aller rencontrer monsieur Thompson qui fermait sa maison de campagne comme tous les ans après l'Action de grâce. C'est à ce moment-là que celui-ci lui donnerait les dernières directives et qu'il le paierait pour les travaux effectués durant le dernier mois. Il lui aurait pourtant été possible de payer son dû au cours des jours précédents, mais c'était ainsi année après année, et jamais il ne dérogeait à sa façon de faire. Le dernier matin, avant son départ à l'automne, l'homme d'affaires remettait une enveloppe à Ernest dans laquelle il avait mis le compte et pas un sou de plus.

Néanmoins, il avait toujours un cadeau à remettre à Pauline de la part de sa femme : un savon d'odeur, un petit foulard ou de belles taies d'oreillers brodées. C'était comme si elle savait que la pauvre dame ne verrait pas l'ombre d'un *cent* reçu par Ernest, même si c'était elle qui avait exécuté les travaux de ménage, de couture et parfois même de cuisine, et ce, pendant toute la belle saison.

— Merci monsieur Potvin, pour tous les travaux effectués durant l'été.

— C'est toujours un plaisir de travailler pour vous. Avez-vous autre chose que vous aimeriez me faire faire cet automne ?

Ernest utilisait un ton plus doux avec monsieur Thompson qu'avec n'importe quelle autre personne, mais la sincérité n'y était pas. Il était conscient qu'il devait agir ainsi s'il voulait conserver ce poste tout de même bien rémunéré et à proximité de sa maison. L'avantage de ce travail était qu'il pouvait effectuer les travaux au gré de son humeur et sans nuire à ses autres occupations. Son employeur n'y voyait rien à redire et par-dessus tout, il ne négociait jamais les prix.

Si monsieur Thompson avait su ce qu'Ernest pensait de lui en réalité, il aurait vite fait de se trouver un autre homme de confiance. Tout cela ne tenait qu'au respect des traditions des deux familles.

— Eh bien comme à l'habitude, tout ce qui a trait à la fermeture de la maison, à l'entretien du garage et des clôtures tout autour du terrain. Il faudra également ramasser les chaloupes et les remiser. Bien entendu, vous veillerez à ce que personne ne vienne sur mon terrain pour se rendre au lac pour pêcher.

— C'est bien monsieur, de toute façon, je passe chez vous tous les jours et si je voyais quelqu'un, il saurait comment je m'appelle.

— Je ne suis pas inquiet, je connais votre réputation par ici et je ne pense pas qu'on ferait l'affront de vous provoquer. Quand vous aurez terminé ces travaux, vous pourrez commencer à nettoyer le terrain voisin que je viens d'acquérir de madame Therrien.

Ernest était stupéfait de cette dernière directive et se demanda s'il avait bien entendu. Le terrain de la bonne femme Therrien aurait déjà trouvé preneur ! Comment se faisait-il que Didier, le neveu de la défunte, ne lui ait rien dit ? Il était allé veiller au corps au salon mortuaire chez Vanier, la veille des funérailles, dans le seul but de le rencontrer et de lui rappeler les termes de leur entente.

— Êtes-vous ben certain de pouvoir avoir ce terrain-là, monsieur Thompson ; est-ce que c'est un projet ou ben ç'a déjà été fait ? Ça fait juste une couple de semaines que la vieille est morte.

— Je le sais bien, mais ne vous inquiétez pas, j'ai les papiers signés avec moi. Tout est en règle. J'ai demandé au notaire Jean-Baron Lafrenière de venir chez la bonne dame afin de finaliser la transaction, et ce, tout juste quelques jours avant sa mort. C'était son homme de loi, comme elle disait, et je savais qu'elle avait mis en lui toute sa confiance.

Ernest n'en croyait pas ses oreilles. Il s'était fait damer le pion par nul autre que cet homme de la ville, ce maudit Anglais. Cela faisait bientôt deux ans qu'il complotait avec Didier Therrien, le neveu qui visitait sa tante malade avec nul autre objectif que celui d'hériter de ses maigres biens. Que s'était-il vraiment passé, il lui faudrait le savoir.

Monsieur Thompson lui expliqua les travaux qu'il envisageait de faire exécuter sur ce lot pendant la saison froide et au printemps prochain, mais son interlocuteur n'écoutait que d'une seule oreille, tourmenté qu'il était de la nouvelle qu'il tentait tant bien que mal de digérer.

— Commencez par ramasser le bois tombé et récupérez celui que l'on pourra utiliser pour faire du bois de corde. Faites des tas de branches que vous pourrez brûler. Je veux conserver les plus beaux arbres et faire aménager un sentier dès que la neige aura fondu. Ma femme adore marcher dans la forêt, mais elle craint les animaux... Avec sa santé fragile, je vais lui créer une forêt bien à elle, avec des bancs et des fleurs sauvages. Mais n'en dites rien, c'est une surprise que je veux lui faire à notre retour le printemps prochain.

— C'est bien, répondit Ernest d'un ton monocorde. Je vais travailler sur le terrain cet automne et cet hiver. Qu'est-ce que vous allez faire avec la maison de la veuve?

— On va la laisser telle quelle et j'y verrai plus tard. J'aimerais peut-être en faire un pavillon que je pourrais utiliser pour aller écrire; un lieu de recueillement. Vous allez m'excuser, mais le temps passe et je dois partir, car on m'attend au bureau ce matin. Les vacances sont maintenant terminées et je dois mettre les bouchées doubles pour rattraper le temps perdu. C'est bien beau les longs week-ends tout l'été, mais si l'on veut continuer à si bien profiter de la vie, il faut également travailler.

— C'est bien, lâcha à nouveau Ernest, qui ne tenait pas non plus à continuer à discourir avec lui. La surprise avait été tellement grande, qu'il avait peine à regarder son supérieur dans les yeux sans lui laisser voir sa rancœur profonde.

* * *

Après le départ du citadin, Ernest verrouilla les portes de la maison. Il savait que Pauline reviendrait cette semaine pour effectuer les derniers travaux à l'intérieur avant de préparer le tout pour l'hiver. Sa femme se faisait, chaque automne, un devoir de nettoyer la maison de fond en comble afin que tout soit comme un sou neuf quand les Thompson reviendraient pour la période des fêtes. Il était primordial de faire ces travaux en octobre avant que son époux ne ferme l'eau et l'électricité. Elle se souvenait trop bien d'une année où elle avait tardé à exécuter cette besogne et où elle avait dû transporter de l'eau de chez elle pour nettoyer, car Ernest avait effectué la fermeture sans la prévenir. Il avait alors invoqué le fait qu'elle avait pris trop de temps et qu'il avait pour son dire que l'on ne doit jamais remettre à plus tard ce que l'on peut faire maintenant.

Tout en démarrant son camion, Ernest n'avait qu'une idée en tête et c'était de se rendre le plus tôt possible chez son père, afin de savoir s'il avait eu vent de la transaction faite à son insu.

— Salut le père ; êtes-vous tout seul ? demanda-t-il en regardant vers la chambre, car il aimait bien que ces discussions-là n'aient lieu qu'entre hommes.

— Oui, ta mère a couché au village chez Berthe, parce que la p'tite dernière était malade. Tu sais comment ta sœur est nerveuse ; à l'entendre quand elle téléphone, on dirait toujours que les enfants sont en train de mourir, quand ils n'ont qu'une grippe et un peu de fièvre. Ça a tout juste deux enfants et ça a même pas les nerfs pour en prendre soin. Avec son p'tit mari feluette, c'est rien pour y donner de la colonne, répondit Édouard, en se donnant une tape sur la cuisse et en riant de bon cœur. Ta mère ne devrait pas tarder. Elle va remonter avec le bonhomme Picard qui s'en vient diner chez sa sœur en haut du rang.

Ernest n'avait pas le goût de rire et n'était pas très attentif aux propos de son paternel. Il n'était intéressé que par sa propre quête. Il lui demanda alors, d'un ton empreint d'impertinence :

— Étiez-vous au courant le père, que la bonne femme Therrien avait vendu avant de mourir ?

— Ben oui, mon garçon, dit-il en se gonflant le torse, fier d'être en quelque sorte porteur d'une nouvelle qu'il n'avait pu colporter en raison de la confidentialité de la transaction. Ça fait déjà une secousse que c'est fait ; le notaire Lafrenière est même arrêté me chercher pour que je signe comme témoin quand y a fait la *deed**. Monsieur Thompson appelle ça de même, le contrat.

— Pourquoi vous m'avez rien dit ? riposta son fils d'un ton acrimonieux, qui laissait entendre toute sa furie et son désenchantement.

— Ben t'es pas venu me voir depuis ce temps-là ; c'est pas des affaires qu'on raconte à Pierre, Jean, Jacques. À toi, j'en aurais sûrement parlé, mais j'étais pas pour raconter ça à tes enfants ni à ta femme. Eux autres, ils ne passent jamais devant la porte sans arrêter, mais j'peux pas en dire autant de toi. Ça fait que viens pas me faire la morale icitte.

— Ça parle au calvaine, mon propre père qui me joue dans le dos. C'est moé qui étais censé l'avoir cette maison-là.

---

* *Deed : anglicisme pour désigner un contrat, un acte notarié.*

Ça fait deux ans qu'a m'a été promise. C'est quasiment du vol.

— Promise par qui ? Rita Therrien m'a pourtant jamais parlé de rien. C'est toujours moi qui la conseillais quand a voulait faire quelque chose.

— Ah, laissez-faire, répliqua Ernest, refusant d'en dire plus. Et c'est en claquant la porte qu'il laissa son père pantois et déçu, encore une fois, de la relation qu'il entretenait avec celui qu'il n'avait pourtant jamais négligé.

Ernest se dirigea vers sa maison comme un ours enragé. Il n'avait jamais accepté la défaite et il avait l'impression que son vieux l'avait trahi. Il ne faisait confiance à personne et encore une fois, il venait d'avoir la preuve qu'on ne pouvait se fier qu'à soi-même.

* * *

Pauline profitait de cette belle journée automnale pour laver ses fenêtres avec son fils Albert. Ensemble, ils poseraient les châssis doubles avant que la froidure ne s'installe. Il y avait deux carreaux brisés sur la porte de dehors et elle aurait bien aimé qu'Ernest s'occupe de les remplacer. Elle attendait qu'il soit de bonne humeur pour lui en faire la demande ; elle aurait ainsi plus de chances de voir la réparation faite dans un délai raisonnable.

Elle lui avait préparé son repas préféré : du foie de veau rôti dans le poêlon avec du bacon et des oignons, le tout recouvert d'une sauce brune bien poivrée. Avec des patates pilées, une grosse tranche de pain et une tasse de thé bien chaud, elle était assurée qu'il s'empiffrerait comme un porc.

Un vrai repas de *big shot**, comme il disait quand il parlait des gens riches.

D'un timbre de voix toujours doux et non accusateur, elle fit une remarque à son jeune.

— Albert, fais attention quand tu poses les châssis doubles, tu mets tes doigts dans les vitres que je viens de laver.

— C'est pas de ma faute, la mère; j'veux laisser mes empreintes pour prouver aux autres que c'est moi qui ai fait l'ouvrage avec vous, rétorqua-t-il en riant, pour voir sourire sa mère qu'il adorait et qui ne riait pas assez souvent à son goût.

— T'es rien qu'un sacripant, lui répondit-elle, en lui passant un linge sur le nez et dans les oreilles. J'ai bien envie de…

— Qu'est-ce qui se passe icitte? cria tout à coup Ernest, en entrant en trombe. On vous entend rire du bout du chemin. Après, ça dira que ça travaille fort.

— C'est rien, expliqua Pauline. On peut ben rire un peu même si on besogne. On n'est pas dans l'armée après *toute*.

— Rire, rire. On dirait que vous pensez juste à ça, rire.

— Qu'est-ce qui t'arrive aujourd'hui, mon vieux? As-tu mangé de l'ours? répliqua Pauline d'un ton tranchant, ce qu'elle n'avait pas l'habitude de faire.

Ernest, qui était encore furieux de la discussion qu'il avait eue avec son père quelques minutes plus tôt, n'entendait pas se faire manger la laine sur le dos dans sa propre maison. Suite à la réponse de sa femme, il n'hésita pas et la

---

* *Big shot : gros bonnet*

frappa du revers de la main, devant son fils hébété. Pauline perdit l'équilibre, tomba sur la fenêtre qu'elle était en train d'éclaircir et un bris de verre se fit entendre.

— C'est ça, casse *toute* par-dessus le marché, dit Ernest en claquant la porte de la cuisine, avec l'idée de ne revenir que lorsque le calme serait rétabli.

Albert s'empressa d'aider Pauline à se relever et vit du sang couler abondamment le long du bras et de la main de sa mère. En peu de temps, une grande mare s'était formée sur le prélart de la cuisine. Pauline, étourdie, peinait à se tenir sur ses jambes et il l'assit vitement dans la berceuse.

— Donne-moi une guenille vite, pis va dire à ton père d'appeler le docteur Grignon, en disant que ça presse, dit Pauline d'une voix affaiblie par le choc et la blessure. J'pense que ça va me prendre des points. J'ai perdu l'équilibre en travaillant, ça fait que je suis tombée sur le châssis.

— C'est de sa faute, riposta promptement son fils, c'est lui qui vous a frappée, je l'ai vu faire.

— J'veux rien entendre de ça, Albert, répondit Pauline d'un ton autoritaire qu'elle n'utilisait que rarement. Fais ce que j'te dis au plus sacrant. Va dire à ton père de venir téléphoner au docteur, pis tu diras à tes frères qui jouent dehors de s'en aller chez mémère pour diner. Je ne veux pas que tu les laisses rentrer dans la maison pour qu'ils me voient comme ça. Quand ton père sera icitte, toi aussi tu t'en iras chez mémère avec le bébé.

Pauline enroula le linge à vaisselle autour de son bras qui saignait abondamment. Un gros morceau de vitre était solidement logé dans son avant-bras. Elle se sentit défaillir et décida de s'allonger par terre, craignant de perdre connaissance.

C'est ainsi qu'Ernest la trouva quelques minutes plus tard. Terriblement anxieux, il s'agenouilla délicatement à son chevet.

— Pauline, Pauline, répond. Le docteur Grignon s'en vient, dit-il, inquiet de voir sa femme dans cet état à la limite de la conscience. Albert, va mouiller une guenille d'eau frette pour y laver le visage, j'va y faire un garrot avec ma ceinture, ajouta-t-il à l'intention de son fils, d'un ton désemparé. Ta mère est en train de se vider de son sang comme un cochon.

— C'est de vot' faute si maman est tombée! cria Albert qui n'avait jamais haussé le ton devant son paternel. Chu écœuré de vous voir y faire du mal pis de la peine! hurla-t-il en pleurant, pendant qu'il allait tout de même chercher le morceau de tissu qui, l'espérait-il, suffirait à arrêter l'hémorragie en attendant l'arrivée du secours.

Albert était atterré à la pensée qu'il pourrait un jour perdre sa mère.

Ernest, lui, agissait comme un enfant apeuré qui avait fait un mauvais coup. Il se savait responsable et se mit soudain à craindre les représailles. Ce n'était pas la première fois qu'il levait la main sur sa femme, comme il avait vu faire son père bien avant lui, mais jamais il n'aurait cru pouvoir lui faire aussi mal. Il n'acceptait tout simplement pas qu'on lui tienne tête et il avait agi par pur réflexe. Il savait qu'il était colérique, mais cette fois-ci, ça semblait avoir pris une ampleur énorme, voire effrayante.

Quelques minutes plus tard, c'est la grand-mère Potvin qui arriva sur les lieux. En voyant surgir les enfants chez elle, elle comprit qu'il y avait encore eu de la bisbille chez son fils et chaque fois elle craignait le pire, car elle connaissait bien le caractère bouillant de celui-ci. Elle avait, en outre, une longue expérience de la vie passée auprès d'un Potvin. Elle était bien décidée à ne pas laisser Ernest faire vivre les mêmes tourments à Pauline, mais quand elle vit dans quel état se trouvait sa belle-fille, elle se dit qu'elle aurait peut-être bien dû s'en mêler avant.

Quand elle pénétra dans la cuisine, elle découvrit Pauline couchée sur le sol, le teint pâle, avec beaucoup de sang sur ses vêtements. On avait mis un oreiller sous son bras enveloppé d'une vieille nappe de semaine. Ernest était en train de ramasser la vitre brisée et de nettoyer les éclats de sang.

— Pauvre enfant. Veux-tu ben me dire qu'est-ce qui s'est passé ? T'es blême comme les murs.

— C'est rien mémère, répondit Pauline d'une voix fortement affaiblie. J'ai glissé, chu tombée sur un châssis. J'me suis coupée un peu sur le bras.

— J'y ai fait un garrot en attendant le docteur. Ça devrait aller, intervint Ernest, tout penaud et extrêmement inquiet.

— Tu vas la coucher dans son lit, ça presse à part de ça. Ta femme est faible au coton. Regarde tout le sang qu'elle a perdu ; nous autres les femmes on n'en a pas de trop.

Les aiguilles de l'horloge semblaient figées sur l'heure, témoins de la violente gifle reçue par Pauline. Serait-il possible que le docteur arrive trop tard et que tout comme le balancier, le cœur de la mère de famille arrête son mouvement ?

Le bruit d'une grosse voiture se fit soudain entendre au loin. Comme à son habitude, le docteur n'avait pas tardé. Dès qu'il pénétra dans la résidence et s'approcha de Pauline, une onde de calme envahit rapidement toute la maison. Après Monsieur le curé, c'était lui l'homme le plus important du village.

Il prodigua les premiers soins à sa patiente avec délicatesse et doigté. Par la suite, il s'isola avec Ernest afin de connaître les tenants et aboutissants de cet accident. Il ne crut pas nécessairement le récit que le mari lui fit, mais il garderait en tête la déclaration verbale de celui-ci au cas où il se verrait dans l'obligation d'intervenir. Il lui demanda formellement de transporter immédiatement sa femme à l'hôpital afin qu'il puisse la garder en observation dans un lieu propice à son rétablissement.

Ernest alla chercher son camion pendant que sa mère s'occupait de faire la toilette de Pauline avant de lui faire passer une robe propre. Il était impossible de la laisser partir pour l'hôpital dans ses vêtements souillés. Mémère Potvin se sentit rassurée par les paroles du médecin, qui insista pour installer sa patiente dans le véhicule de son mari, en spécifiant qu'il allait le suivre au cas où il y aurait des complications, ce qui lui semblait cependant improbable.

Tout en sillonnant à vive allure le Chemin Ladouceur au Lac Brûlé en direction de l'hôpital de Ste-Agathe, Ernest, en conduisant, observa du coin de l'œil sa femme et se dit que finalement, il n'était pas responsable de ce qui arrivait aujourd'hui.

Tout ce qui s'était passé, c'était la faute du bonhomme Thompson qui avait acheté la terre de la veuve Therrien.

* * *

CHAPITRE 7

LA VIE S'ÉCOULE LENTEMENT
(PRINTEMPS 1960)

PAULINE était seule à la maison et elle profitait de ce moment de quiétude pour lire quelques pages du missel que mémère Potvin lui avait rapporté quand elle était allée rendre visite à sa fille Yvette à Montréal, le mois précédent. C'était un ravissant bouquin relié en cuir noir qu'Amanda s'était procuré expressément pour elle à l'Oratoire St-Joseph de Montréal, et qu'elle avait pris grand soin de faire bénir. Elle lui avait également remis une bouteille d'huile de St-Joseph, cette huile sainte, dont la simple possession avait la propriété de protéger la maison familiale et ses âmes selon les dires de la vieille dame, dévote au Frère André depuis toujours.

Mémère lui avait raconté une histoire selon laquelle lorsque le frère André, de la Congrégation de Ste-Croix, partait pour visiter les malades, il emportait un peu d'huile végétale d'une lampe qui était allumée devant la statue de Saint-Joseph. Il demandait ensuite à ses malades de se frictionner avec cette substance, en reconnaissance de leur foi. Il mettait l'accent sur la prière et la profondeur du geste accompli, en faisant référence à un écrit de l'évangile selon St-Luc qui évoque que l'on doit aussi purifier notre intérieur.

Depuis l'épisode de la fenêtre brisée, la vieille dame n'avait rien dit à sa bru, mais Pauline savait par ses agissements qu'elle se doutait bien de ce qui s'était passé ; elle n'était pas née de la dernière pluie. Toute la famille avait eu connaissance que, dans ses jeunes années, pépère Potvin faisait la pluie et le beau temps chez lui et que lors de ses pires accès de rage, il avait la fâcheuse habitude de faire maison nette*. Sa belle-mère avait connu, bien avant elle, les affres des sautes d'humeur d'un conjoint colérique et elle n'avait pas échappé non plus aux châtiments corporels qu'il lui faisait subir à l'époque où elle avait élevé sa famille.

C'était sa belle-sœur Yvette qui lui avait parlé un peu de son enfance et des saintes colères d'Édouard Potvin. Elle avait quitté la maison dès qu'elle avait eu l'âge de travailler, dans le seul but de s'éloigner de cet homme au comportement animal. C'est avec l'absolue conviction de ne jamais vivre sous la férule de qui que ce soit qu'elle s'était exilée à Montréal.

Son enfance au Lac Brûlé avait été atroce et longtemps après son départ, elle faisait encore des cauchemars où elle voyait son père vociférer des insanités à sa mère, quand il ne la rudoyait pas vicieusement. Elle racontait que parfois, l'hiver, quand elle sentait que son père était instable, elle dormait tout habillée avec ses bottes sous son lit afin de

---

* *Faire maison nette : mettre tout le monde dehors*

pouvoir se sauver plus vite chez son oncle si la chicane prenait. Celui-ci, de quelques années plus vieux, n'était pourtant pas le plus costaud, mais jamais il n'hésitait à se déplacer pour venir rétablir la paix dans la maison.

Tous ces moments de violence avaient laissé des traces indélébiles au plus profond de son être et parfois, quand elle sortait dans les rues de Montréal, il lui arrivait de traverser de l'autre côté de la route quand elle voyait un homme ressemblant à son père. Elle jugeait son réflexe enfantin après coup, mais elle l'avait d'instinct.

Avec les années, au bonheur de tous, mais pour une raison que tout le monde ignorait, Édouard Potvin s'était ramolli et il était même devenu un peu comme le chien de poche de sa vieille, sans en éprouver aucune gêne.

Pauline ne pensait pas avoir la patience de sa belle-mère ; elle était à bout de forces et n'avait plus la volonté de se battre. Elle avait enduré ces atrocités pendant toutes ces années pour l'amour des enfants, mais elle semblait maintenant s'enfoncer dans une extrême lassitude. À tout juste quarante et un ans, elle avait l'apparence d'une vieille femme. Les nombreuses blessures à l'âme infligées par Ernest avaient laissé des cicatrices indélébiles en profondeur, mais également fait naître des milliers de sillons autour de ses yeux trop souvent visités par l'angoisse.

En octobre dernier, elle avait dû être hospitalisée deux semaines à l'hôpital de Ste-Agathe afin de recevoir des transfusions sanguines. Le tesson de vitre qui avait pénétré dans une veine principale de son avant-bras lui avait fait perdre beaucoup de sang. N'eussent été les bons soins prodigués par le docteur Grignon, elle serait morte, car elle n'avait plus la force de combattre. Sa volonté de vivre s'était enfouie au plus creux de ses entrailles. Veillée par les religieuses, c'était au son des prières qu'elle avait doucement récupéré l'énergie nécessaire à sa bonne forme physique. S'agissant de son équilibre mental, elle avait jeté son dévolu sur la religion et elle passait de longues heures à dire et à redire son chapelet, ce qui l'apaisait et la nourrissait spirituellement.

Dès son retour à la maison, elle avait repris ses activités, mais avec l'énergie du désespoir. Elle parlait peu et délaissait les travaux de ménage. Elle ne faisait que le strict nécessaire et elle vaquait à ses occupations en récitant des litanies et des prières à voix basse. Elle fonctionnait maintenant comme un automate. Du revers de la main, son mari avait éteint la flamme en elle ; il l'avait déréglée, comme une horloge dont on maltraite le balancier.

Chaque matin, elle se levait à très bonne heure et elle faisait ses dévotions. Elle réveillait ensuite les enfants et leur servait le déjeuner, préparait leurs *lunchs* du midi et les regardait partir pour l'école les uns après les autres. L'hiver tardait à finir ; elle avait une froideur au plus profond de son être qu'elle ne parvenait pas à tempérer. Elle chauffait le poêle comme Lucifer entretient l'enfer, mais jamais elle n'arrivait à se sentir bien.

Une fois les enfants partis pour l'école, il ne lui restait plus que le petit Simon, qu'elle laissait dans son parc près du poêle. Quand l'enfant pleurait, elle lui donnait un biberon ; elle agissait avec lui comme une nourrice. Fait étrange, elle n'était pas attirée par cet enfant qu'Ernest comblait de louanges. Elle percevait inconsciemment qu'il serait une copie conforme de son géniteur, cette brute égocentrique qui, elle se l'était juré, ne la toucherait plus, et ce jusqu'à la toute fin de ses jours.

Quand Ernest arrivait pour diner, son assiette était sur la table avec sa tasse de thé et sa tranche de pain beurré, mais elle ne mangeait plus jamais en même temps que lui. Au début, elle avait prétexté ne pas avoir faim ou tout simplement avoir mangé plus tôt avec l'enfant. Avec le temps, elle avait arrêté de se justifier et de son côté, Ernest avait arrêté de lui demander la raison pour laquelle elle agissait de la sorte. Il avait la conviction que le temps arrangerait les choses et il ne voulait pas mettre de l'huile sur le feu.

Pauline mettait une distance physique et mentale entre elle et lui. C'était son moyen de survie et en retour, lui semblait n'y prêter que peu d'attention, ou plutôt il s'en savait responsable et faisait tout son possible pour se faire oublier.

À l'automne, il avait eu très peur que sa femme ne meure au bout de son sang. Depuis, il se faisait réservé et discret. Il partait tôt le matin et ne revenait que pour l'heure du souper. Il travaillait parfois au *ski tow** du mont Ste-Agathe ou du mont Castor, ce qui lui rapportait un revenu supplémentaire, mais il n'aimait pas tellement recevoir des ordres, alors on faisait de moins en moins appel à ses services. Il travaillait alors dans le bois aux alentours de chez lui et il s'en trouvait bien mieux.

Quand il s'octroyait du temps à la maison, c'était pour bercer et cajoler son petit Simon, qu'il affectionnait

---

* *Ski tow : monte-pente, remonte-pente*

particulièrement. Au contact de l'enfant, le vieil ours devenait un bon gros ourson.

En 1960, le mont Castor en était à ses débuts d'exploitation et le personnel se devait de fournir de longues heures de travail. L'hiver avait été rigoureux et les employés étaient peu nombreux. Ils devaient donc tous vaquer à différentes tâches dont ils ne connaissaient pas toujours la complexité. Ernest ne voulait pas être en reste et, son orgueil prenant le dessus, il disait souvent connaître ce qui était pour lui complètement nouveau. C'est ainsi qu'il avait mis en panne le *T-bar*, par un beau samedi matin. S'il avait été moins insolent et qu'il avait demandé de l'aide à un confrère pour remettre l'équipement en fonction, nul doute qu'on aurait pu sauver la face. Plusieurs parents avaient dû rebrousser chemin avec des enfants déçus et le patron de l'entreprise avait perdu beaucoup d'argent. La discussion de fin de journée avec le responsable avait été houleuse, mais jamais il n'avait avoué être le responsable du bris et il avait préféré quitter son emploi. Il ne s'était pas repenti souvent dans sa vie et il n'allait pas commencer ce jour-là.

Il avait donc repris ses menus travaux journaliers et il travaillait de longues soirées à réparer son attirail dans le garage. Ce qu'il aimait avant tout, c'était la préparation avant d'entailler les érables. Tout ce qui concernait la cabane à sucre était un passe-temps pour lui et c'était la même chose autrefois pour son père. Il tenterait de transmettre sa passion à Simon afin que demeure la tradition.

Naguère, son père venait faire un tour et l'aider un peu, mais depuis quelques années, il était plus casanier et restait avec sa «vieille», qu'il aimait particulièrement. Il n'était pas idiot et savait que sa femme l'avait supporté durant toutes ces années alors qu'elle aurait très bien pu abandonner la partie. Il n'aimait pas non plus se faire rabrouer par son fils Ernest, qui le dénigrait depuis qu'il avait obtenu ses biens.

Ernest était rendu à une étape de sa vie où il se croyait roi et maître et s'il avait un peu déposé les armes depuis quelque temps, il n'avait pas abdiqué pour autant. Il ne souffrait pas de solitude et se suffisait à lui-même. S'il avait eu le don de divination, il aurait orienté sa vie bien autrement et il serait resté vieux garçon. Contrairement à ce qu'il pensait à ce moment-là, pas besoin de se marier pour avoir une femme afin de contenter ses envies. Il était maintenant trop tard pour revenir en arrière et il se complaisait à vivre la plupart du temps dans sa *shed* ou dans son garage.

Avant qu'il n'y ait trop de neige à l'automne et durant les journées où il en avait vraiment envie, il avait nettoyé une grande partie du terrain de la veuve Therrien. Il prévoyait de terminer les travaux dès qu'il aurait fini de faire les sucres, mais le plus important était qu'il y mette fin avant l'arrivée de son bourgeois au mois de juin prochain.

Il demeurait aigri de cette transaction et pour chaque corde de bois qu'il apportait chez son patron, il en transportait une dans sa remise. Le gars de la ville ne pourrait s'en apercevoir et au moins, il aurait l'impression de ne pas avoir été complètement lésé. Tôt ce printemps, il pourrait vendre du bois à ses clients réguliers et qui sait si l'an prochain il ne livrerait pas quelques belles cordes de bois sec à monsieur Thompson sans que celui-ci sache qu'il achetait le produit de sa propre forêt.

* * *

Albert, qui venait tout juste d'avoir 15 ans, trouvait le climat familial difficile. Il passait la plupart de son temps chez Guay, le magasin situé à l'intersection du chemin de Ste-Lucie et de St-Donat, où il travaillait les mois d'été et les fins de semaine. Il y dépaquetait les marchandises reçues et s'occupait de servir au comptoir. Il aimait bien ce contact avec les gens et surtout avec les touristes. Il baragouinait un peu d'anglais et il n'hésitait pas à consulter un dictionnaire pour parfaire ses connaissances de cette langue utilisée par les gens d'argent comme disaient les vieux.

Il considérait maintenant son père comme un vil individu. Depuis qu'il l'avait vu frapper violemment sa mère, il avait perdu le peu de respect qu'il avait pour lui. Il faisait donc en sorte d'être absent le plus souvent possible de la maison et personne n'y voyait à redire. Dès qu'il aurait une chance, il voulait partir pour Montréal et se trouver du travail, mais il devait attendre d'avoir ramassé suffisamment d'argent, car il ne voulait en aucun cas être obligé de revenir en arrière.

* * *

Yvon pour sa part avait tout juste 13 ans, et il concentrait toute son attention sur Alfred Ladouceur, un laitier de Ste-Agathe. Il avait travaillé pour lui tout l'été et celui-ci lui donnait l'occasion de continuer à l'accompagner durant les fins de semaine de l'hiver.

Cet emploi lui avait été octroyé par l'entremise d'un certain monsieur Picard, un cultivateur qui vendait des œufs de porte en porte et qui ramassait la cendre chez ces mêmes clients du Lac Brûlé, de Ste-Lucie, de Lantier, de St-Agricole et de Ste-Agathe. Il y avait un quelconque lien de parenté éloignée entre messieurs Picard et Ladouceur et c'est ainsi qu'il avait eu cette place.

Mais un laitier, ça commence très tôt et Yvon devait pour cela coucher chez sa sœur Diane au village. Ça ne lui déplaisait pas du tout de laisser la maison familiale où l'ambiance était si pesante. La vie chez sa sœur et son mari était tellement différente, empreinte de bonheur et de joie de vivre. Comme on apprend par l'exemple, évoluer auprès de ce jeune couple heureux lui permettait de croire que l'existence pouvait être agréable.

Chaque matin, il partait très tôt, bien avant que le soleil n'ait mis le nez dehors, et c'est à bord d'un gros camion blanc, portant l'inscription « Mont Royal Dairy », qu'il accompagnait le laitier tant attendu par sa nombreuse clientèle. Le bruit des bouteilles qui s'entrechoquaient envoutait Yvon, qui avait l'impression de vivre une expérience extraordinaire.

Son travail lui offrait l'opportunité de sillonner toutes les petites routes du Nord de Ste-Agathe jusqu'au Mont-Tremblant et parfois même jusqu'à Labelle, lui qui n'était que très peu sorti du Lac Brûlé depuis son enfance. Il s'ouvrait sur le monde et s'enthousiasmait de voir combien de gens pouvait connaître monsieur Ladouceur.

Le petit pécule obtenu lui permettait une certaine autonomie et il pouvait se payer des cigarettes, mais bien naturellement à l'insu de ses parents. Il avait l'impression d'être plus heureux quand il était loin de la maison familiale. Depuis plus d'un an, la vie y était bien différente, surtout depuis l'arrivée du petit dernier que son père cajolait énormément. Il s'était senti délaissé du jour au lendemain. À l'aube de sa vie d'adulte, et depuis les événements de l'automne dernier où il avait cru que sa mère allait mourir, il s'était adouci en présence de celle-ci. Par ailleurs, il avait pris de la distance avec son père dont il redoutait maintenant la violence. Il s'était donc trouvé un autre mentor et c'était son patron. C'était une idée fixe, il aimerait être comme lui plus tard.

Alfred Ladouceur était un homme grand et svelte. Toujours bien mis, il n'aurait pas mis le nez dehors s'il avait eu une mèche de cheveux de travers. Toujours de très bonne humeur, il passait son temps à siffler comme un pinson. C'était la joie de vivre qui se promenait d'une maison à l'autre pour livrer les produits laitiers. Il aimait bien le jeune Yvon, mais trouvait qu'il avait parfois un très mauvais caractère.

Un certain matin, Yvon s'était levé du mauvais pied et il était plutôt *marabout* quand il était arrivé au camion. Au bonjour de son patron, il n'avait répondu qu'en marmonnant une petite salutation plus ou moins sincère. Sans faire ni une, ni deux, monsieur Ladouceur lui avait demandé de retourner chez lui en disant :

— T'as pas l'air en forme à matin, mon homme. Tu vas retourner te coucher. Si demain, c'est la même chose, ben tu resteras chez vous. Y en a plein des jeunes qui veulent gagner un peu d'argent.

Yvon avait été secoué et craignait de perdre son emploi qu'il aimait bien, même si c'était assez tôt le matin.

— C'est pas ça, monsieur Ladouceur, mais j'ai mal dormi.

— Tu sais mon p'tit Potvin, moi je connais bien ta mère et puis je ne l'ai jamais vue de mauvaise humeur. Penses-tu qu'avec sa trâlée* d'enfants, elle dort toujours toutes ses nuits ?

— C'est pas pareil. J'ai fait mes devoirs après le souper et pis je me suis couché tard parce que j'ai étudié.

— Serais-tu menteur à part de ça ? T'étais à l'aréna hier soir, à moins que tu aies un jumeau que je ne connaisse pas. Si tu savais comment je peux haïr ça de me faire raconter des singeries. En passant, toi qui es si instruit, peux-tu me dire si on doit dire des menteries ou des mensonges ?

Yvon était abasourdi : la discussion tournait à la plaisanterie, mais il se devait de faire attention, car il ne voulait surtout pas avoir à se chercher un autre emploi.

— Je dirais des mensonges, monsieur Ladouceur.

— Ben tu t'es vraiment trompé, mon jeune, parce que tu vas apprendre qu'avec moi, on doit toujours dire la vérité, seulement la vérité. Si t'es assez réveillé asteure, pis que t'es capable d'avoir une belle façon avec les clients, monte, on va essayer de faire une bonne journée. Je t'avertis, je ne veux plus de face de Carême. À ton âge, t'es pas supposé avoir assez de tracas pour te permettre ça.

Et de jour en jour, la bonne humeur de l'homme déteignait sur l'enfant et le rendait plus heureux. Cet homme

---

* *Trâlée : groupe, grand nombre*

qui n'avait pas d'enfant aurait pu être le meilleur père au monde, se disait Yvon. Comme la vie était parfois injuste.

* * *

Diane, la sœur ainée, était mariée à Jules Labrie, un ingénieur de Bell Canada. Elle travaillait comme téléphoniste dans le gros édifice de la rue Principale à Ste-Agathe, tout près du presbytère et de l'église. Yvon était bien impressionné que sa propre sœur travaille pour une si prestigieuse compagnie.

Dès qu'il le pouvait, il créchait chez elle où il se sentait le bienvenu même si leur logis n'était pas très grand. La petite chambre d'amis était simple, mais confortable. Quand il se retrouvait seul dans cette minuscule pièce, c'était comme si le monde entier lui appartenait. Enfin un lit juste à lui où il pouvait savourer la solitude et se retrouver. Des changements s'opéraient dans son corps et, à la maison, la promiscuité avec ses frères, avec qui il partageait une chambre, le dérangeait. Il avait de la difficulté quand il retournait chez lui, et l'ambiance de plus en plus malsaine faisait en sorte qu'il voulait éviter à tout prix les disputes avec ses frères. Il n'était pas heureux à la maison et il préférait travailler le plus souvent possible, pour ainsi profiter de l'hospitalité de sa grande sœur.

Son beau-frère, Jules, qui était fils unique, était bien content d'avoir un jeune à taquiner. Le couple n'avait pas encore d'enfant et ne prévoyait pas de fonder une famille de sitôt. Ils voulaient profiter de leur jeunesse pour aller danser à l'hôtel Belmont, faire du ski de randonnée, aller aux rafles de dindes, fréquenter l'aréna et jouer aux cartes avec des amis jusqu'à tard dans la nuit, sans avoir à penser à s'occuper d'enfants.

L'époque de la soumission des femmes tirait à sa fin. En travaillant, Diane se sentait plus indépendante et beaucoup moins dominée, bien que son mari ne soit pas du même acabit que son père.

Il ne restait plus en permanence à la maison du Lac Brûlé que le bébé Simon et Pierre, qui avait maintenant sept ans et passait le plus clair de son temps chez ses grands-parents Potvin. Il ne pouvait supporter de voir sa mère dans cet état de léthargie et son instinct d'enfant faisait en sorte qu'il fuyait la tristesse pour vivre sa jeunesse auprès de ses aïeuls.

Il apprenait avec sa grand-mère à jouer aux cartes, à faire des casse-têtes, à faire la cuisine, à natter des tapis et à faire de la couture. Jamais il ne s'ennuyait. Il parlait beaucoup et posait mille et une questions auxquelles sa grand-mère répondait clairement sans pour autant lui dire toujours la vérité. Il ne pouvait distinguer les faits véridiques des balivernes.

— Pourquoi vous avez des pinces dans votre panier, mémère ?

— C'est pour tirer mon aiguille quand j'couds mes tapis.

— Pourquoi vous mettez un linge à vaisselle sur vos gâteaux ?

— C'est pour pas qu'ils durcissent pendant qu'y frédissent*.

_____

*Frédissent : refroidissent

— Pourquoi vous avez des poils sur le menton ?

— C'est pour faire comme ton grand-père, mon p'tit curieux.

Et quand son grand-père parlait d'aller au village, il l'accompagnait et l'aidait à transporter les colis. Il avait une patience d'ange ; il pouvait écouter Édouard parler des heures avec les différentes personnes qu'il rencontrait, lui qui connaissait tout le monde. Jamais il ne demandait à partir ni ne réclamait quoi que ce soit.

Quand les commissions étaient finies, il avait droit à une liqueur et une frite avec du ketchup, bien assis au comptoir de Chez Gaudet.

Par instinct de survie, chaque enfant avait trouvé son échappatoire.

* * *

Au Lac Brûlé, la vie de la famille Potvin semblait se dérouler artificiellement. En éteignant la flamme de la mère, Ernest avait peu à peu décimé la famille. Les jours et les semaines s'écoulaient sans que l'on puisse trouver un événement digne de discussion et la maison familiale n'était plus qu'un simple dortoir. Plus jamais on y tenait des diners de famille le dimanche ou les jours de fête.

Pourtant, un matin du mois de mai 1960, Pauline se leva avec une sérénité profonde. Elle voulait tourner la page, convaincue qu'une nouvelle vie s'ouvrait devant elle.

Elle fit du gruau et des rôties pour son mari qui partait le premier pour aller travailler sur le fameux terrain de la veuve Therrien, son travail étant terminé au mont Castor.

Il pourrait se ramasser encore quelques belles cordes de bois qu'il vendrait dans le courant de l'été.

Dès qu'il eut quitté la maison, Pauline réveilla les enfants et leur prépara leur déjeuner avec une quiétude à la limite de la normalité. Elle semblait heureuse d'entreprendre cette journée ensoleillée et même si les enfants n'en firent aucun cas, le repas se déroula dans une ambiance gaie et apaisante. Ils partirent tous en autobus avec leurs *lunchs* après avoir embrassé leur mère qui leur souhaita une très bonne journée.

Elle prépara ensuite le petit Simon et se rendit chez sa belle-mère qui accepta d'en prendre soin pour la journée, le temps, avait-elle expliqué, qu'elle se rende chez le médecin pour une visite de routine. Une journée magnifique débutait pour tous les membres de la famille, ce qui n'avait pas eu lieu depuis fort longtemps.

De retour à la maison, elle s'empressa de changer les draps de son lit, mit de l'ordre dans sa chambre et dans celles des enfants pour finalement terminer par laver la vaisselle du déjeuner et mettre chaque chose à sa place dans la cuisine.

Elle fit ensuite un brin de toilette et mit sa plus belle robe, celle qu'elle avait mise pour les noces de sa belle Diane, il y a deux ans. Comme elle se trouvait belle ainsi habillée. D'une main habile, elle se fit un joli chignon, qu'elle orna d'un peigne en ocre, souvenir de sa mère morte depuis longtemps. Elle poussa l'audace jusqu'à s'appliquer du rouge à lèvres et elle octroya un sourire radieux à son reflet dans le vieux miroir ovale de la cuisine.

Elle avait l'impression de flotter dans la maison. Ce matin, elle était la plus belle. Une petite prière pour remercier le Créateur et elle se rendit dans le garage de l'homme qu'elle avait épousé vingt-deux ans auparavant.

Il y avait très longtemps qu'elle n'était pas entrée dans ces lieux. Elle y retrouva différents objets qu'Ernest avait apportés pour se créer un monde bien à lui : une table et des chaises installées près d'un vieux poêle à bois qu'il se targuait d'avoir acquis directement d'un proche parent de la réputée Fonderie Viau de St-Jérôme, une vieille théière, une tasse en granit et des revues d'automobiles qui trainaient sur la table. Sur le bord du châssis, se trouvait un radio transistor qu'elle s'empressa d'allumer. Une douce musique se fit alors entendre.

Dans la rallonge du garage, se trouvait le nouveau camion que son mari s'était acheté la semaine précédente ; un véhicule de marque Dodge 1960 bleu, un vrai petit bijou. Il ne l'avait pas sorti du garage depuis qu'il en avait pris possession, mais il venait l'admirer tous les soirs. Elle n'aurait pas été surprise qu'il s'assoie à l'intérieur et fasse semblant comme le font parfois les enfants qui jouent à être des grandes personnes.

Pauline, enhardie, décida de prendre place au volant du camion et regarda le tableau de bord. Il était en métal, de couleur assortie au véhicule et brillait de propreté. Ernest avait pris la peine de mettre de vieux journaux sur les tapis pour les protéger de la saleté. Il adorait son nouveau véhicule, elle en était certaine même s'ils ne se parlaient pas depuis déjà un bon moment, n'utilisant les paroles que pour le strict nécessaire.

Elle mit le moteur en marche, un doux ronronnement se fit entendre. Elle sourit à la pensée de ce que dirait son mari, s'il la voyait ainsi au volant de son véhicule ; elle, une simple femme. Elle appuya sur l'accélérateur et se dit que tout comme Ernest, le moteur s'emballait facilement. Dans ce petit recoin du garage, il faisait noir et lentement une forte odeur de monoxyde de carbone s'installa.

Pauline prit son chapelet et le récita les yeux fermés, en prenant de grandes respirations. Elle savait qu'elle s'en allait pour un long voyage où plus jamais elle n'aurait mal :

«Mon Dieu, veuillez m'ouvrir les portes de votre maison même si je n'ai pas attendu que vous veniez me chercher. Je veux vous servir jour après jour et n'aimer que vous en qui j'ai mis toute ma confiance. Prenez grand soin de mes enfants, car je n'en ai plus la force. Ainsi soit-il.»

* * *

CHAPITRE 8

Un départ inattendu
(Mai 1960)

Ernest était fier de sa matinée dans la forêt. La température était clémente et il appréciait particulièrement ces longs moments de solitude.

Au volant de son vieux tracteur, il rapportait un gros voyage de billots de quatre pieds qu'il finirait de débiter les soirs, ou quand il ne voudrait pas s'éloigner de la maison pour une raison ou une autre. Il transporterait le bois nécessaire à la cabane à sucre et ensuite il corderait tout le reste dans la cour pour le faire sécher.

C'est ce même bois qu'il marchanderait dans le courant de l'été et à l'automne, il remplirait la *shed*. Le reste serait bien cordé en arrière du garage. Tant qu'il ferait beau, il se servirait du bois à l'extérieur pour conserver celui qui serait à l'abri pour les temps où il serait plus difficile de circuler dans la neige accumulée.

Ce n'était jamais pareil d'une année à l'autre, c'est la mère Nature qui décidait des tempêtes hivernales.

Après le diner, il y aurait encore deux gros voyages de bois qui l'attendraient sur le nouveau terrain de monsieur Thompson. Ça en serait fini pour cette année d'abattre des arbres. La sève qui montait à cette période donnait un bois qui avait du mal à sécher. On aurait dit qu'il bouillait dans le feu au lieu de s'enflammer ; c'est du moins ce que son père lui avait toujours répété.

En passant sur le rang, il aperçut sa mère qui était en train de mettre du linge à sécher sur la corde. «Comme elle est vaillante pour son âge, il ne s'en fait plus des femmes comme elle», se dit-il. Fidèle et soumise à son mari, quoique depuis un certain temps, il trouvait qu'elle s'interposait plus souvent quand son père et lui discutaient. Elle le vit passer et lui envoya la main et il la salua avec sa casquette. Étant le dernier de la famille, il avait bénéficié pleinement de l'attention de ses parents. Manipulateur, il avait su bien profiter de l'un et de l'autre à leur insu et il le faisait encore aujourd'hui.

En arrivant près de son garage, il contourna la bâtisse pour se délester de son chargement. Son estomac lui fit sentir qu'il était tout près de midi.

Il se rendit donc à la maison et en entrant dans la cuisine, il constata que la table n'était pas dressée. Malgré ses bonnes résolutions, sa pression commença à monter et il sut qu'il ne pourrait se contenir bien longtemps.

— Pauline, t'es où ? Y est midi, pis le diner est pas encore prêt, ronchonna-t-il.

Aucune réponse. Il se dit qu'elle avait dû se recoucher ce matin, au lieu de prier à côté du poêle comme elle le faisait depuis plusieurs mois. Il en avait assez de cette vie, ça devait changer. Plus rien n'était pareil à la maison et sa femme était de plus en plus amorphe. Il fallait vraiment qu'il lui parle. Sa patience semblait maintenant atteindre ses limites.

Il alla dans sa chambre pour constater que tout était en ordre, mais il n'y avait personne. Il pensa alors que Pauline avait dû se rendre chez les parents Potvin avec Simon. Elle n'allait jamais ailleurs de toute façon.

Il s'y rendit donc d'un pas hâtif et c'est avec un air de bête enragée qu'il se présenta au domicile des grands-parents. Ceux-ci étaient tout simplement attablés avec Simon qui trônait dans sa chaise haute comme un petit roi.

— Pauline est-tu icitte ? Y a personne à maison. Le diner est même pas prêt.

— Installe-toi à table, lui dit calmement sa mère, qui connaissait son fils mieux que personne. Tu vas diner avec nous autres. Quand il y en a pour deux, il y en a pour trois et tu sais bien que lorsque Pauline n'est pas là, tu viens manger avec nous autres.

Mais Ernest ne comprenait pas ce qui se passait. Il était à la fois fâché que sa mère semble prendre cela si légèrement et abasourdi que sa femme soit sortie sans lui dire auparavant.

— Mais Pauline est où ?

— Elle avait rendez-vous chez le Dr Grignon, tu le savais pas ?

Ernest était sans mots. Pour la première fois depuis leur mariage, sa femme aurait pris la liberté de s'absenter sans l'avertir, comme s'il n'était plus le maître de la maison ? Il ne comprenait rien.

— C'est quoi cette histoire-là ? Quand je suis parti à matin, a m'a rien dit. Comment a s'est rendue au village ?

— Comment ? On le sait pas nous autres. Ta mère t'a dit ce qu'elle savait, intervint son père d'un ton autoritaire. On est assez bons de garder les enfants, c'est pas à nous autres de contrôler les allées et venues de ta femme.

Édouard Potvin s'agaçait de voir son fils ainsi tourmenter sa pauvre Amanda. Celle-ci, par contre, se sentait un peu coupable de n'avoir rien demandé de plus à Pauline. Mais elle avait cru que cette dernière s'y rendait avec Ernest, comme ils le faisaient à l'habitude, car elle n'avait pas de permis de conduire.

— C'est probablement ta fille Diane qui est venue la chercher. Tu sais ben qu'a conduit pas, pis c'est pas à la porte non plus, avança la grand-mère en ricanant pour détendre l'atmosphère.

Et elle ajouta :

— Quand elle est venue me conduire le petit, elle était encore habillée en semaine.

Ernest prit le téléphone et appela immédiatement chez Diane. Comme c'était l'heure du diner, sa fille était à la maison.

— Allo Diane, c'est ton père.

— Oui papa ; qu'est-ce qui se passe ? Vous n'avez jamais appelé chez nous en deux ans, l'interrogea-t-elle, inquiète de recevoir cet appel inopiné.

— J'veux parler à ta mère, ordonna-t-il.

— Maman ? Mais je ne l'ai pas vue. Pourquoi maman serait ici alors que je travaillais ce matin ? Vous avez même été chanceux de me pogner à la maison parce que je viens juste de finir de diner et j'étais sur le départ. Je ne veux pas être en retard, mais vous m'inquiétez. Comment ça se fait que maman n'est pas à la maison ?

— J'le sais pas, c'est pas mal son genre à ta mère de faire des cachettes, répondit sèchement Ernest, qui raccrocha le téléphone sans lui en dire plus. Il se demandait s'il devait s'inquiéter ou se fâcher.

— Qu'est-ce qu'a dit ? le questionna sa mère, anxieuse.

— Est pas là.

Et Ernest quitta la maison de ses parents, les laissant pantois et inquiets.

— Qu'est-ce qui a ben pu se passer d'après toi, mon vieux ? Ça fait un an que ça va mal chez eux, de dire la grand-mère inquiète en berçant le petit bébé.

— On ne va pas se mêler de ça, la mère. On va garder le petit en attendant qu'a revienne. Tu sais, on s'inquiète toujours pour rien.

* * *

Ernest retourna chez lui, fit le tour de la maison et s'assit dans la berceuse près du poêle pour réfléchir. Il n'avait rien remarqué de particulier ce matin au déjeuner. Pourquoi sa femme serait-elle allée chez le médecin sans lui en parler ? Il repensa à l'hiver qu'il avait passé dans cette maison et il avait l'impression que tout cela était arrivé à quelqu'un d'autre. Sa famille était décimée, anéantie, et il en était en partie responsable.

Il aimait cette femme qu'il traitait pourtant comme une esclave ; il le réalisait maintenant. Il lui fallait se repentir.

Dès son retour, il attendrait le moment propice, quand les enfants seraient au lit, et il lui parlerait. Il lui étalerait ce qu'il avait vécu durant son enfance dans une maison empreinte de chicane et de violence. Bien que ça ne pouvait être une excuse, comment aurait-il pu faire mieux ?

Dès qu'il avait commencé à travailler, il n'avait eu qu'un seul but et c'était de devenir indépendant financièrement. Avec le peu d'instruction qu'il avait, il se devait de travailler du lever du soleil jusqu'à tard le soir s'il voulait y parvenir. Ses garçons ne lui apportaient pas l'aide qu'il escomptait et par la même occasion, il savait que de toute façon, il n'aimait pas travailler avec les autres.

L'hiver avait été très long et Pauline avait eu de la difficulté à remonter la pente depuis son hospitalisation. Il trouvait pourtant cette semaine qu'elle avait meilleure mine. Sa décision était prise, car il était de plus en plus convaincu de vouloir avoir une bonne conversation avec sa femme. Dès qu'elle reviendrait cet après-midi, il lui dirait que ça allait changer. Il s'était contenu tout l'hiver et ne s'était jamais fâché contre elle ou contre les enfants. Il avait eu tellement peur qu'elle ne meure au bout de son sang quand elle était tombée l'automne passé, qu'il avait promis à la bonne Ste-Anne de garder les mains dans ses poches et quand il sentait la poudre lui monter au nez, il allait s'asseoir dans son garage.

Quand les enfants arrivèrent de l'école, ils trouvèrent leur père assoupi dans la chaise berçante près du poêle. Ils ressentirent immédiatement un malaise devant cette scène inhabituelle.

— Maman est pas là ? demanda Albert en dévisageant son père, l'air inquiet.

— Est partie chez le docteur, répondit spontanément Ernest, surpris de s'être ainsi endormi en plein après-midi, quelque chose qu'il n'avait jamais fait de toute sa vie.

Il eut soudain une idée. Il prit alors le téléphone et appela le bureau du Dr Grignon.

— Bonjour, madame, c'est Ernest Potvin du Lac Brûlé. Pouvez-vous me dire si ma femme a fini son rendez-vous avec le docteur ? C'est moi qui devais aller la chercher et j'ai eu un empêchement.

— Je suis désolée, monsieur Potvin, mais le docteur Grignon ne fait pas de bureau aujourd'hui. Il devait aller conduire son épouse à Montréal chez de la famille.

— Merci madame, j'ai dû me tromper de rendez-vous. Elle doit être partie chez ma fille. Excusez-moi de vous avoir dérangée.

Pendant ce temps, le petit Pierre avait quitté la maison. Dès qu'il avait su que sa mère n'y était pas, il s'était dirigé immédiatement chez ses grands-parents pour se faire dire que sa mère n'y était pas non plus.

D'instinct, l'enfant était alors sorti à l'extérieur et s'était promené sur le terrain adjacent à la maison pour la chercher. Elle qui aimait la nature, pouvait très bien s'être réfugiée près de la rivière pour y réciter ses prières.

En passant devant le garage, l'enfant eut un haut-le-cœur et tomba à genoux sans trop savoir pourquoi. Son paternel qui sortait alors de la maison, se dirigea vers le garage sans pour autant lui prêter attention. Il se rendit directement vers son radio qui jouait et il perçut soudain une odeur étrange. Instinctivement, il se dirigea vers le fond du garage où son camion neuf trônait, tel une pièce de collection. Il avançait lentement, convaincu que la vie s'apprêtait à lui rendre la monnaie de sa pièce.

Quelle macabre découverte, quel malheur, quel spectacle d'horreur ; sa femme était là, assise au volant de son camion, inerte, les yeux grands ouverts sur le néant. Un chapelet ornait son cou et son précieux missel était tombé à ses pieds. Il la prit délicatement dans ses bras et essaya de la réveiller, de la ramener dans leur monde, mais son corps était frigorifié. Il devait se rendre à l'évidence qu'il ne tenait entre ses bras que l'enveloppe corporelle de celle qu'il avait si mal aimée.

Quelques minutes plus tard, Yvon trouva son père en larmes, accroupi au sol avec sa mère dans les bras, sa petite maman habillée aujourd'hui comme une princesse. Elle avait entre les mains un mouchoir blanc avec des initiales brodées.

— Pourquoi maman est sans connaissance, papa ? Qu'est-ce qui y est arrivé ?

Et contrairement à son habitude, Ernest utilisa sa voix la plus douce pour lui dire d'aller chez son grand-père afin de lui demander d'appeler une ambulance, car Pauline n'allait pas bien. À la raideur de ses membres, il savait bien qu'il n'y avait plus rien à faire, mais il ne voulait pas admettre la vérité et encore moins apeurer les enfants déjà troublés par un tel spectacle.

Pour la toute première fois, il n'avait pas le plein contrôle de sa vie. Tout s'écroulait et il s'en imputait pour l'instant toute la responsabilité. Il était le seul fautif, et jamais il ne pourrait se remettre d'une telle atrocité.

* * *

Au village, dans les jours qui suivirent, les gens chuchotaient au passage de la famille Potvin. On avait entendu dire que la femme d'Ernest était morte d'une crise de cœur, d'autres disaient qu'elle était morte de faiblesse et certains avançaient qu'elle avait mis fin à ses jours.

C'était un décès qui laissait tout le village perplexe. Plusieurs tentèrent de faire parler le docteur Grignon, mais jamais il n'aurait enfreint le serment d'Hippocrate.

La dépouille de la belle Pauline, l'une des plus belles femmes de la région, était exposée au Salon J.H. Vanier, sur la rue Ste-Agathe, et c'est par dizaines que les gens se prosternèrent devant son modeste cercueil. Ernest se tenait immobile à ses côtés, recevait les condoléances et tentait de se défiler habilement quand on parlait de la cause de son décès.

— Elle est donc bien partie vite, disaient-ils.

— Je ne comprends vraiment pas ce qui a pu lui arriver, répondait Ernest, laissant sous-entendre un malaise inexpliqué ou une maladie encore inconnue.

À d'autres, il disait qu'elle n'allait pas vraiment bien dernièrement et qu'il l'avait emmenée chez un spécialiste pour lui faire passer des examens, ou il racontait que depuis son dernier bébé, elle n'avait jamais réellement réussi à remonter la pente. Avec moult scénarios, personne ne saurait vraiment ce qui était arrivé sur le Chemin Ladouceur au

Lac Brûlé sauf, bien entendu, les proches et le Très-Haut, que l'on ne pouvait duper, même si l'on s'appelait Ernest Potvin et que l'on était un vieil ours.

Après ce jour fatidique, les deux enfants de la famille Potvin qui vivaient à Montréal, Rose et Luc, étaient revenus au Lac Brûlé pour vivre avec la famille ces moments difficiles. Les plus jeunes avaient été absents de l'école pendant quelques jours, le temps des funérailles.

Luc était ensuite retourné à Montréal et Rose avait accepté de rester avec son père pour l'aider avec la marmaille. Elle avait, à contrecœur, donné sa démission à la manufacture où elle travaillait depuis plus de deux ans. Elle était convaincue qu'elle devait prendre soin de la famille, mais jamais elle n'y laisserait sa vie comme sa mère. Son père ne l'impressionnait plus depuis qu'elle avait fui la maison des années auparavant.

Elle était bien déterminée à venger sa mère.

* * *

CHAPITRE 9

DE LA VISITE DES ÉTATS
(JUILLET 1957)

Quelques années plus tôt, on avait reçu la visite de Georges Potvin, le frère d'Ernest, qui demeurait à Détroit depuis plus de quinze ans. Rose et Luc étaient alors âgés respectivement de 17 et 15 ans et ils demeuraient encore au Lac Brûlé. Les enfants étaient jeunes au moment de son départ et comme on n'en parlait jamais, ils l'avaient quasiment oublié, du moins son souvenir s'était estompé de leur mémoire. Somme toute, la raison de son exil demeurait un sujet tabou.

C'était au début de l'été 1957. On connaissait cette année-là une température anormalement élevée pour la période. Les touristes étaient nombreux dans la région et c'est la raison pour laquelle l'arrivée d'un véhicule dans l'entrée de la cour n'avait pas dérangé la famille, qui était en train de prendre le repas du midi. Il devait encore s'agir de quelqu'un de la ville qui s'était égaré, qui voulait une information, ou tout simplement qui voulait acheter des produits de la ferme. Parce que la famille demeurait sur une terre, ces citadins croyaient tous qu'ils élevaient des poules, des cochons ou des vaches. Les villageois représentaient globalement à leurs yeux des habitants et ils semblaient croire qu'ils s'éclairaient encore à la lampe et qu'ils coupaient la laine des moutons pour faire des chandails. Ignoraient-ils qu'ils avaient la radio et même pour certains, la télévision, qu'ils savaient lire et écrire?

Tout à coup, la tablée entendit des pas sur la galerie. Ernest, qui avait reconnu le visiteur, bondit tout de suite de sa chaise comme si on l'avait piqué au derrière. Sans laisser l'opportunité à son frère de mettre le pied dans sa maison, il s'installa devant la porte-moustiquaire et se mit à l'invectiver sans égard pour les enfants attablés derrière lui. À la façon dont il vociférait ses injures, on aurait pu croire qu'il les avait répétées maintes et maintes fois, juste au cas où il aurait un jour l'opportunité de les proférer.

— Ah ben batinse, t'as du front tout le tour de la tête pour venir te montrer la face icitte, maudit *écœurant*. Tu penses pas que tu nous en as assez fait?

— Après autant d'années, on pourrait se parler, le frère?

— Jamais, as-tu compris? Jamais. Pis je te défends de dire que t'es mon frère. Pour moi, t'es mort, t'es enterré. Retourne chez tes Anglais. On n'a pas besoin d'une race de monde comme toi icitte.

Et Ernest avait foncé sur son frère en l'insultant et en lui pointant l'index dans le poitrail. Il l'avait reconduit jusqu'à sa voiture et lui avait fait comprendre qu'il n'était pas le bienvenu.

Georges, qui était son ainé de plus de deux ans, connaissait très bien le caractère fougueux d'Ernest, et ne fut pas surpris d'une telle réaction. S'il avait eu une quelconque malice, il aurait poussé la raillerie jusqu'à s'arrêter à cet endroit en premier, simplement pour mettre le feu aux poudres. Déçu, mais non surpris, il repartit donc aussitôt sans prononcer un traître mot, mais en jetant un coup d'œil vers la maison de son frère, dans l'espoir de voir la femme qu'il avait tant aimée jadis.

C'est Georges qui avait fréquenté Pauline le premier. Ils s'étaient rencontrés par hasard, un après-midi, au bord du Lac Brûlé où elle aimait aller faire la lecture ou simplement rêvasser. Sans le savoir, ils avaient le même lieu de recueillement. Lui y allait pour sortir de la maison, où tout n'était que cris et disputes. Elle, de son côté, s'y rendait tout simplement pour profiter de la nature, de l'odeur des fleurs et des herbes qu'elle adorait. Ils s'étaient revus plusieurs fois sans pour autant en parler à leurs familles respectives. Ils savouraient ces moments de discussions profondes sur la vie, la famille, et ils en vinrent rapidement à élaborer des projets d'avenir qu'ils modifiaient parfois au gré de leurs rencontres et de leurs humeurs.

C'était en 1937 et Georges demeurait toujours chez ses parents. Il était allé au chantier pendant quelques hivers et travaillait pour le vieux monsieur Thompson durant les mois d'été, tout comme son frère Ernest. Il partageait une large partie des sous gagnés avec sa mère, dont l'époux n'était pas généreux de nature. Il en donnait également une bonne part à ses sœurs qui vivaient à Montréal, où il allait souvent pour profiter des sorties nocturnes de la métropole. C'est là qu'il dépensait le reste de son argent en menant la grande vie et il revenait travailler à la campagne contre son gré afin de renflouer son gousset.

Sa relation avec Pauline prenait cependant des proportions de plus en plus importantes. Il aurait voulu pouvoir partir avec elle et l'installer comme une reine, mais il n'avait malheureusement pas un sou. Il regrettait amèrement tout l'argent dépensé pour des futilités, qu'il s'agisse de boisson ou de femmes aux mœurs légères. Depuis qu'il était amoureux, plus rien d'autre n'avait d'importance à ses yeux. Il était prêt à tout pour fonder une famille avec la femme qu'il aimait.

Avant-dernier de la famille Potvin, Georges savait d'emblée que la terre et les bâtiments étaient déjà légués à Ernest, le petit dernier. C'était une tradition familiale et son père n'y ferait aucune dérogation. Ses sœurs et lui n'auraient rien que des cicatrices et les souvenirs d'une vie dure qui s'était déroulée dans un rang de campagne. Les plus âgées d'entre elles avaient quitté la maison : trois s'étaient mariées, deux s'étaient faites religieuses, l'une d'elles était restée vieille fille et deux étaient mortes des suites de la tuberculose, en très bas âge.

De son côté, Pauline était la petite dernière d'une famille de deux enfants, chose rare pour l'époque. Son père, un vieux garçon âgé de 60 ans au moment où elle était née, avait épousé une vieille fille de 35 ans et ils n'avaient pu avoir que ces deux enfants, qu'ils adoraient. Ils vivaient au Lac Brûlé sur la petite terre familiale, mais la santé précaire de sa mère qui avait enfanté à un âge assez avancé se détériora à un point tel qu'elle décéda alors que Pauline n'avait que douze ans. Elle vivait donc seule avec son père plutôt âgé et son frère qui était son ainé de trois ans. Celui-ci s'occupait de la petite ferme en faisant l'élevage de cochons et sa sœur s'occupait de la maison et de la frêle santé de leur père.

Au fil de leurs rencontres qui se multipliaient à la satisfaction des deux cœurs, l'idylle s'installa à un point tel, que le bonheur ne semblait exister que lorsqu'ils étaient l'un contre l'autre. Ils commencèrent à faire des projets communs en imaginant une vie de couple où la joie de vivre serait essentielle.

Pour ce faire, Georges décida de quitter la maison et de partir pour Montréal, afin de travailler avec son beau-frère Rosaire pour la compagnie de tramway. Il avait besoin de ramasser de l'argent, afin d'assurer une vie sans tracas à la femme de ses rêves.

Avant de partir, ils se rencontrèrent une dernière fois au bord du Lac Brûlé et Georges, qui n'était que tendresse, remit à sa promise un simple mouchoir brodé de ses initiales, qu'il lui demanda de conserver jusqu'à son retour.

— Si t'as de la peine, si tes yeux ne peuvent s'empêcher de verser des larmes, éponge-les avec mon mouchoir. Je te promets que je te consolerai à mon retour.

Pauline avait vécu beaucoup de chagrin à la mort de sa mère, mais elle était raisonnable et elle savait que Georges faisait ce sacrifice dans le seul but d'unir leurs destinées. Elle le laissa donc partir sans verser une seule larme, mais en agitant son mouchoir qu'elle mit ensuite sur son cœur.

Dès le départ de George, ils entreprirent une correspondance assidue. Chacune des lettres était empreinte de douceur et de promesses d'un avenir heureux. Ils ne se revirent que la veille de Noël alors qu'il vint la rejoindre avant la messe de minuit. Il réveillonna chez elle avec son frère et son père. Comme il n'avait que deux jours de congé, il devait retourner dès le lendemain pour reprendre son poste de chauffeur de tramway, et c'est le cœur gros qu'il retourna à Montréal, dans le dessein bien précis de se bâtir un nid pour le futur.

Les lettres furent donc le seul lien entre les tourtereaux pendant l'hiver, mais subitement, à partir du mois de mars, Pauline ne reçut plus aucune nouvelle de son soupirant. Dans sa dernière missive, Georges avait mentionné qu'il avait beaucoup de travail et devait souvent remplacer des gars qui arrivaient en retard, ou qui tout simplement ne se présentaient pas au travail. Il avait, de plus, déménagé chez sa sœur Fernande, qu'il adorait. Celle-ci avait de nombreux enfants, mais elle lui avait tout de même installé un petit lit dans la chambre du petit dernier. Il disait être plus heureux dans une maison familiale que seul, entouré de soûlons*, dans une maison de chambres du bas de la ville.

Pauline n'en prit pas ombrage, se disant qu'il n'avait sûrement pas le temps d'écrire, mais plus le temps passait, plus elle déprimait. En juin, Léopold, son frère, qui était très inquiet, l'envoya chez une tante à St-Jérôme sous prétexte que celle-ci était malade et avait une grosse famille.

Dans le courant de l'été, quand elle revint à la maison, elle était plus sereine, mais il y avait une lueur de tristesse au fond de son regard. Elle avait perdu sa bonne humeur et vaquait à ses occupations sans ardeur. Dès qu'elle avait

---

* Soûlons : ivrognes

un moment, elle se rendait au bord du lac et y passait de longues heures.

Un beau jour, Ernest, qui l'avait suivie, fit semblant d'être passé là par hasard et entreprit une conversation. Curieuse à l'idée d'avoir des nouvelles de Georges, Pauline se fit mielleuse et attentive.

— Bonjour, Pauline, il y a longtemps que t'es revenue ?

— Ça fait juste une quinzaine de jours. Ma tante aurait aimé ça que je reste encore, mais je m'ennuyais ben trop.

— C'est ben *comprenable*, à ton âge. C'était la première fois que tu partais de la maison ?

— Oui. Mais je n'avais pas le choix. Il faut savoir s'entraider dans la famille. Et puis chez vous, tout le monde va bien ?

— C'est pas si pire, en tout cas, on ne manque pas d'ouvrage. Si Georges était resté avec nous autres, ça aurait fait deux bras de plus, mais ça a l'air qu'il aime mieux la ville et ses frivolités.

Pauline sembla surprise de la réponse d'Ernest et espérait en savoir plus, mais sans pour autant avoir l'air trop fouineuse. Elle s'enquit donc de la santé des parents Potvin et de ce qui s'était passé au Lac Brûlé durant son absence cet été-là. Finalement, elle laissa entendre à Ernest qu'elle venait souvent lire au bord du lac l'après-midi.

Au fil des jours, celui-ci trouva des excuses pour venir la rencontrer à quelques reprises et elle obtint ainsi des informations qu'elle n'aurait pu acquérir ailleurs.

Ernest lui raconta donc qu'il avait appris que Georges fréquentait la sœur d'un collègue de travail et que ce serait très sérieux.

— Tu sais, mon frère n'en est pas à sa première blonde. Il n'avait pas encore treize ans, qu'il faisait de l'œil à nos cousines de la ville. Ma mère l'avait surpris en arrière de la grange avec Rita, qui était plus vieille que lui, et qui semblait avoir déjà goûté à ça.

Ernest broda autour de l'histoire d'un baiser volé comme s'il s'agissait d'une grave atteinte à la pudeur. Selon la description faite sous forme de parabole, Pauline imagina un grave péché mortel, alors qu'il n'y avait eu qu'une petite encoche au respect des convenances.

Pauline, déçue, se lia donc d'amitié avec Ernest qui était tout de même beau garçon, quoique moins raffiné que son frère. Au fil des jours, elle développa pour lui des sentiments plus ardents. Elle retrouvait en lui un peu de Georges ou du moins il lui rappelait de doux instants. Ernest, plaidant l'âge avancé de ses parents, demanda donc à Pauline de l'épouser juste avant les fêtes, de façon à ce qu'elle puisse seconder sa mère dans son quotidien.

Quelque peu désabusée de la vie et ne croyant plus au grand amour, sa décision fut, par conséquent, prise rapidement. C'est donc dans la sacristie de l'église de Ste-Agathe que, lundi 22 novembre 1937, Pauline Cloutier accepta d'épouser Ernest Potvin pour le meilleur et pour le pire. N'assistèrent à cette cérémonie que les témoins des mariés, soit le père d'Ernest et le frère de Pauline, puisque le père de celle-ci n'était pas suffisamment en forme physiquement pour y assister.

Il s'agissait d'un mariage de convenance pour Pauline, qui demeurerait ainsi tout près de chez son père et qui pourrait ainsi veiller au bien-être de celui-ci, tout en fondant une famille bien à elle, avec des enfants qu'elle aimerait plus que tout au monde.

* * *

Tout en roulant vers le domicile de ses parents, Georges se remémorait comment il avait appris en 1938, le mariage de sa bien-aimée avec son frère cadet. Elle avait cessé de lui écrire au mois de mars sans préambule. Il avait tout de même continué de lui faire parvenir des lettres, mais toutes étaient restées sans réponse.

Il s'était même rendu au Lac Brûlé dans l'été, pour se faire dire par son frère que Pauline était partie abruptement chez une tante à St-Jérôme. Celui-ci avait même ajouté avoir entendu dire entre les branches, qu'elle était partie « obligée* » et que selon lui on ne la reverrait pas au village avant qu'elle n'ait « acheté** ».

Georges était retourné à Montréal abasourdi et bien enclin à ne plus retourner dans la région de Ste-Agathe avant que les poules n'aient des dents. Pauline était l'amour de sa vie, il en était certain. Que pouvait-il s'être passé pour qu'elle décide de le quitter sans prévenir? C'est alors qu'il décida de s'exiler et il partit pour Détroit où il se trouva rapidement un poste dans une manufacture de voitures.

La Seconde Guerre mondiale ayant été déclarée, il avait été contraint de faire son service militaire et avait été envoyé outre-mer avec l'armée de terre des États-Unis. En 1943, il avait été rapatrié aux États-Unis, à la suite d'une

---

* Obligée : enceinte
** Acheté : accouché

blessure majeure à une jambe. Il avait été longtemps hospitalisé, mais en 1944, il avait finalement reçu sa décharge de l'armée puis avait réintégré son emploi à la compagnie américaine General Motors.

Par la suite, il n'était revenu au village qu'en 1952, alors que sa mère était très malade. Quinze années avaient défilé depuis et il se croyait maintenant suffisamment fort pour retourner au pays. Ses parents, avec qui il correspondait, lui avaient demandé à maintes reprises de venir les visiter, mais il prétextait toujours ne pouvoir laisser son travail. Cependant, quand il avait craint pour la vie de sa maman, il avait décidé de passer outre et de se rendre à son chevet. Sa présence avait fait en sorte que madame Potvin avait retrouvé l'énergie de se battre pour recouvrer la santé.

Par un bel après-midi de cet été-là, Georges s'était permis de retourner se promener au bord du Lac Brûlé, afin de ressasser ses plus beaux souvenirs. Dès qu'il s'était approché du cours d'eau, il avait revu Pauline, plus belle que jamais. En le voyant, elle s'était mise à pleurer. Il était encore plus beau que dans ses souvenirs. Encore une fois, il sortit un mouchoir blanc puis le lui tendit pour qu'elle éponge ses larmes. Il la prit dans ses bras et la consola. Elle l'accusa de ne plus lui avoir écrit et lui n'y comprenait rien. Ils se parlèrent donc comme ils avaient l'habitude de le faire il y avait de cela si longtemps, et conclurent qu'Ernest était l'instigateur du scénario qui les avait séparés. Il avait fait en sorte de prendre la future femme de son frère, probablement en interceptant les lettres, et par la suite en semant du venin dans l'imaginaire de la jeune fille vierge.

Pendant quelques semaines, ils se revirent au bord du lac dès que Pauline pouvait s'absenter, et ce, au détriment de leurs convictions religieuses. N'y tenant plus, ils firent l'amour comme ils auraient dû pouvoir le faire durant leur vie de couple si un démon ne s'y était pas infiltré.

La passion prenant le dessus, ils ne furent pas suffisamment sur leurs gardes et Ernest les prit un soir en flagrant délit. Armé d'un fusil, il menaça de tuer son frère si celui-ci ne repartait pas aussitôt pour les États-Unis. Pauline enjoignit à Georges de l'écouter, car elle le savait capable de mettre sa menace à exécution.

Georges se rappela être parti avec le cœur lourd et déçu de n'avoir pas le courage de tuer ce frère ingrat qui lui avait pris l'amour de sa vie.

Il était revenu aujourd'hui, soit cinq ans plus tard, dans l'espoir de la revoir. Même si ce n'était qu'un bref instant, il en avait besoin comme une plante a besoin d'eau ! Il se rendrait au domicile de ses parents à quelques centaines de pieds de là, afin de bénéficier du réconfort maternel toujours aussi sécurisant, même quand on est à l'aube de la quarantaine et surtout quand on est seul au monde.

Il en profiterait pour écouter ses parents lui raconter les dernières nouvelles de la région, en espérant que le nom de Pauline serait mentionné pour nourrir son cœur encore meurtri.

* * *

De son côté, Pauline avait également semblé surprise de revoir Georges, mais elle avait fait en sorte de ne rien laisser paraitre, de peur des foudres de son mari. Elle s'était donc empressée de rappeler les enfants à l'ordre, d'une voix tout de même saccadée :

— Allez, les enfants. Assoyez-vous pour finir de diner. On doit aller aux fraises cet après-midi. Dépêchez-vous, qu'on lave la vaisselle avant de partir.

Comme les enfants n'avaient pas l'habitude de questionner ouvertement les parents à cette époque, ils avaient obéi, mais non sans montrer qu'ils étaient excités par l'arrivée de cet oncle inconnu qui venait de si loin.

Rose, dont la curiosité n'était rien de moins que maladive, avait tout de même eu le temps de le voir à travers la moustiquaire. Elle avait tout de suite été envoutée par la beauté de cet homme grand, élancé et viril. Il avait des cheveux soignés, une fine moustache bien taillée et des yeux perçants. Il portait des vêtements chics qui lui donnaient fière allure : un homme à l'apparence soignée comme on n'en voyait que très peu au village, un être racé avec des yeux troublants pour une jeune fille de dix-sept ans, qui voyait aujourd'hui le type d'homme dont elle rêvait jour après jour. C'était donc ça un homme qui venait des États ! Malheureusement, il s'agissait de son oncle et il était un peu trop vieux, mais qui savait s'il ne pourrait pas lui raconter comment ça se passait dans ce pays lointain ?

Rose, le nez toujours plongé dans les livres, aspirait à sortir de son village et à aller vers d'autres cieux, mais c'était pratiquement impossible pour une jeune fille de bonne famille. Ou bien l'on se mariait et l'on avait une grosse famille, ou l'on devenait religieuse, et elle ne voulait ni l'un ni l'autre.

À travers les nombreux récits parcourus, elle s'imaginait l'héroïne d'une histoire abracadabrante et l'arrivée de cet inconnu au village venait stimuler son imagination. Elle ferait en sorte de rencontrer son oncle de quelque manière que ce soit, mais sans toutefois attiser la colère de son paternel, dont elle craignait les sautes d'humeur.

* * *

Le destin favorisa la réalisation du souhait de Rose deux jours plus tard, soit un après-midi où elle se rendit chez monsieur Thompson pour y faire le ménage, en remplacement de sa mère. Ernest avait demandé à sa fille de s'occuper de ce travail pour quelque temps, car il disait que Pauline, qui était enceinte, devait rester à la maison pour prendre des forces. Nul ne savait qu'il avait interdit à sa femme de sortir de la maison ; il voulait éviter qu'elle rencontre son frère maudit.

La famille Thompson s'absentait tous les mercredis pour faire des courses au village et parfois même pour se rendre à St-Jérôme pour avoir un plus grand choix d'articles. Monsieur Thompson avait demandé aux Potvin de profiter de cette journée pour faire les travaux de ménage à la maison de campagne, de manière à ne pas perturber la vie paisible de madame Thompson et sa fille.

Rose n'aimait pas particulièrement faire ce genre de travaux, mais elle appréciait la beauté des lieux et la richesse qui s'en dégageait. Elle en profitait pour se promener dans toutes les pièces de la maison pour s'imprégner de toute la splendeur environnante. Quand elle était seule, elle fouillait sans gêne dans les armoires et touchait les beaux vêtements de la bourgeoise.

Cette journée-là, à la fin de l'après-midi, elle s'apprêtait à balayer la galerie arrière, quand elle vit l'oncle Georges qui marchait vers le bord du lac. Elle simula un éternuement violent pour signaler sa présence, ce qui eut l'effet escompté. L'homme se retourna doucement puis fit un signe de la main amical à la jeune fille qu'il venait d'apercevoir. Voulant expliquer sa présence sur les lieux, il approcha de la galerie et se présenta.

— Bonjour, mademoiselle, je m'excuse de vous déranger, mais je voulais tout juste revoir le bord du lac où je venais passer de longues heures quand je vivais ici. Monsieur Thompson nous laissait toujours passer sans y redire.

— Vous ne me dérangez pas, lui répondit Rose, intimidée par ce bel homme qui s'adressait à elle si gentiment et avec un léger accent. Je remplace ma mère qui fait habituellement le ménage ici. Est-ce que vous vous souvenez de moi, Rose, la fille de votre frère Ernest?

— Rose, eh bien! Je ne t'aurais jamais reconnue. Tu étais une toute petite fille rondelette et te voilà devenue une belle et grande jeune fille. Comme tu ressembles à ta mère! lui dit-il avec une certaine nostalgie.

— Je sais, on me dit tout le temps ça. Est-ce que vous êtes revenu au Lac Brûlé pour longtemps?

— Je ne crois pas. Ça fait tellement longtemps que j'ai quitté la région. Et puis tu sais, j'aurais de la difficulté à revivre dans un endroit où tout le monde se connaît et se mêle des affaires des autres. Quand tu as vécu dans une grande ville comme Détroit, tu es habitué à beaucoup plus de liberté.

— Comme ça doit être bon de pouvoir vivre au loin comme vous. J'aimerais bien moi aussi m'en aller en ville un jour, mais j'ai peur de manquer de courage. Ça semble plus facile quand on est un garçon, jamais papa ne m'accordera la permission.

— Si j'avais attendu la permission de partir, je serais encore ici. Tu sais, ton grand-père Potvin n'était pas facile à vivre quand on était jeunes. Je peux même avouer qu'il ressemblait étrangement à ton père, sans vouloir t'offenser.

— Vous ne m'offensez pas du tout. J'aimerais mieux rester vieille fille que d'avoir un mari comme lui, répondit-elle impulsivement.

L'arrivée de monsieur Thompson et de sa famille mit fin brusquement à la conversation, au grand regret de la jeune fille. L'oncle Georges la salua rapidement et se dirigea d'un pas alerte vers les arrivants avec une assurance déconcertante. Elle l'entendit discourir longuement avec le patron de son père dans la langue de Shakespeare, comme on disait à l'école. Comme elle aurait aimé pouvoir parler l'anglais si librement, ça lui donnerait la confiance nécessaire pour se trouver un emploi dans la grande ville de Montréal, comme certaines filles du village l'avaient fait avant elle.

Dès qu'elle eut fini d'aider madame Thompson à rentrer ses achats et à dépaqueter ce qui venait de l'épicerie, elle prit congé et se dirigea vers la maison en songeant à sa courte conversation avec son oncle Georges. Elle avait de quoi rêver pour les quelques jours à venir.

CHAPITRE 10

LA CAMPAGNE APRÈS LA VILLE
(MAI 1960)

QUAND Rose avait appris le décès de sa mère, elle avait beaucoup pleuré, et ce, pendant une très longue période. Dans ses larmes, elle revoyait les événements qui avaient fait en sorte qu'elle avait décidé un jour de quitter la maison familiale. C'était à la suite de la dernière visite de son oncle Georges. Il n'était resté que quelques jours chez ses grands-parents et elle n'avait malheureusement pas eu l'occasion de lui parler à nouveau.

À la maison, le climat s'était envenimé et il flottait dans l'air une animosité palpable. Durant cette même semaine, sa mère, qui était enceinte de quelques mois, s'était mise à saigner abondamment et elle avait fait une fausse-couche. À son retour de l'hôpital, son père l'avait accusée d'avoir fait exprès de provoquer la perte de cet enfant qu'il croyait être son successeur. Elle avait mis plusieurs mois à recouvrer la santé, tandis que son caractère était devenu jour après jour plus amorphe.

Un soir, alors que Rose avait fait allusion à la visite de l'oncle Georges, dans le but bien précis d'en apprendre davantage sur la raison du conflit fraternel, son père, qui était à proximité, la gifla fortement, sans aucune retenue, et elle se mit à saigner du nez.

Sa mère réagit comme si c'était elle qui avait reçu la correction et, pour défendre sa fille, s'empara du tisonnier, avec lequel elle menaça Ernest qui répliqua vivement :

— Viens pas te mêler de ça ! Elle a couru après ; c'est juste ça qu'a mérite.

— Tu peux me frapper moé, Ernest Potvin, mais je te jure sur la tête de ma pauvre mère que tu vas laisser mes enfants tranquilles. Y sont pas responsables de nos erreurs, répondit Pauline qui n'avait pourtant pas l'habitude de répliquer à son mari.

— Tes enfants, c'est aussi les miens, à ce que je sache ben naturellement, rétorqua-t-il ironiquement.

— Ben ça parait pas à la manière que tu les traites. Le bonhomme Piché soigne mieux son chien que toi tu traites tes enfants.

Depuis ce jour, Rose savait qu'elle quitterait la maison dès que l'opportunité se présenterait. Peu de temps après, une demande émanant d'une tante de Montréal fit en sorte que sa grand-mère lui demanda si elle pourrait aller aider sa fille, qui avait une grosse famille et dont le mari travaillait sur des quarts de travail. Ça devait être juste pour l'hiver, mais ça s'était prolongé et finalement Rose avait trouvé un emploi dans une manufacture de couture.

Elle ne revenait à la maison qu'à la période des fêtes et restait en ville pendant ses vacances, prétextant aider la tante Fernande, chez qui elle restait en pension. C'est en repensant à tout ceci qu'elle réalisa amèrement qu'elle avait très peu vu sa mère dans les deux dernières années.

Elle avait cependant développé une belle relation avec cette tante Fernande qui était tellement différente de son père, bien qu'ils soient frère et sœur. La tante était partie jeune pour Montréal où elle avait épousé un chauffeur de tramway. Elle aussi avait fui une maison où la violence assombrissait la lueur du jour.

C'est également chez elle que l'oncle Georges s'était installé comme *chambreur*, peu de temps après son arrivée à Montréal. Au fil du temps, une belle complicité s'était établie entre eux et il lui avait avoué tout l'amour qu'il avait pour Pauline et les projets d'avenir qu'ils avaient faits ensemble. Elle avait attendu avec lui les lettres de Pauline qui n'arrivaient plus et elle l'avait consolé quand il avait appris que son frère cadet lui avait ravi sa belle. Par la suite, elle n'avait pu le retenir quand il choisit de s'exiler aux États-Unis pour guérir sa peine.

Curieuse comme une belette, Rose, qui connaissait l'attachement entre son oncle Georges et sa tante Fernande, avait appris au cours des conversations avec cette dernière, une partie de l'histoire ancienne. Pauline, sa pauvre mère, avait un jour perdu l'homme qui était l'amour de sa vie. Il semblait qu'Ernest, son père, avait profité de la naïveté de celle qui n'était alors qu'une toute jeune femme, pour se l'approprier ignoblement, en formulant de fausses accusations. Il l'avait engrossée jusqu'à ce qu'elle lui donne l'héritier tant désiré. À son grand désarroi, il n'avait pu réprimer ses ardeurs suffisamment et il s'était retrouvé avec une famille de sept enfants vivants.

En 1952, le destin avait voulu que l'oncle Georges revienne des États-Unis pour visiter sa vieille mère malade et les quelques semaines passées au Lac Brûlé avaient suffi à raviver la flamme entre les deux cœurs blessés, de même que la haine entre les deux frères.

Fernande croyait en connaître l'origine, mais pouvait-elle faire suffisamment confiance à Rose pour lui faire part de ses soupçons, alors qu'elle était encore si jeune ? Elle craignait de nuire à sa relation avec la famille si elle se laissait aller à la confidence avec la fille la plus fouineuse qu'il lui fut donné de rencontrer.

À l'annonce du décès de sa mère, toute cette douleur avait refait surface dans le cœur de Rose, lui faisant ressentir la même souffrance que lorsque son père l'avait frappée la dernière fois. Elle s'était affaissée au milieu de la cuisine, ne pouvant retenir ses larmes, et sa tante l'avait bercée sur son sein. Elle était redevenue un tout petit bébé qui réalisait combien elle avait besoin de sa mère, cette mère qui l'avait quittée bien avant qu'elle ne soit vraiment sevrée de son amour.

Elle avait beaucoup pleuré aux funérailles, mais avec la ferme intention de ne plus jamais verser une larme devant cet homme à qui elle se promettait de faire payer tout le mal qu'il avait fait aux siens. Il lui avait un jour déclaré la guerre ; elle profiterait aujourd'hui du fait qu'il était blessé pour s'imposer fortement et prendre une large partie de son territoire. Elle voulait lui faire mal et elle devait jouer son jeu habilement, sinon il la chasserait de la maison et il aurait gagné encore une fois. Elle voulait également protéger ses frères qui demeuraient encore à la maison avec cet homme ingrat.

* * *

Au lendemain des obsèques, Rose, qui avait pris soin de la maisonnée depuis son arrivée, s'était levée de très bonne heure et avait préparé le déjeuner pour son père qui partait tôt pour travailler.

— J'aimerais ça rester pour m'occuper des enfants, si ça ne dérange pas. Je prendrai soin des enfants asteure que maman n'est plus là.

— Juste pour la semaine ou pour plus longtemps ?

— Tant que ça pourra faire l'affaire, pourvu qu'on puisse s'entendre vous pis moi.

— T'as ben beau, ma fille, moi je pense qu'on est capable de faire pour que ça marche. Ma mère voulait venir m'aider, mais c'est pas ben ben de son âge de s'occuper d'une charrue comme ça.

— J'y ai dit à mémère que je resterai. Elle m'a dit qu'elle viendrait m'aider si j'avais besoin d'elle. Elle veut juste continuer à s'occuper de Pierre parce qu'elle dit que ça la désennuie.

Son père ne fit aucune objection. Il n'avait jamais beaucoup porté attention aux enfants dans la maison et encore moins à celui-ci. Seul Simon, qui commençait à gazouiller, avait pour lui une importance toute particulière.

Dès qu'Ernest mettait les pieds dans la maison, l'enfant s'excitait tant qu'il ne l'avait pas pris dans ses bras et il pouvait le garder ainsi pendant des heures. Depuis la mort de son épouse, il berçait le petit, comme s'il réalisait que c'était tout ce qui lui restait de la femme qu'il avait finalement aimée, mais d'une façon bien maladroite. La bête blessée devenait à ce moment-là bien inoffensive.

Au début, son but était uniquement de prendre la bien-aimée de son frère, mais avec le temps, il s'était attaché à cette femme qu'il avait connue enjouée, rayonnante et si attachante. Avec les années, elle avait perdu de son éclat; il réalisait aujourd'hui qu'il lui avait fait ombrage tout simplement. Dans son cercueil, elle était tout aussi belle que le premier jour où il l'avait embrassée. Comme si la liberté qu'elle avait retrouvée dans la mort l'avait embellie.

Il ne l'avait pas aimée, mais il avait aimé la posséder; elle avait été la seule victime de ce conflit fraternel.

Il était bien résolu à laisser Rose prendre le contrôle de la maison. Sa vie à lui se déroulerait maintenant dans son garage, où il attendrait que le petit Simon soit assez grand pour l'y rejoindre. Il lui montrerait tout ce qu'il savait faire et en ferait son bras droit. Quand il serait adulte, et qu'il lui aurait donné un petit-fils, il lui laisserait tous ses biens. Ainsi, il n'aurait pas peiné en vain pendant toutes ces années. Il se sculpterait lui-même un bâton de vieillesse à sa convenance.

La vie au Lac Brûlé serait bien différente maintenant que Pauline avait déserté son nid. Ses oisillons apprendraient-ils à voler sans elle?

* * *

Rose trouvait très difficile le retour à la vie de campagne. Ses nombreuses amies lui manquaient ainsi que sa vie sociale. Au Lac Brûlé, il n'y avait que des résidences et des chalets. Elle devait donc se rendre à Ste-Agathe si elle voulait sortir et fraterniser avec des amis, à une distance de près de cinq milles. Elle devait toujours attendre que quelqu'un aille en ville et lui offre un *lift**, et c'était la même chose pour le retour. Elle enviait sa sœur Diane qui restait au village et qui s'amusait bien chaque fin de semaine. Le temps lui manquait également à cause de ses nombreuses responsabilités familiales. Elle n'avait pas l'expérience de sa mère et elle devait parfois se reprendre à deux fois avant de réussir une tâche. Heureusement que mémère Potvin venait faire son tour régulièrement, pour la seconder et lui donner des trucs pour gagner du temps.

En reprenant la charge de sa mère, elle avait aussi repris l'entretien de la maison de la famille Thompson. Chaque mercredi matin, elle allait conduire le petit Simon chez mémère Potvin puis elle se rendait à la résidence des bourgeois. Elle avait l'impression de vivre, ces journées-là, dans un monde bien à elle.

Un mercredi du mois de juillet, monsieur Thompson était parti très tôt et avait laissé une note sur la table de la salle à manger. Il devait se rendre à Montréal, car son épouse devait être hospitalisée. Il laisserait sa fille à sa mère et ne reviendrait que plus tard dans la semaine.

Rose se sentit donc privilégiée à l'idée de pouvoir passer toute la journée seule dans cette magnifique demeure.

---

* *Donner un lift : conduire en voiture*

Elle commença ses corvées par la chambre de la fillette, qui, comme toutes les jeunes adolescentes, avait tendance à tout laisser trainer. Dès qu'elle eût refermé cette porte, elle entreprit de ranger les deux pièces réservées pour les amis, lesquelles ne servaient pratiquement jamais et donc ne nécessitaient pas un très gros ménage.

Quand elle pénétra finalement dans la chambre des maîtres, elle ressentit un bien-être et un ravissement immédiats. Elle s'octroya le plaisir de s'imaginer vivre dans un tel environnement et elle profita de chaque coup de chiffon pour s'approprier un peu de l'air ambiant.

Que fallait-il donc faire au Bon Dieu pour naître sous une si belle étoile ?

Elle termina son ménage par le salon, la salle à manger et la cuisine. Elle venait tout juste de s'asseoir pour se relaxer quelques minutes, quand elle entendit quelqu'un monter sur la galerie arrière.

— Monsieur Thompson, dit-elle, surprise qu'on l'ait trouvée assise à la cuisine avec une galette et une tasse de thé. Je ne vous attendais pas aujourd'hui. Je prenais une petite pause, car je ne me suis pas arrêtée pour diner ce midi.

— Allez, ne vous en faites pas. Je suis tout juste passé pour venir chercher des effets pour ma femme. Elle sera hospitalisée quelque temps et elle a oublié des articles personnels.

— Je suis désolée pour elle. Vous lui ferez toutes mes salutations. Est-ce que je dois revenir mercredi prochain, comme prévu ?

— Naturellement Rose, car je vais tout de même m'installer au chalet pour terminer mes dossiers cet été. Ma fille Catherine restera chez sa grand-mère, car nous avons fermé la maison de Westmount pour l'été.

Alors, Rose crut le moment propice pour parler avec son patron à propos de ses gages.

— Je ne voudrais pas vous *achaler* avec ça aujourd'hui, mais je me demandais si vous pourriez me payer directement à l'avenir pour le ménage que je fais ici le mercredi. Je sais que vous avez l'habitude de payer mon père pour tous les travaux, mais ce serait plus simple pour moi. Vous savez que j'ai laissé ma *job* à Montréal pour venir m'occuper de ma famille, mais je suis habituée à recevoir directement mon salaire.

— Je n'y vois pas d'inconvénient, mais est-ce que votre paternel sera d'accord ?

— Bien naturellement, car je ne vous en aurais pas parlé sans qu'il ne soit au courant. Nous avions convenu de cela quand j'ai décidé de déménager par ici. Il dit qu'il ne veut pas m'empêcher d'être indépendante concernant mes finances.

— Eh bien ! Ça me fera plaisir et si vous le voulez, je vous paierai à tous les mois en commençant tout de suite. Il mit la main dans sa poche et sortit une liasse de billets de banque comme elle n'en avait jamais vue. Il lui tendit l'argent et elle le remercia, se disant du même coup que son père serait surpris l'automne venu, de constater que le montant recueilli serait amputé des gages du ménage, qu'elle utiliserait à sa guise. Dès qu'elle irait à Ste-Agathe, elle en profiterait pour s'ouvrir un compte de banque bien à elle. Jamais elle ne vivrait sous le joug financier de qui que ce soit. Elle aurait de l'argent pour sécuriser ses arrières quoiqu'il arrive.

À son retour à la maison, elle prépara le souper en savourant sa victoire. Elle annonça à son père que des amis de Ste-Lucie viendraient la chercher après le souper, pour aller aux vues*. Elle avait l'habitude à Montréal d'aller au cinéma et elle ne voulait pas que son père croie qu'elle resterait tous les soirs à la maison pour garder les enfants.

— Je vais laver Simon et Pierre et les mettre en pyjama. Vous aurez juste à les faire coucher.

— Pas de problème, ma fille, lui dit-il, faisant contre mauvaise fortune bon cœur. Il savait bien qu'il n'avait plus aucune emprise sur elle et il en avait besoin au jour le jour.

Elle profita de sa bonne humeur ou plutôt de son impassibilité passagère, afin de lui faire la demande qu'elle s'était répétée mentalement plusieurs fois lors des dernières journées.

— Avez-vous pensé à me donner un peu d'argent pour mes dépenses ? À moins que vous aimiez mieux que je me trouve une petite job en ville.

— Non, t'inquiète pas, Rose. J'm'en va te donner un peu plus d'argent pour la *grocery*. Tu t'en garderas pour tes dépenses. Ça fait-tu ton affaire comme ça ?

— Oui papa. On devrait être capable de s'entendre là-dessus.

Elle ne le reconnaissait plus. Lui, habituellement si radin, lui semblait soudain ne plus avoir la même ambition.

---

* *Aller aux vues : aller au cinéma*

Elle se doutait bien que c'était temporaire et elle se devait d'en profiter au maximum. Chassez le naturel et il revient au galop. En attendant, elle profiterait de sa léthargie.

* * *

Et la vie reprit ainsi son cours dans un calme relativement inhabituel. Même les enfants étaient moins enclins à se disputer. Mémère disait que ce sont les cris qui engendrent les chicanes et l'instigateur de celles-ci était, pour le moment, plutôt abattu. Depuis le départ de la mère, tout le monde semblait appesanti par une lourde charge faite en partie de tristesse.

Du chant du coq au coucher du soleil, les journées se succédaient avec une similitude déconcertante. Le temps semblait s'être mis en mode ralenti, à défaut de pouvoir s'arrêter complètement.

Rose avait de la difficulté à se faire des amis, car elle n'avait pas autant de liberté qu'elle l'aurait cru. De plus, la période où elle avait vécu à Montréal avait créé un vide autour d'elle. Il n'y avait qu'Annette Labelle qui lui était restée fidèle : elles avaient entretenu une correspondance durant toute son absence. Elle était même allée visiter Rose à quelques reprises dans la grande ville, où elles avaient sillonné la rue Ste-Catherine à pied d'un bout à l'autre plus d'une fois.

Le mercredi était donc la seule soirée qu'elle s'accordait et elle profitait de toutes les occasions pour se rendre au village. Si ce n'était pas possible, elle appelait Roméo, un ami chauffeur de taxi qui lui faisait un bon prix, car il la trouvait vraiment à son goût. Après une soirée de congé, elle était prête à reprendre les rênes pour une autre longue semaine. Et ainsi les jours s'écoulaient avec une lenteur infinie, mais heureusement avec, jour après jour, un peu moins de tristesse dans l'air.

* * *

CHAPITRE 11

LA FOLLE DU LOGIS
(ÉTÉ 1960)

Il était plutôt rare que l'on rencontre madame Thompson au Lac Brûlé. Elle ne sortait que le mercredi avec son époux et sa fille Catherine, quand ils allaient faire des courses au village. Le reste du temps, elle restait dans la maison. Depuis peu, elle refusait catégoriquement de les accompagner lors de ces sorties, s'emmurant dans sa chambre le temps que Rose fasse le ménage.

On racontait qu'elle avait une santé délicate, qu'elle supportait difficilement les rayons du soleil et qu'elle avait besoin de beaucoup de repos. On savait qu'elle avait fréquenté l'hôpital à quelques reprises, mais personne n'osait demander la nature de son mal, qui vraisemblablement était tenu secret.

Le fait qu'elle n'ait eu qu'un seul enfant était déjà peu ordinaire dans le patelin, où il était étrange de voir une si petite famille. L'époque des familles de douze ou quatorze enfants était révolue, mais on dénombrait tout de même souvent cinq à six enfants par maison.

Cette année-là, à la suite de l'hospitalisation de sa femme, monsieur Thompson avait fait le trajet vers Montréal presque tous les jours. Quand on s'informait de la santé de sa femme, il répondait évasivement, faisant en sorte de limiter les discussions à ce sujet.

Depuis la mi-août, il restait cependant au chalet et travaillait dans son bureau. Il passait également beaucoup de temps dans le solarium, entouré d'une multitude de livres et de journaux. Sa cuisinière, madame Gagnon, venait tous les jours pour préparer les diners et soupers, sauf le mercredi, où Rose prenait la relève afin de lui octroyer une journée de congé. Rose la remplaçait également si celle-ci devait s'absenter pour une raison ou une autre.

Rose avait remarqué que son patron n'était plus le même homme. Il s'isolait et ne parlait que très peu aux employés, même à Ernest, qui venait faire les travaux à l'extérieur de la maison. Il semblait démoralisé et n'avait pas bonne mine. Ses yeux, habituellement si vifs et étincelants, étaient maintenant assombris par des cernes couleur de tourment.

Avec cette attitude découragée, il l'intimidait doublement. Ce midi-là, alors qu'elle s'apprêtait à aller lui servir sa tasse de thé, la poignée de la théière céda et pour éviter de l'asperger avec le liquide brûlant, elle eut le réflexe de pivoter vivement sur elle-même et elle s'ébouillanta. Elle ne put réprimer un cri de douleur et elle s'accroupit afin d'encaisser le mal, avant de pouvoir trouver une compresse froide.

Monsieur Thompson, réagissant très rapidement, s'empressa de la secourir. Il constata alors qu'elle s'était brûlée sévèrement au niveau du mollet et de la cheville.

— Mademoiselle Rose, qu'est-ce qui vous est arrivé?

— C'est la théière qui a cassé, répondit-elle en gémissant. Je suis désolée, je ne pouvais pas savoir.

— Ne vous en faites pas. L'important, c'est cette brûlure qu'on doit traiter le plus tôt possible. Venez vous étendre sur le divan du salon, je vais vous faire une compresse.

— Non, laissez-faire. Je vais mettre un peu de beurre dessus et ça va aller.

Rose était gênée de voir son patron ainsi agenouillé devant elle. Cet homme qui avait tellement de soucis ces temps-ci, n'avait pas besoin de se préoccuper d'une banale femme de ménage. Mais il insistait et utilisait un ton qui ne laissait aucune place à la discussion.

Il l'aida donc à se diriger vers le salon et la fit allonger sur le canapé. Il entreprit d'enlever doucement son petit bas de coton en constatant que la peau semblait vouloir rester accrochée au tissu. Il rechignait à blesser cette jeune fille qu'il considérait comme une petite fleur du printemps.

L'homme n'est pas fait pour vivre seul. La présence hebdomadaire, ainsi que la proximité de cette jeune beauté dans son entourage, tourmentaient sa bonne conscience.

— Est-ce que je vous fais mal?

— Non, ça peut aller, répondit-elle entre deux sursauts provoqués par la douleur qui persistait malgré tout. Je vais retourner chez moi et faire des compresses.

— Pas question de partir d'ici comme ça. Je vais tout de suite téléphoner au docteur Grignon et il va venir vous soigner ici.

— Je suis désolée, monsieur Thompson, mais ce n'est pas nécessaire. Ce n'est pas si grave que ça et puis je n'ai pas les moyens de payer un médecin pour une simple brûlure.

— Qui vous a dit que vous auriez à le payer ? Le docteur Grignon est mon ami et vous êtes ici chez moi, alors c'est moi qui m'occupe de tout. Reposez-vous maintenant en attendant qu'il arrive.

Rose resta ainsi allongée sur le canapé en pensant que si son père la voyait, il pesterait contre elle et il l'empêcherait de revenir travailler à cet endroit. Elle était nerveuse et excitée par la situation, si bien qu'elle ne ressentait maintenant que très peu de douleur à l'endroit de la brûlure, pourtant assez importante. Une fois qu'on eût appliqué des compresses d'eau froide sur la blessure, Rose tenta de se détendre en imaginant mille et une situations burlesques jusqu'à ce que le docteur arrive, l'examine et lui prodigue les soins requis par son état.

Après le départ du médecin, monsieur Thompson revint au salon avec une carafe de cristal et se mit en frais de préparer deux verres de cherry.

— Allez, buvez ceci, vous verrez : ça soigne les brûlures, les éraflures, les maux de dents et biens d'autres malaises.

Mais Rose s'empressa de vouloir se lever, afin de retourner rapidement chez elle. La situation lui sembla subitement devenir complexe.

— Merci monsieur Thompson, mais je ne voudrais pas vous déranger plus longtemps. Heureusement que j'avais terminé le ménage.

— Il n'est pas question que vous partiez ainsi. Allez, accompagnez-moi avec ce simple verre. Ça nous fera du bien à tous les deux et par la suite, j'irai vous reconduire chez vous en voiture. Disons que ça nous a été prescrit par le docteur Grignon pour contrer un choc émotif.

Le ton familier de l'homme fit en sorte qu'elle accepta cet intermède inhabituel dans sa vie de tous les jours. Ils se mirent à parler du temps où elle travaillait à la manufacture à Montréal et des endroits qu'elle fréquentait, ses soirées au cinéma et les tournées de magasinage qu'elle faisait avec une amie. Encouragée par l'écoute attentive, elle raconta comment son amie et elle jouaient les grandes dames en essayant de beaux vêtements qu'elles savaient ne pouvoir s'offrir avec le maigre salaire qu'elles gagnaient.

Pour la première fois depuis plusieurs semaines, elle vit monsieur Thompson rire de bon cœur au récit imagé qu'elle faisait de ses journées de congé. Elle ajouta qu'elle s'ennuyait terriblement depuis qu'elle était revenue à la campagne, mais qu'elle se devait de remplacer sa mère auprès de ses frères.

Elle évita de parler de son père et de la relation qu'elle entretenait avec lui, de crainte de trop en dire.

Il lui parla à son tour de son travail et du peu d'amis qu'il avait à cause de la maladie de son épouse. Il disait ne pouvoir inviter qui que ce soit à la maison ne sachant jamais comment elle réagirait. Il mentionna que cette année, la santé de celle-ci s'était de beaucoup détériorée, sans pour autant démystifier la nature du mal dont elle souffrait.

Rose aurait bien aimé savoir quelle était cette mysté-rieuse maladie, mais elle n'osait poser de questions trop précises.

— Est-ce que ça fait longtemps que votre femme est malade? demanda-t-elle, avant d'ajouter précipitamment, pour se disculper :

— Excusez-moi, je suis peut-être indiscrète, ma mère me le reprochait toujours.

— Non Rose, on discute tout simplement. Pourquoi ne m'appellerais-tu pas William, je ne suis pas si vieux que cela? Et puis, il me semble que ça me ferait du bien de pouvoir parler avec quelqu'un de jeune et de dynamique. Tu sais, depuis déjà plusieurs années, c'est l'état de santé de mon épouse qui occupe une grande partie de ma vie et c'est parfois lourd à porter.

— C'est bien correct monsieur William… ou plutôt William.

Rose se permit de rire de son audace d'appeler son patron par son prénom. L'énervement passé et le cherry aidant, on aurait dit qu'elle se détendait et avait même le goût de profiter de cette situation pourtant singulière.

William se mit donc à discourir sur sa relation avec son épouse, Irène. L'écoute intéressée de la jeune fille qu'il observait attentivement depuis plusieurs semaines, le poussa à faire le point sur sa situation. Il ne craignait pas les répercussions d'un tel aveu alors qu'il était si loin de son cercle d'amis de Westmount.

Il raconta donc que son mariage avait été arrangé par les paternels des deux familles, lesquelles étaient assez bien nanties. Les fréquentations avaient été de courte durée et jamais il n'avait été question du fait qu'Irène avait toujours eu des problèmes de santé mentale. Plusieurs périodes de dépression profonde vécues dans l'adolescence de celle-ci avaient inquiété les parents, qui craignaient qu'elle ne puisse trouver un mari. Le père avait donc utilisé ses contacts pour trouver un prétendant à la hauteur de ses ambitions et c'est sur le jeune fils Thompson que s'était porté son choix.

William avait découvert la maladie de sa femme pour la toute première fois, lors de leur voyage de noces à l'Hôtel Roosevelt de New York. Irène s'était réveillée en pleine nuit, angoissée et respirant difficilement. Ne sachant pas quoi faire, il avait tenté de la faire parler, mais elle en était incapable et devenait de plus en plus agitée. Il l'avait donc conduite à l'hôpital Bellevue, où elle avait séjourné plus d'une semaine. On avait diagnostiqué une crise d'anxiété aiguë, et on lui avait mentionné qu'elle semblait avoir des symptômes de psychose maniaco-dépressive.

À sa sortie de l'hôpital, le médecin américain demanda à ce qu'elle soit vue immédiatement par son médecin traitant dès son arrivée à Montréal, car il jugeait que son état était très instable. Elle fut donc hospitalisée à l'hôpital St-Jean de Dieu pendant plus d'un mois. C'est à ce moment-là que ses beaux-parents lui avaient avoué que leur fille unique avait des antécédents en semblable matière et qu'un psychiatre s'occupait de son cas depuis déjà plusieurs années. Ils lui dirent qu'ils croyaient qu'elle était presque guérie, car il y avait déjà plusieurs mois qu'elle n'avait pas eu d'épisodes taciturnes, indolents ou attristés.

C'était ainsi que ça se passait pour ce couple depuis plus de quinze ans. Depuis le printemps dernier, Irène Thompson avait fait beaucoup de rechutes et malgré son arrivée à leur maison d'été où elle se plaisait habituellement, elle n'avait jamais repris goût à la vie. Elle avait ainsi dû à nouveau être internée à l'Hôpital St-Jean de Dieu. Il avoua à ce moment-ci ne pas être retourné la voir à l'hôpital depuis déjà plus de dix jours. C'était trop pénible pour lui de la voir ainsi abattue.

Leur fille Catherine, tourmentée par la situation, avait demandé à sa grand-mère paternelle si elle pouvait demeurer chez elle et cet automne, elle serait placée dans un couvent. C'était sa décision, car elle ne pouvait plus tolérer la vie familiale avec une mère à ce point malade et un père distant à cause de son travail accaparant.

William était au bout du rouleau, mais il regrettait maintenant de s'être laissé aller ainsi à la confidence.

— Qu'est-ce que tu vas penser de moi maintenant ? J'ai abandonné ma femme dans un hôpital de malades mentaux et je reste ici enfermé dans ma maison de campagne à faire la belle vie.

— Bien au contraire William, je vous trouve terriblement généreux et charitable d'avoir ainsi vécu toutes vos jeunes années. Pauvre madame Thompson, est-ce que vous croyez qu'elle va s'en sortir ?

— Je t'avoue que j'en doute fortement ou tout au moins, je cultive beaucoup moins d'espoirs qu'auparavant. Je suis à mon tour rendu à un point où je n'ai plus la volonté de vivre la maladie au jour le jour. J'ai demandé à ce qu'on lui trouve une place dans une maison de convalescence où elle pourra vivre entourée de médecins et d'infirmières. C'est terrible à dire, mais je ne crois pas que je pourrais à nouveau vivre sous le même toit que ma femme, bien que je ne lui veuille aucun mal.

Tout en discutant, il avait rempli le verre de Rose avant de s'asseoir par terre, au pied du divan où elle était allongée. Le calme de cet après-midi d'été et l'épanchement de certains de ses sentiments profonds firent en sorte qu'il eut soudain le goût de toucher délicatement la joue de la jeune fille, comme on effleure un fragile bibelot de porcelaine. Le geste était si raffiné que Rose accepta la caresse sans résister, d'autant plus qu'elle avait depuis peu le fantasme de se voir toucher de la sorte par cet homme galant et cultivé. Mais ce qui ne devait être qu'un désir plus ou moins conscient semblait se réaliser, tel un souhait formulé.

— Rose, si tu savais tout le bien que ça m'a fait de parler avec toi aujourd'hui. Il a malheureusement fallu que tu te blesses pour que je m'épanche ainsi auprès de toi. Je t'en prie, s'il te plait, ne me juge pas.

— Ne vous en faites pas William, je n'ai jamais rencontré un homme aussi délicat que vous. J'adore vous entendre parler et je pourrais vous écouter encore pendant des heures.

— Nous reprendrons cette conversation, si tu le veux bien. En attendant, je me dois d'aller faire quelques appels dans mon bureau. Repose-toi un peu, je te conduirai chez toi en voiture en fin d'après-midi.

Quand il revint dans le salon une heure plus tard, Rose avait quitté la maison. Sur la table de la cuisine, elle avait laissé ce simple mot :

« J'ai passé un après-midi de rêve, mais je crois que je dois me réveiller avant de croire que tout cela s'est réellement passé. Ne craignez rien, personne ne saura la nature de notre conversation. J'ai beaucoup de respect pour vous.

Je reviendrai mercredi prochain pour faire à nouveau les travaux ménagers. »

Et elle avait signé : une rose ébouillantée.

William prit le petit mot et sourit. Il le plia puis le mit dans la poche de sa chemise délicatement, comme s'il voulait lui faire une place contre son cœur. Qu'est-ce qui lui arrivait ? Il avait depuis bien longtemps cessé de regarder les jeunes filles avec ces yeux-là. Bien sûr, il avait des relations avec quelques jeunes femmes prostituées, mais jamais il n'avait ressenti le moindre attachement pour l'une d'entre elles. Il s'agissait simplement d'un réseau de femmes que ses collègues et lui utilisaient et avec lesquelles ils effectuaient des sorties. Elles se présentaient souvent comme des veuves de guerre, mais en réalité faisaient le plus vieux métier du monde. Son rang ne lui permettait pas d'écart de conduite et il se devait d'être prudent.

Mais depuis peu, à la suite d'événements imprévus, Rose était arrivée dans sa maison et plus rien n'était pareil. Il était tiraillé, ne voulant plus repartir pour Montréal et s'éloigner de celle qui avait redonné un peu de vigueur à son cœur, qu'il croyait tari émotivement.

* * *

Deux jours plus tard, monsieur Thompson vit arriver Ernest Potvin, à qui il avait demandé de venir réparer la clôture du terrain qu'il avait acquis l'année précédente. Il en profita donc pour téléphoner à Rose, qu'il savait maintenant seule à la maison.

— Bonjour, Rose, c'est William Thompson. Comment ça va?

— Ça va bien, répondit-elle, surprise de cet appel. J'ai un peu de misère à marcher, mais ça ira sûrement mieux d'ici quelques jours. Est-ce que madame Gagnon est malade, avez-vous besoin de quelqu'un pour les repas? Je peux venir, vous savez, même si ça me prend un peu plus de temps de me déplacer.

— Non Rose, ce n'est pas cela. J'appelais juste pour savoir comment tu allais. Le docteur Grignon avait demandé à revoir ta blessure pour s'assurer qu'il n'y aurait pas d'infection et il voulait changer ton pansement aujourd'hui. Je pourrais t'y conduire en fin d'après-midi, car j'ai des commissions à faire au village.

Rose était abasourdie. Il l'avait rappelée pour la conduire chez le médecin. Elle n'avait cessé de penser à lui depuis cet après-midi-là et elle faisait tout ce qui était humainement possible de faire pour l'oublier, mais en vain. Elle se disait même qu'elle devrait peut-être envisager de retourner à Montréal pour éviter cette promiscuité qu'elle redoutait, tout en ayant quand même le goût de déguster un fruit défendu, mais tellement alléchant.

— Je ne voudrais pas vous déranger pour si peu. Un homme occupé comme vous n'a pas besoin de ce genre de problème.

— Et si je te disais que j'ai vraiment le goût d'aller avec toi chez le médecin.

Rose se sentit soudain très mal à l'aise des propos tenus par William. On voyait bien qu'il n'avait pas l'habitude des lignes téléphoniques rurales, qui constituaient le passe-temps préféré des commères qui salivaient en écoutant les conversations de leurs voisins. Elle détestait ces chipies qui s'alimentaient de ragots et de calomnies. Elle devait à tout prix écourter cet entretien avant d'ameuter tout le voisinage. Elle en profita pour s'amuser.

— Vous savez monsieur Thompson, je crois que notre ligne téléphonique est défectueuse cet après-midi, car j'entends un bruit en arrière. Ça ressemble étrangement au son que la vache du bonhomme Émile fait quand elle voit passer le bœuf du voisin.

Et sans plus attendre, un court soupir de colère se fit entendre sur la ligne en même temps qu'un gloussement. Ils entendirent au moins deux appareils être raccrochés. Ce serait drôle de surveiller les femmes du rang cette semaine afin de savoir qui était à l'écoute.

William, habitué à la grande ville de Montréal, n'avait pas pensé qu'on pouvait écouter sur les lignes téléphoniques en plein après-midi. Il se dit cependant qu'il devait être prudent, non seulement pour lui, mais surtout pour la jeune fille. Les racontars sont plutôt prompts à noircir la réputation des jeunes ouailles. Il ne voudrait en aucun cas lui nuire par son attitude empressée.

— Rose, je comprends très mal également sur mon téléphone, mais je passerai chez vous en fin d'après-midi, comme convenu. Le docteur Grignon m'a dit qu'il vous attendra. Au revoir.

— C'est ça, à plus tard, répondit Rose faiblement, ne sachant plus ce qui lui arrivait.

Elle agissait comme une marionnette et faisait en sorte que rien ne puisse rompre ses ficelles. Elle devait se préparer pour sortir avec William cet après-midi, et ce, sans que son père ait à redire sur sa conduite. Mais que pourrait-elle bien porter, sachant qu'elle n'avait pas trop de temps pour se préparer ?

Seule dans sa chambre, elle explora le peu de vêtements qu'elle possédait et opta finalement pour une jupe marine légèrement au-dessus du genou, assortie d'un fin lainage rouge à pois et d'un bandeau rouge qui délimitait sa petite figure de sa longue chevelure blond cendré. Il s'agissait de vêtements qu'elle avait achetés à Montréal au printemps, mais elle se sentait mal à l'aise de les porter ici à la campagne. Elle craignait qu'on ne juge sa tenue, d'autant plus qu'elle serait vue en compagnie d'un homme de la ville, un homme prisé par bien des jeunes femmes du village.

Comme son père ne serait pas de retour avant son départ, c'est à son frère Albert qu'elle demanda d'aller conduire Pierre et le petit Simon chez leur grand-mère, à qui elle avait téléphoné plus tôt dans la journée. Elle prépara le souper et dressa la table, en expliquant à Albert ce qu'il aurait à faire pour que son père n'ait pas de raison de rouspéter. En aucun temps son repas ne devait être retardé, sous peine de chamailleries plus ou moins grandes.

Ce frère-là était à l'image même de leur mère, docile et serviable. Il était cependant très émotif et vivait lui aussi difficilement le départ de la toute première femme de sa vie. Il manquait d'entrain, mais s'amusait tout de même depuis que Rose était revenue de Montréal. Ça faisait de la vie dans la maison alors il ne voulait rien lui refuser, sachant qu'elle avait besoin de penser à elle à l'occasion.

Il comprenait également que la visite chez le médecin était importante, car il l'entendait se plaindre quand elle marchait dans la maison. Elle avait peine à se pencher pour ramasser des objets et même s'il tentait de l'aider pour les divers travaux à effectuer au quotidien, il ne pouvait quand même pas tout faire. Sa mère disait souvent que lorsqu'on est une femme responsable d'une famille, il n'y a pas de place pour la maladie.

À quatre heures précisément, la Pontiac Parisienne rouge de William s'arrêta devant la porte d'entrée. Il descendit de la voiture et alla frapper à la porte. Rose, qui était prête, se dépêcha de sortir sur la galerie et Albert vint saluer monsieur Thompson, qu'il appréciait particulièrement.

William prit galamment le bras de Rose pour l'aider à marcher et à s'installer dans son véhicule. Celle-ci était tout émue de se trouver à nouveau en présence de celui qui faisait battre son cœur si fort depuis les deux derniers jours. Tout au long de la route, ils parlèrent de la pluie et du beau temps. Chacun craignait d'aborder un sujet où l'intimité pourrait s'immiscer et créer une gêne.

En arrivant à l'hôpital de Ste-Agathe, William se hâta d'ouvrir la portière de Rose afin de lui tendre à nouveau le bras et ainsi avoir encore l'opportunité de la toucher, ne serait-ce que sommairement. Il ressentit à son contact une onde chaleureuse qu'il aurait aimé pouvoir maintenir plus longuement. Ils se dirigèrent ensuite vers la réception où William se présenta avec une prestance déconcertante. Il demanda à la dame en poste de prévenir le docteur Grignon qui, selon ses dires, l'attendait pour soigner la jeune femme qui l'accompagnait. Rose avait l'impression de flotter sur un nuage, d'être une tout autre personne. Elle se laissait diriger, semblable à un cours d'eau sous l'effet de la gravité.

Tout se déroula comme dans le récit d'un livre à l'eau de rose. Le médecin examina sa brûlure, puis lui refit un pansement plus léger qu'il conseilla de remplacer tous les jours avec un onguent médicamenteux qu'il lui remit. William écouta pour deux et il rassura Rose en lui disant qu'elle n'aurait rien à payer. Avant de quitter l'hôpital, il défraya tous les coûts pour les soins prodigués et la médication.

Dès qu'ils prirent place dans le véhicule, il se tourna vers Rose et lui demanda alors, d'une voix teintée d'envie et de retenue :

— Est-ce que ça va, Rose ? Tu n'as pas trop mal ?

— Non, William, ça va bien. Je suis tout simplement nerveuse d'être ainsi dans l'automobile avec vous, au vu et au su de tout le monde au village.

— Et depuis quand n'aurais-je pas le droit de faire soigner les gens qui sont à mon service ?

— Oui, vous avez raison, mais il me semble que vous en faites un peu trop pour une pauvre fille comme moi.

— Je ne veux plus jamais t'entendre parler ainsi ; tu auras suffisamment de gens pour t'écraser dans la vie, alors évite de le faire toi-même.

— Merci William. Tout semble tellement simple avec vous. Vous êtes un homme très bon et d'une grande intelligence.

— Et il me faut te spécifier que mon intelligence s'affaiblit quand j'ai faim alors, qu'est-ce que tu aimerais manger ce soir ?

— Ne seriez-vous pas mieux de me reconduire à la maison ? Vous savez William, je ne suis pas de votre niveau. On ne vit pas dans les mêmes maisons, on ne mange pas vraiment les mêmes choses et on ne fréquente pas les mêmes endroits.

— Je m'en fous royalement. Je suis bien avec toi et j'ai le goût de prendre un bon repas. Tu sais que je ne dois rien à personne et toi non plus, alors n'en déplaise à qui que ce soit, j'aimerais que tu acceptes cette invitation. Pour éviter que tu ne sois mal à l'aise, j'ai pensé t'emmener à l'Hôtel Alpine Inn à Ste-Adèle. À cet endroit, il y a très peu de chances qu'on rencontre qui que ce soit de Ste-Agathe et tu sais qu'il est légitime que je puisse offrir un repas à celle qui s'est ébouillantée pour me servir une tasse de thé.

* * *

CHAPITRE 12

SOUVENIRS EN FUMÉE
(AOÛT 1960)

DEPUIS le décès de sa femme, Ernest Potvin, le vieil ours grincheux, était devenu un animal éclopé. Celui que l'on voyait comme un monstre était plutôt désemparé et même sa chère Pauline n'aurait pu soupçonner une telle fragilité chez lui.

Tout cela avait commencé alors qu'il était tout jeune. Son père, Édouard Potvin, avait dès sa naissance jeté son dévolu sur lui. Il s'était épris maladivement de cet enfant et il voyait en lui son successeur. À force de le louanger et de le vanter ainsi au détriment de ses frères et sœurs, ceux-ci l'avaient pris en grippe au fil des années.

Autant il avait l'exclusivité de l'attention de son père, autant il était isolé du reste de sa famille.

Il en fut de même pour les amis lorsqu'il commença l'école. Puisqu'il était habitué à être ainsi porté à bout de bras, avec le temps il avait développé un égo énorme. Il n'était rien d'autre qu'arrogant et imbu de lui-même. Certains jours, il aurait aimé se joindre aux autres pour participer à un jeu, mais à chacune de ses tentatives, ça tournait mal. Il n'acceptait pas de perdre et il était très compétitif, alors il n'hésitait pas à utiliser la tricherie et le mensonge pour atteindre ses buts, ce qui n'en faisait pas un bon parti pour les sports d'équipe.

C'est ainsi qu'il grandit, en ajoutant la violence et la colère à sa liste des moyens utilisés pour parvenir à ses fins. Autant Édouard perdait de la malice en vieillissant, autant Ernest en gagnait. On aurait pu croire qu'il y avait un transfert qui s'effectuait entre les deux. Il poussa l'audace jusqu'à escroquer son propre père, lui subtilisant de l'argent et même ses propres biens, avant que celui-ci n'ait finalement décidé de les lui léguer.

Il avait donc appris par l'exemple, mais il était devenu meilleur que le maître en matière de manipulation. Très jeune, il avait eu l'ambition de devenir quelqu'un et il avait commencé à soustraire une partie de l'argent gagné qui devait servir au bien-être de toute la famille, auquel tous ses frères et sœurs participaient. Dans une vieille boîte à cigares, il cachait les quelques sous qu'il disait avoir perdus ou ne pas avoir reçus. Et si un membre de la famille laissait trainer la moindre pièce d'argent, il se l'appropriait sans gêne.

Il avait développé une force de caractère incroyable. Sa plus belle victoire de jeunesse avait été de faire chanter le petit curé Lalancette, qu'il avait surpris dans la sacristie alors que celui-ci exhibait ses parties génitales devant un jeune servant de messe. Alors que bien d'autres seraient ressortis rapidement, Ernest était entré et avait été porter les nappes que sa mère avait fabriquées sur une table tout juste à côté de l'homme d'Église, lequel avait une sainte misère à se reculotter. Le jeune enfant de chœur avait été chassé rapidement et Ernest, qui n'avait alors qu'une douzaine d'années avait fait mention au curé qu'il n'avait rien vu, mais qu'il avait bien l'intention d'aller s'acheter des bonbons avant de retourner à la maison. Ensuite, « innocemment », il avait tendu la main vers le prêtre.

Il avait ainsi manipulé l'homme pendant plusieurs années, augmentant les demandes selon ses besoins. Plusieurs années plus tard, l'évêché transféra le curé dans une paroisse avoisinante de Montréal. Avant son départ, Ernest eut l'audace de se pointer au presbytère, afin de lui soutirer une partie de l'argent qu'il avait reçu en cadeau des citoyens aisés qui voulaient le remercier pour tous ses bons services.

Une autre de ses victimes fut sans contredit son frère Georges, à qui il avait ravi la femme de sa vie. En commettant ce geste, il avait détruit l'avenir de son propre frère et par le fait même celui de Pauline, qu'il n'aimait pas de prime abord. Il voulait surtout que son frère ne la possède pas et il avait à peu de choses près réussi.

Sa victoire ne s'était pas avérée complète, car il y avait eu retour du balancier quelques années plus tard. Quand sa mère avait été malade, les deux cœurs séparés s'étaient à nouveau réunis et durant quelques semaines, l'amour s'était vengé de lui. Georges était reparti, mais avait laissé à Pauline un magnifique bébé, qui vit le jour tout juste neuf mois après son départ.

Le petit Pierre était le fils de son frère tant exécré et c'est pourquoi Ernest ne pouvait l'aimer. Chaque fois qu'il le regardait tout contre sa mère, c'est comme s'il voyait Georges enlaçant celle qu'il avait faite sienne malgré tout.

De bonne foi et sans préméditation aucune, son frère avait eu sa revanche sur lui. Après toutes ces années, alors qu'il était là, assis seul dans son garage, il réalisait que le bilan de sa vie était bien pitoyable.

Ernest avait eu la maison familiale qu'il avait négligée par avarice, donc qui aujourd'hui nécessitait beaucoup de réparations. Cette maison n'avait plus d'âme depuis que Pauline avait décidé de partir. Il avait encore à sa charge quatre enfants et quoique sa fille Rose ait généreusement offert de s'en occuper, il savait bien qu'à son âge, elle ne serait pas du genre à s'enliser pendant plusieurs années dans un rang du Lac Brûlé.

Il avait placé de l'argent à la Banque Canadienne Nationale et il en avait également caché dans un pot de grès enterré dans la cave de la maison. Il possédait en tout environ vingt-cinq mille dollars en argent, en plus du terrain et de la maison où ses parents vivaient, qui lui reviendraient après leur décès. Malgré tout cela, ce matin, il était l'homme le plus malheureux de la terre.

Le petit Simon avait fait au début du mois ses premiers pas, à l'âge de 14 mois. Il avait un certain retard dans ce domaine sur ses frères et sœurs. Ernest ne s'en était pas aperçu. Il réalisait aujourd'hui que bien qu'il ait été souvent à la maison, il n'avait pas vu grandir ses autres enfants ou plutôt il les avait vus, mais ne les avait pas regardés.

Ses priorités étaient ailleurs et tant qu'un enfant ne pouvait travailler, c'était pour lui en quelque sorte une nuisance. Il riait des gens qui s'épanchaient sur les berceaux et qui faisaient des éloges. Pour lui, un petit bébé c'était comme un poussin, il ne rapportait rien et en retour, il demandait beaucoup de soins.

Dans le garage, il avait un camion neuf dans lequel sa femme avait mis fin à ses jours. Jamais il ne pourrait s'en servir et il avait tenté de le vendre au village, mais ce camion était assurément maudit. Le concessionnaire du village lui avait offert une somme dérisoire, et il ne voulait pas perdre la face et faire rire de lui en lui cédant son bien pour une bouchée de pain.

S'il avait pu retourner en arrière, aurait-il pu changer quoi que ce soit sans pour autant ramper devant ceux qu'il avait si bien dominés pendant toutes ces années ? C'était sa visite à la grande messe de ce matin qui lui avait remué les méninges de la sorte. Le révérend avait parlé de justice et d'amour de son prochain et il avait cru qu'il s'adressait directement à lui. Comme sa mère disait, « il avait mis le chapeau… car il lui faisait. »

Il se devait de faire du changement et il aurait besoin d'une personne à qui il pourrait se confier, une personne qui ne le jugerait pas et qui lui permettrait de faire des pas dans une direction différente, mais tout de même accessible. Il en avait assez de se lever jour après jour et de se battre pour tout et pour rien. Sa vie était un éternel combat et c'était devenu épuisant.

Ce matin-là, assis dans son garage, il se sentait bien seul. Seul avec lui-même qu'il jugeait sévèrement et avec raison.

* * *

Pierre était allé à la messe de dix heures et demie avec ses grands-parents Potvin. Il était à l'aise avec ceux-ci et il avait l'impression de les distraire dans leur vie parfois monotone. Au sortir de l'église, ils étaient allés diner chez sa sœur Diane, l'ainée de la famille. Elle voulait faire goûter à ses grands-parents la fameuse lasagne dont elle leur parlait depuis si longtemps et puisqu'elle travaillait toute la semaine, elle n'avait que le dimanche pour faire ce genre d'invitation. La perte de sa mère avait fait en sorte que Diane s'était beaucoup rapprochée de ses aïeuls.

Ils avaient bien ri quand pépère Potvin avait fait la moue devant son assiette, qu'il regardait d'un œil plutôt moqueur.

— Es-tu ben sûre qu'y a pas personne qui a été malade icitte hier ? Ça m'a l'air ben drôle cette affaire-là.

— Pépère, c'est des pâtes avec de la sauce à spaghetti. C'est juste du fromage qui a fondu sur le dessus. C'est nouveau, mais c'est bon en maudit. Ça fait changement que de manger de la fricassée.

— Je dis ça pour t'*étriver* ma fille, mais en même temps, j'aimerais ça que tu dises au vieux docteur Joannette qu'est-ce que tu as mis là-dedans, pour qu'il puisse me soigner au plus sacrant si jamais j'suis malade.

Et il avait continué à faire rire tout le monde avec le fromage qui s'étirait et qui restait pris dans sa longue moustache. C'était comme une thérapie pour ces gens qui avaient l'habitude de vivre dans les problèmes depuis trop longtemps.

Après le repas, le jeune couple offrit d'aller reconduire leurs visiteurs qui étaient descendus au village avec un voisin pour assister à la messe. En arrivant sur le chemin du Lac Brûlé, ils constatèrent qu'il y avait une circulation inhabituelle, alors que l'on était en fin de semaine.

Jules, qui perçut l'inquiétude des grands-parents, décida de faire une blague pour détendre l'atmosphère et demanda :

— Mon Dieu, y a-tu le feu chez vous pour qu'il y ait autant de monde ?

Ils constatèrent finalement qu'effectivement le feu achevait de ravager la toute petite maison du couple Potvin. Malgré le travail de tout un chacun, il semblait impossible de préserver quoi que ce soit.

Mémère Potvin sortit rapidement de la voiture et tenta de s'approcher, mais la fumée et la chaleur étaient tellement denses qu'elle dut reculer, et c'est dans les bras de son vieux mari qu'elle s'écroula, en larmes. Sa vie venait de s'envoler en flammes ; elle se retrouvait à tout près de quatre-vingts ans avec pour tout bien une petite sacoche noire, contenant un ancien missel et un chapelet. Son époux essayait en vain de la consoler, mais ses propres larmes se mêlaient à celles de sa femme. Il ne leur restait plus rien, pas même un tout petit souvenir. Ils étaient dépouillés et démunis financièrement ; aussi bien mourir tout de suite plutôt que devoir quêter pour terminer leurs vieux jours.

Diane se chargea donc de ses grands-parents et les amena au domicile de son père, où Rose les reçut avec beaucoup d'empathie. La famille tenta de les réconforter avec une bonne tasse de thé, mais leur impuissance par rapport à une situation de la sorte était palpable. Rose, qui avait eu connaissance du début de l'incendie, avait eu le temps de se calmer un peu et d'évaluer le tout.

— Faites-vous en pas mémère, on va s'occuper de vous. La maison est grande icitte, vous allez pouvoir rester avec nous autres.

— Ton père, qu'est-ce que tu penses qu'il va en dire ?

— Il va en dire que ça lui fait bien plaisir, je suis certaine de ça. Il est bien dur, mais il doit bien avoir un cœur quelque part.

— On ne veut surtout pas déranger. Qui est-ce qui a besoin de deux vieux dans sa maison ? fit remarquer pépère qui était indépendant depuis qu'on lui avait coupé le cordon d'avec sa mère.

— En tout cas, on ne va pas vous laisser coucher dehors ; j'ai déjà préparé la grande chambre d'en bas pour vous deux. Vous n'avez pas le choix, c'est moi la maîtresse de maison depuis quelques mois, dit-elle en riant, afin de détendre un peu l'atmosphère lourde de désarroi.

Quand Ernest revint à la maison, il trouva ses parents attablés avec une tasse de thé. Mémère avait sur elle le petit Simon qui, même s'il avait appris à marcher dernièrement, ne refusait jamais de se faire prendre ou bercer. Il était gâté par son paternel et semblait ne pas vouloir s'en passer de sitôt.

— Toute une épreuve qui vous arrive là, le père. Heureusement que la maison était bien assurée, on va pouvoir penser à reconstruire avant que l'hiver s'installe.

— Je suis bien content que tu aies bien assuré notre maison. C'est le plus important, pis il y a des fois que je me demandais si tu avais pris la peine de le faire, mais je ne voulais pas te *bâdrer** avec ça.

— Je n'ai jamais pris d'assurance pour vous, répliqua Ernest d'un ton bourru. Voulez-vous me dire, le père, que vous n'avez pas pris des assurances pour la maison? Pourtant vous en aviez une quand vous aviez cette maison icitte.

— Ben oui, mais là, on était propriétaires. La p'tite maison, ce n'était pas à nous autres; aussitôt qu'elle a été déménagée sur le terrain, on te l'avait signée, comme tu nous l'avais demandé.

— Calvaine, ce n'est pas parce que la maison me revenait à votre mort qu'il fallait que je paye en plus une assurance.

— Ah ben ma vieille, on a le cul sur la paille**. Avoir travaillé toute une vie pour se retrouver tout nu dans la rue, ça n'a pas de maudit bon sens. J'aurais le goût de me jeter dans la rivière. Qu'est-ce que j'ai fait au Bon Dieu pour vivre tout ça? Le grand-père sortit alors de la maison, ne pouvant plus retenir ses larmes. Il se mit à marcher vers les décombres de son dernier domicile. Il semblait avoir vieilli de dix ans en l'espace de quelques minutes.

Il se sentait bien seul, seul avec sa pauvre vieille, qui constituait maintenant son unique richesse. Il implora la Vierge Marie de lui faire signe et de lui envoyer la force de traverser cette horde d'épreuves.

* * *

_____

* *Bâdrer : embêter, déranger quelqu'un*
** *Avoir le cul sur la paille : être ruiné*

Tout au long de la nuit, Ernest avait jonglé avec ce nouvel échec que la vie lui faisait vivre. Il se retrouvait maintenant avec une nouvelle charge sur les bras. Depuis longtemps, il avait été décrété comme étant l'unique héritier de ses parents ; il s'en trouvait habituellement fort aise. Ça voulait également dire qu'il devait s'en occuper jusqu'à leur mort, ce qui devenait aujourd'hui plus préoccupant.

Rose avait pris l'initiative de donner la chambre de son père à ses grands-parents afin d'éviter qu'ils aient à monter à l'étage. Ernest n'eut pas son mot à dire, car à son arrivée tout était fait et ses effets personnels avaient été déménagés à l'étage. Elle avait transporté les affaires de son père dans sa chambre à elle et elle se contenterait de partager celle de Pierre et de Simon.

En attendant, le plus important était de vivre tous ensemble et de voir ce qu'on pourrait faire plus tard. Rose se sentait capable de gérer le tout et s'y appliqua dès le lendemain matin. Sitôt levée, elle trouva mémère assise dans la cuisine. Celle-ci avait déjà mis la table et elle avait préparé une chaudronnée de *soupane*. Son vieux mari s'était levé très tôt et était sorti marcher.

— Avez-vous réussi à dormir un peu, mémère ?

— Oui, ma belle fille ; inquiète-toi pas. On était assez fatigués qu'on s'est pas fait prier pour dormir. Je pense même que je n'ai pas eu le temps de finir de dire mon chapelet. J'espère que je ne serai pas plus punie pour autant.

— Aujourd'hui mémère, je vais aller à Ste-Agathe. On va aller vous acheter un peu de linge pour vous et pour pépère.

— Avec quel argent penses-tu qu'on va pouvoir faire ça ?

— Inquiétez-vous pas. J'en ai demandé à papa ; y m'a dit qu'il paierait le principal en attendant que vos chèques de pension rentrent par la malle.

— On ne veut pas être un poids pour lui. Il me semble qu'il a eu son lot de tracas lui aussi cette année.

— Vous, mémère, vous n'en avez pas eu des problèmes dans votre vie ? Je pense que vous vous en êtes assez bien sortie.

— Oui ma belle fille, mais moé, ce n'est pas pareil. Asteure, j'suis assez vieille ; y me reste pas ben ben des années à vivre.

— Arrêtez donc vous autres, on ne veut pas que vous partiez. Qu'est-ce que le petit Pierre ferait si vous n'étiez pas là ? C'est quasiment le vôtre celui-là, c'est vous qui l'avez élevé. Je trouve assez qu'il vous ressemble avec ses beaux yeux bleus. Il y a juste vous, mon oncle Georges, pis Pierre qui avez des yeux comme ça. C'est frappant.

— Faudrait arrêter de jaser si on veut que tout soit prêt pour le déjeuner. Ton père va se lever ben vite. Si je me rappelle ben, y est à prendre avec des pincettes le matin.

— Vous avez une bonne mémoire, répondit Rose en riant.

La grand-mère avait réussi à détourner la conversation sur la ressemblance de Pierre avec son fils Georges. Elle s'en était toujours doutée, mais à la mort de sa bru, son mari lui avait raconté que Georges lui avait fait des confidences sur la relation qu'il avait eue avec sa belle-sœur et la raison pour laquelle son frère le détestait autant.

Le fait qu'Ernest tolère qu'elle élève le jeune garçon avait confirmé tous ses soupçons. L'enfant ne devait pas être la victime des erreurs des adultes et sa faible constitution faisait en sorte qu'il avait besoin de plus de soins et de stabilité que tous les autres en avaient nécessités. Elle se demandait comment ça se passerait maintenant qu'ils devaient tous vivre sous le même toit. À tout le moins, son fils cadet, Ernest, avait une meilleure attitude depuis que sa femme était décédée. Il semblait en avoir retiré une certaine leçon.

Un peu plus tard dans la matinée, mémère, ne voyant pas revenir son mari, commença à s'inquiéter et elle demanda à Rose si celle-ci pouvait aller faire un tour au garage afin de voir s'il s'y trouvait. Il était parti très tôt et n'avait pris qu'une tasse de thé. Elle l'attendait pour déjeuner plus tard, mais il n'était toujours pas revenu alors que l'on approchait de l'heure du diner.

Rose sortit donc et se rendit dans le garage, où son père était en train de réparer de la machinerie.

— Papa ? Avez-vous vu pépère dans les alentours ?

— Non, je ne l'ai pas vu de l'*avant-midi*. Je le pensais avec vous autres dans la maison ?

— Non, mémère commence à être inquiète. Il est parti de bonne heure à matin et puis il n'a même pas déjeuné. Il doit avoir faim sans bon sens.

— Il s'est peut-être rendu faire un petit tour chez un voisin. Ça va y faire du bien de parler avec ses vieux *chums*. Quand je vais avoir fini de limer mes haches sur la meule, je vais aller faire un tour et lui dire que sa femme le cherche.

Sur ces paroles, Rose retourna à la maison pour rassurer sa grand-mère. Elles s'activèrent ensuite à mettre les patates à cuire et à dresser la table. Quand Ernest revint à la maison pour diner, il s'attendait à y trouver son père, revenu de sa longue marche en solitaire.

— Le père n'est pas icitte ?

— Ben non, je pensais que tu nous l'aurais ramené, comme Rose me l'avait dit en revenant du garage.

Soudain, tout le monde sembla s'énerver. Ce n'était pas dans les habitudes du vieux Potvin de s'éloigner ainsi sans donner de nouvelles, et il était tellement perturbé depuis la veille.

— Je vais aller faire un tour autour de sa maison, il doit être allé fouiller dans la cendre en espérant trouver quelque chose. Viens-tu avec moé, Rose, mémère va garder les enfants ?

— Ben oui, papa.

Jamais auparavant, Ernest n'avait demandé à sa fille de l'accompagner où que ce soit. Elle n'avait rien fait de toute sa vie avec son père, si ce n'est corder du bois à l'occasion et toujours en se faisant chicaner, car elle ne faisait pas ça comme il le voulait. Aujourd'hui, elle était fière comme un paon de marcher à côté de lui dans le rang en direction des lieux incendiés.

En arrivant sur le terrain, Ernest dit à Rose de faire attention, car certaines pièces de la structure de la maison tenaient encore debout. Il était probable que ça s'écrase à tout moment. Il lui faudrait s'occuper de tout démolir, maintenant qu'il savait qu'il n'y avait pas d'assurance et qu'il n'en retirerait rien.

Heureusement qu'il n'avait pas investi dans cette vieille bâtisse qu'il avait achetée pour une bouchée de pain. C'était une vieille maison abandonnée, qui ne comportait qu'une chambre à coucher, un petit salon, une cuisine ainsi qu'une toute petite salle de bain. Il s'était dit à ce moment-là que c'était assez pour deux personnes âgées. Le propriétaire du terrain avait été content de s'en débarrasser, pourvu qu'on la transporte avant l'hiver, ce qui avait été fait rapidement, car Ernest avait hâte d'être enfin le seul maître dans la grande maison familiale.

À ce moment-là, il avait craché en l'air et aujourd'hui, ça lui retombait dessus. Il devait maintenant héberger ses parents, et ce, jusqu'à la fin de leurs jours.

Ils avaient beau chercher, ils ne voyaient nulle part le vieux Édouard et Rose commençait vraiment à être inquiète. Tout à coup, Ernest, qui s'était aventuré dans les décombres, entendit un murmure.

— Papa, c'est-tu vous ? Répondez, vous êtes où ?

Il entreprit alors de déplacer doucement les débris, sans savoir s'il avait la berlue ou s'il avait réellement entendu gémir. Soudain, un chuchotement lui parvint clairement du dessous d'un tas de planches. Sans plus attendre, il somma Rose de retourner à la maison.

— Va vite trouver mémère et appelle chez Legault, le voisin. Dis-y de venir me trouver icitte avec une pelle. Dis-y que ça presse. Dis aussi à Albert de venir me trouver au plus sacrant.

Rose se dépêcha d'aller quérir le voisin, mais elle redoutait le pire. Quand elle revint enfin, son père avait commencé à enlever des morceaux de bois avec précaution, afin d'éviter que ça ne s'écroule encore plus. Il continuait de parler avec Édouard pour s'assurer qu'il était toujours en vie. Quand le bonhomme Legault arriva, Ernest demanda à sa fille de retourner à nouveau à la maison pour appeler le docteur, car il était certain qu'après avoir été enseveli de la sorte, son père aurait besoin de soins.

De plus, il savait bien que sa mère ne serait pas en meilleure forme quand elle apprendrait la nouvelle, alors le médecin avait du pain sur la planche.

À l'arrivée de ce dernier, les deux hommes avaient réussi tant bien que mal à déplacer quelques pièces de bois pour constater que le vieil homme était enterré sous divers morceaux et qu'il avait le bassin coincé sous un madrier. Il avait voulu se rendre dans la cave de service afin de récupérer un pot de grès contenant ses maigres économies, mais un éboulement s'était produit. Si personne n'était venu à sa recherche, il aurait sans doute rendu l'âme. Ils appelèrent une ambulance et avec l'aide de plusieurs hommes qui s'étaient amenés pour porter assistance, ils parvinrent à dégager l'homme blessé, qui fut conduit ensuite à l'hôpital de Ste-Agathe. Il était dans un bien piètre état et l'on craignait pour sa vie.

On lui diagnostiqua une fracture du bassin, des côtes fracturées en plus de nombreuses contusions et brûlures. Il souffrait terriblement et ressentait le poids de ses quatre-vingts ans sur chacune de ses plaies. Le pauvre homme avait tellement mal qu'on dut lui administrer des calmants afin d'atténuer la douleur intense.

C'était à croire que la malédiction s'était abattue sur la famille Potvin. Ernest se demandait où ça allait s'arrêter.

En soirée, Fernande, la sœur ainée d'Ernest, arriva de Montréal. Elle se rendit à l'hôpital en compagnie de sa vieille mère, laquelle était atterrée. Bien qu'on l'ait préparée au pire, elle fondit en larmes quand elle vit dans quel état se trouvait le seul et unique homme de sa vie. Terriblement souffrant et très affaibli, il était méconnaissable, tant il avait subi des brûlures partout sur son corps usé par les années.

L'épreuve de l'incendie l'avait déjà beaucoup affecté et sa chute dans les décombres semblait lui avoir donné le coup de grâce. Il n'avait pas l'air de vouloir se battre pour remonter la pente. Fernande tenta de rassurer sa mère en invoquant les bons soins qu'il recevait dans cet hôpital. Elle lui dit également qu'il pourrait même venir consulter dans un grand hôpital de Montréal s'il en ressentait le besoin, mais elle savait, tout au fond de son cœur, que c'était peine perdue. Les blessures étaient trop graves et l'état de santé de l'homme, beaucoup trop précaire.

Édouard, dans les rares moments où il reprenait quelque peu connaissance, songeait que sa vieille serait beaucoup mieux sans lui. Elle vivrait auprès de son fils et de sa famille et ce serait une moins grosse charge pour Ernest.

Dans le courant de la nuit suivante, Édouard Potvin, ce vieil ours apprivoisé, abdiqua et accepta que la fin était venue pour lui. Il n'avait pas voulu continuer à lutter sur cette terre et avait déposé les armes. Sa foi profonde lui promettait un avenir meilleur et il avait cru bon de s'en remettre à son créateur.

Seul dans sa chambre d'hôpital, dans les dernières minutes de sa vie, il avait cru voir sa belle-fille Pauline, vêtue d'une élégante robe bleu ciel. Elle lui tendait la main, l'invitant à la suivre, avec le doux sourire qui lui seyait si bien.

Le deuil avait entaché le Chemin Ladouceur au Lac Brûlé. La haine avait eu le dessus sur l'amour et elle avait tué le bonheur.

*   *   *

CHAPITRE 13

Un hiver serein
(Octobre 1960)

L E mois d'octobre avançait à grands pas et bientôt, il serait temps de fermer la maison d'été de monsieur Thompson. Rose appréhendait déjà son départ, se disant que les jours seraient interminables sachant qu'elle ne pourrait, à tout le moins, l'apercevoir à l'occasion.

Auparavant, quand elle circulait dans la maison de celui-ci pour effectuer les travaux ménagers, elle jouait à la grande dame en riant et en fouinant dans les beaux vêtements et les accessoires féminins de sa bourgeoise. Maintenant, c'était devenu accablant de simplement penser que William avait été là quelques heures plus tôt.

Elle savait pertinemment qu'il la fuyait, car tous les mercredis où elle devait venir travailler chez lui, il était absent. Il y avait toujours une seule note sur la table, impersonnelle, où il mentionnait qu'il était à l'extérieur pour toute la journée et qu'il ne rentrerait pas pour le repas.

Quand elle pénétra dans la chambre principale par cette matinée d'automne, une vague de mélancolie lui serra la gorge et des larmes noyèrent ses joues rosies par le soleil campagnard. Pourquoi la vie était-elle aussi malveillante avec elle ?

Bien sûr, elle avait à peine vingt ans, mais elle avait déjà eu son lot de misères. Avait-il fallu que sa mère soit accablée pour décider de mettre fin à ses jours aussi tragiquement ? Était-elle vouée à une vie aussi triste que la sienne ?

Assise sur le pied du grand lit à baldaquin, elle songea soudain à cette unique soirée passée avec William, à l'Hôtel Alpine Inn de Ste-Adèle. Une ambiance chaleureuse régnait dans la salle à manger, où trônaient de grands foyers de pierres au milieu de tables habillées de nappes blanches. Une seule fleur dans un vase au centre de la table créait une agréable palissade entre les regards des convives.

Rose était effarouchée et ne savait comment se comporter. William, qui n'en était pas à ses premières armes, s'était cependant fait prévenant auprès de celle qui occupait ses pensées depuis les dernières semaines.

Tout autour d'elle, des gens en majorité anglophones discutaient affaires pour certains et sentiments pour d'autres. Plusieurs hommes âgés étaient en compagnie de très jolies jeunes femmes habillées avec un chic fou. Dans quel monde différent l'avait-il convié, un monde qu'elle ignorait, bien qu'il soit établi à seulement quelques milles de son domicile ?

En arrivant, William avait commandé un gin *gimlet* pour elle et un scotch pour lui. Il avait amorcé la conversation avec tout de même un certain malaise, soucieux de ne pas laisser entendre à la jeune fille qu'il était infidèle à sa femme depuis de longues années.

— Tu sais, ce n'est pas dans mes habitudes de sortir ainsi avec des femmes. Je suis bien conscient que je suis marié, mais comme je te l'ai dit, je pense à toi depuis le premier jour où je t'ai rencontrée.

— Mais William, je suis terriblement mal à l'aise parmi ces gens. Je ne suis pas de votre rang.

— Arrêtez tout de suite, jolie dame, dit-il avec un sourire qui laissait voir une magnifique dentition. Vous les valez tous, et bien plus encore.

— Vous allez me faire rougir, répondit-elle en riant.

Le repas s'était déroulé dans une ambiance feutrée, au son d'une douce mélodie au piano. Rose, qui n'avait pas l'habitude de la haute gastronomie, avait dégusté avec avidité tous les mets que William avait commandés. Sans connaître tous les aliments disposés habilement dans son assiette, elle s'était délectée de chaque bouchée, en regardant cet homme qu'elle désirait comme une jeune princesse rêve de son valeureux prince charmant.

Tout au long de ce repas, William l'avait galamment guidée, en lui présentant les plats qui lui étaient servis ainsi que la façon de les déguster. Elle avait l'impression de participer à un repas digne de la royauté.

La soirée prenant de l'âge et la douceur du vin réchauffant les esprits, ils avaient eu l'impression que la mélodie appelait leurs deux corps à valser sur sa portée. William s'était levé pour prendre doucement la main de Rose pour la conduire sur la piste de danse. L'envoûtement créé par l'ambiance les guidait vers une oasis où tout ce qui les entourait n'était plus que fictif.

William entourait sa belle de tout son corps, la faisant bouger au rythme de leurs cœurs. Il aurait voulu se l'approprier ce soir, et ce, pour toute la vie. À ce moment précis, il aurait voulu ne penser qu'à lui, mais il se devait de restreindre ses ardeurs. Rose ne comprenait plus rien. Son corps semblait se mouler à celui de William, si fort, si robuste et pourtant si doux. L'odeur de sa peau lui faisait tourner la tête. Tout cela relevait de la magie et elle s'attendait à se réveiller d'une minute à l'autre.

Des gens avaient alors commencé à quitter les lieux et Rose, habitée par une terrible frayeur de succomber, lui avait demandé gentiment de la raccompagner. Elle devait mettre un terme à ce jeu dangereux.

— Je dois rentrer à la maison, maintenant. Voulez-vous bien me ramener, s'il vous plait ?

— J'aurais pourtant voulu que ça ne finisse jamais.

Et tout au long du trajet vers le Lac Brûlé, aucun mot n'avait été prononcé, mais, au lieu de se rendre chez les Potvin, il avait engagé sa voiture dans l'entrée de sa maison.

— Qu'est-ce que vous faites, William ? avait-elle demandé, soudain inquiète de ce qui pourrait lui arriver à jouer ainsi avec les sentiments.

Il avait pris les mains de Rose dans les siennes, les avait caressées doucement et lui avait murmuré :

— Je ne veux pas te laisser ainsi, Rose. Nous n'avons rien dit depuis que nous avons pris la route. Dis-moi, par hasard, regretterais-tu cette soirée en ma compagnie ?

— Non William, avait-elle prononcé avec sa petite bouche dont les lèvres rosées faisaient envie.

N'y tenant plus, il avait flatté sa joue tout doucement et avait déposé un léger baiser sur ces lèvres désirables. Ce baiser s'était prolongé jusqu'à ce que leurs corps se rapprochent jusqu'à n'en faire qu'un. La ligne à franchir était mince, Rose s'était détachée vivement et avait demandé:

— S'il vous plait, William, ramenez-moi à la maison. Nous n'avons pas le droit.

Ces paroles avaient eu l'effet d'une douche froide et il avait accédé à sa demande. Il avait démarré la voiture pour finalement la reconduire à quelques centaines de pieds de sa maison, dans le but de préserver la clandestinité de leur rendez-vous, au grand soulagement de la jeune femme.

— Ne m'en veux pas Rose, mais je t'aime, c'est plus fort que moi.

— Oubliez-moi William. Ce sera mieux comme ça.

Elle s'était dirigée rapidement vers la galerie de sa maison sans se retourner, avec le cœur triste à mourir de ne pouvoir aimer librement.

À cette heure tardive, toute la famille Potvin dormait, sauf le jeune Albert qui, sans vouloir offenser sa grande sœur, ne pouvait dormir sans être sûr que celle-ci était de nouveau à l'abri dans la chambre voisine de la sienne. Maintenant que sa mère n'était plus là, il voulait s'assurer que Rose était en sécurité en tout temps. Il savait qu'elle était sortie avec monsieur Thompson et tout en respectant ses choix, il craignait une blessure à l'âme pour sa frêle sœurette.

Il reconnut son pas feutré dans l'escalier et il s'endormit finalement, sans toutefois entendre les légers sanglots que sa protégée ne pouvait réprimer.

* * *

C'est à partir de ce soir-là que William avait esquivé les rencontres avec Rose et elle s'en croyait responsable.

Avait-elle fait quelque chose pour l'attirer dans son giron, aurait-elle dû être plus réservée dans son habillement quand elle savait qu'elle allait le rencontrer ? Elle lui avait peut-être laissé croire qu'elle était une fille facile et il avait voulu en profiter.

Il avait de toute façon maintenant pris sa décision et elle avait mal, terriblement mal. Le souvenir des baisers échangés était aujourd'hui plus douloureux que sa brûlure à son paroxysme. William avait préparé ses bagages de façon à ne pas revenir au Lac Brûlé avant un bon moment. Il avait joué avec le feu et de ce fait, il avait probablement blessé une pauvre créature en lui faisant miroiter l'amour alors qu'il n'était pas libre d'aimer.

Son père, monsieur Douglas Thompson, était le seul responsable de son malheur. S'il l'avait laissé rencontrer un cœur compatible au sien, il ne serait probablement pas en peine et n'aurait pas cherché à draguer une innocente biche.

Il ne lui restait plus qu'à faire ouvrir sa maison de Westmount et se remettre activement au travail. Il oublierait sûrement la plus belle Rose qu'il ait pu tenir dans ses mains. Il tenterait d'éviter toutes les fleurs à l'avenir. La passion n'était pas pour lui. Il y avait des femmes pour combler ses besoins primaires, ils les engageraient donc en sachant bien qu'aucune d'elle ne raviverait sa capacité d'aimer. À bien y penser, il finirait probablement ses jours seul et deviendrait comme le vieux Potvin, un ours grincheux.

* * *

L'hiver avait pris place et la famille Potvin menait une vie bien rangée. Mémère s'occupait toute la journée dans la maison, la nuit étant réservée pour prier et pleurer le départ de son vieil amant qu'elle avait réussi à apprivoiser et à aimer pendant plus de cinquante ans.

Pour Rose, la tâche était beaucoup moins ardue depuis que mémère Potvin la secondait si habilement. Elle avait plus de temps libre, mais à quoi bon, puisque le cœur n'y était pas.

Le paternel était finalement retourné travailler dans les centres de ski. Il avait travaillé plusieurs hivers au Mont-Kingston, lequel était devenu le mont Ste-Agathe. Cependant, l'incertitude créée par les nombreuses discussions entre la Ville de Ste-Agathe, une ligue de citoyens et les nouveaux acquéreurs l'avait incité à poser sa candidature au Mont-Sauvage à Val-Morin. Même si cette pente de ski se voulait moins prestigieuse, elle était avant tout familiale et fort achalandée. Son nouveau patron avait été catégorique, il voulait du personnel fiable et honnête. Pour cet homme, travailler était un privilège et l'on devait avant tout prouver que l'on avait du cœur au ventre.

Ernest Potvin partait tôt le matin en direction du Mont-Sauvage pour ne revenir qu'en fin de journée. Malgré son mauvais caractère, il était tout de même consciencieux. Il quittait toujours le dernier ce qui, malgré ses sautes d'humeur, en faisait un homme de confiance pour son employeur.

À la maison, il tentait cependant de reprendre sa façon de tout régenter, mais ensemble, Rose et mémère avaient tôt fait de le remettre à sa place. Il craignait que Rose ne retourne à la ville. C'est la raison pour laquelle il n'avait rien dit quand il s'était aperçu que monsieur Thompson la payait directement. Ses gages se trouvaient diminués, mais il avait en quelque sorte les mains liées. Comme c'était malgré tout confortable, il s'était dit qu'il valait mieux se taire, que risquer d'être ligoté plus solidement.

En après-midi, la veuve Gagnon venait parfois rendre visite à mémère Potvin, comme elle le faisait avant que la demeure de celle-ci ne parte en flammes. Elles jasaient de l'époque où les deux couples jouaient aux cartes certains soirs d'hiver. C'était chacun leur tour de se recevoir. Une fois les enfants couchés, on s'adonnait à quelques parties de cinq *cents* ponctuées de jurons et de coups de poing sur la table. Les hommes buvaient quelques verres de gros gin et les femmes sirotaient une tasse de thé. Quelques bons biscuits frais du jour agrémentaient le tout et il n'était pas rare qu'à la toute fin de la soirée, l'on mette quelques tranches de pain sur le poêle à bois, pour manger de bons toasts garnis de tête en fromage ou de confiture. Ces soirées enjouées leur permettaient de se libérer l'esprit des tracas quotidiens.

— Adéline, dit mémère un après-midi, ça te tenterait qu'on joue une petite partie de cartes, même si on est juste toutes les deux ?

— Pourquoi pas ? Ça fait longtemps en *mosanic* que je n'ai pas joué à d'autres choses que mon jeu de patience.

— Ça va nous faire passer le temps ; l'hiver sera moins long.

Et les deux femmes se retrouvaient de plus en plus souvent pour tuer le temps. Elles avaient à deux beaucoup de vécu et semblaient heureuses de ne pas s'enliser dans une solitude qui pourrait devenir malsaine.

Adéline Gagnon avait cinquante ans, mais elle avait perdu son mari après seulement dix ans de mariage. Il avait reçu un coup de patte de son cheval directement sur la tête et ça lui avait été fatal. Elle avait dû élever seule ses trois enfants en faisant le ménage et de la couture pour les autres.

La vie ne lui avait pas fait de cadeaux, mais en revanche, elle était assez fière de sa progéniture. Sa fille ainée, Madeleine, maîtresse d'école à Ste-Agathe, avait épousé le fils Larivière, un plombier. Son deuxième enfant, Jean, lui aussi plombier, s'était marié avec la sœur de son beau-frère. C'était différent pour le cadet de la famille, Euclide. Il était vieux garçon et elle l'hébergeait depuis toujours. Alcoolique, il s'absentait souvent pour trois à quatre jours, sans qu'elle sache où il se trouvait. À son retour, il racontait toutes sortes d'histoires toutes plus saugrenues les unes que les autres, et restait plus ou moins sobre jusqu'à ce qu'une nouvelle cuite le fasse décoller du nid. Il travaillait un peu, pour tout un chacun, mais on ne pouvait se fier à lui, car dès qu'il recevait quelques *cents*, la soif le prenait et l'on ne le revoyait plus pour terminer les travaux.

Adéline était contente d'avoir une confidente en la personne de madame Potvin, car ça lui donnait du courage pour continuer. Elle était même moins inquiète depuis que cette dernière lui avait dit que si elle se souciait moins de son jeune garçon, il deviendrait peut-être plus autonome. Il était vrai qu'elle l'avait joliment couvé et il était temps qu'elle le laisse se débrouiller un peu.

Madame Potvin ne pouvait demander mieux qu'avoir une amie comme celle-ci. Un bon ange l'avait sûrement envoyée chez elle pour la réconforter.

Dès que les enfants revenaient de l'école, les deux femmes cessaient leur partie et se mettaient en frais de préparer une collation aux garçons qui appréciaient cet accueil chaleureux. La maison semblait revivre un tant soit peu.

Ensemble, ils avaient rapiécé différentes vies brisées et en avaient fait un scénario malgré tout intéressant. Sans être une comédie, ce n'était pas non plus un drame. Le rire avait sa place ainsi que les discussions banales. Personne ne laissait paraitre les larmes que l'on réservait pour les coulisses.

CHAPITRE 14

UNE DENTELLE DE VERGLAS
(FÉVRIER 1961)

En février 1961, Rose était allée passer quelques jours chez sa tante Fernande avec sa compagne, Annette Labelle. Leur ami, le chauffeur de taxi Roméo Bélec, devait se rendre à Montréal pour chercher quelqu'un et leur avait offert de les y conduire gratuitement, ce qu'elles n'avaient pu refuser. Elles n'auraient que leur billet d'autobus à payer pour le retour, une aubaine à ne pas laisser passer.

Ce fut donc le matin du vendredi 25 février qu'ils partirent très tôt, car Roméo devait être chez son client à dix heures, pas une minute de plus. Il tombait une faible neige mouillée et le temps était décidément clément. Les habitants en riaient, car ils disaient que le printemps serait tôt cette année. Cependant, tout au long de la route, le climat changea graduellement en pluie avec de fortes bourrasques, transformant peu à peu le tout en verglas. La route était tellement glacée qu'elle donnait l'impression de circuler sur un interminable miroir. Les filles avaient une peur bleue et craignaient de ne jamais se rendre à destination.

— Roméo, arrête aussitôt que tu pourras, c'est ben trop glissant, on va se tuer, lui dit Annette, à la limite de l'hystérie. Déjà qu'elle n'aimait pas faire de longs voyages en automobile, elle qui continuait de croire que c'était beaucoup moins dangereux quand on faisait confiance aux chevaux plutôt qu'à ces engins du diable.

— Il n'y a pas de danger, répondit Roméo. On va y aller tranquillement. P'tit train va loin, qu'ils disent.

— On sera pas mieux si on se tue avant d'arriver, lui rétorqua-t-elle, au bord des larmes.

Rose réussit finalement à calmer sa compagne, se disant que Roméo avait besoin de tous ses sens pour conduire et ne pouvait être distrait par des enfantillages.

Rose avait pleine confiance en son ami qui était reconnu pour être un bon et prudent conducteur. Il occupait cet emploi depuis qu'il savait conduire, et il prenait soin de sa voiture tout autant qu'il prenait soin de sa femme, et ce n'était pas peu dire.

Roméo, pour sa part, essayait tant bien que mal de sécuriser ses passagères, mais il était lui-même surpris de la tournure des événements. Il avait vu bien du mauvais temps dans sa vie, mais aujourd'hui, c'était vraiment particulier. Il avait l'impression d'avoisiner la période des fêtes, tout en étant à l'aube du mois de mars.

Enfin, ils arrivèrent chez la tante Fernande, avec plus de trois heures de retard et ils entrèrent tous les trois épuisés par tant d'énervements. Annette avait réellement tapé sur les nerfs de Roméo, qui avait pourtant la réputation d'avoir une patience angélique. Il se réjouissait de savoir que les filles avaient prévu de retourner à Ste-Agathe en autobus.

Le chauffeur avait bien besoin d'un bon café et il voulait en même temps téléphoner à son client pour lui faire savoir qu'il ne pourrait reprendre la route tout de suite ; il était préférable d'attendre que la pluie se calme un peu. Il fut entendu qu'ils se rappelleraient plus tard dans l'après-midi.

La tante Fernande profita de la visite imprévue pour faire un bon diner et rassembler tout le monde autour de la table. Les enfants étaient revenus de l'école et elle comptait bien les garder à la maison cet après-midi. Ce n'était pas quelques heures de plus ou de moins qui en feraient des avocats.

Le mauvais temps fit donc en sorte que tout le monde se retrouva à plaisanter avec Roméo, qui racontait avec beaucoup de verve les nombreuses péripéties d'un chauffeur de taxi à la campagne. Bien sûr, il faisait attention devant les enfants et modifiait certaines situations afin qu'elles soient acceptables pour leurs chastes oreilles. Il y avait cependant des phrases qui avaient un double sens et les adultes s'amusaient ferme de voir les enfants rire à crédit*.

— Encore une autre, monsieur Roméo, disaient les enfants qui n'avaient pas ri ainsi depuis très longtemps.

— C'est correct, mais c'est la dernière. Imaginez-vous donc que la semaine dernière, j'ai fait monter dans mon automobile une vieille dame qui revenait de la confesse. Elle était enragée noire, fâchée après Monsieur le curé qui lui avait donné une pénitence bien particulière. Elle s'était accusée d'avoir mangé des *beans* au lard un vendredi, alors qu'elle aurait dû jeûner.

---

* *À crédit : sans comprendre le sens*

— C'était quoi sa pénitence, monsieur Roméo ? demanda Denis, le plus curieux de tous les enfants du quartier.

— Eh bien ! leur raconta Roméo en imitant Monsieur le curé, il lui a déclamé ceci d'un ton autoritaire : « ma bien chère enfant ; une dame de votre âge, pratiquement la doyenne du village, quelle faute terrible vous avez commise. Heureusement que le Seigneur est bon et il vous pardonnera, pourvu que vous disiez un rosaire et que pendant la prière vous vous absteniez de péter même si vous en avez envie ».

Les enfants se mirent à rire en cœur avec les grands qui savaient bien que Roméo avait le tour de raconter des blagues. Tout le monde passa un après-midi joyeux, même si dehors la température semblait ne pas vouloir s'améliorer. La pluie était toujours aussi intense et le froid de fin de journée fit en sorte qu'en peu de temps, tout fut recouvert d'une épaisse couche de givre.

Impossible pour le chauffeur de taxi de reprendre la route. On ne voyait ni ciel ni terre.

Ils jouèrent aux cartes à la lampe à l'huile, car très tôt dans la soirée, il y eut une panne de courant. Les enfants eurent droit de veiller avec les adultes et ces derniers racontèrent comment ça se passait dans le temps où l'électricité n'existait pas. Fernande installa des lits de fortune pour garder tout le monde à coucher.

Tôt le lendemain matin, Roméo se leva avec l'espoir de pouvoir reprendre la route à bonne heure. Il eut malheureusement une mauvaise surprise quand il regarda dehors. Le vent avait cessé, mais c'était comme si toute la ville de Montréal avait été arrosée et mise dans une glacière. Les maisons et les arbres étaient tous recouverts d'une épaisse dentelle de glaçons. C'était magnifique, mais en même temps désolant. Il espérait que cette tempête ne touchait pas le Nord, comme on nommait communément les Laurentides, car sa femme était seule à la maison avec les enfants. Il avait tenté de l'appeler hier soir, mais la ligne téléphonique était en dérangement. Il essaierait à nouveau de la rejoindre ce matin. En plus de perdre une autre journée de travail, il s'inquiétait d'être aussi loin de la maison. Il aimait sa belle Gisèle et savait qu'elle était terriblement nerveuse et n'aimait pas dormir seule.

Fernande et son mari, Léon, se levèrent à leur tour et vinrent trouver Roméo dans la cuisine. Ils constatèrent qu'il n'y avait toujours pas d'électricité. Heureusement, ils avaient une fournaise à l'huile au milieu de la place pour les réchauffer. Bien que l'odeur de l'huile soit parfois déplaisante, il était réconfortant de ne pas être à la merci de l'électricité pour tout ce que l'on utilisait et surtout le chauffage du logis.

Il fallait donc penser à improviser un déjeuner froid : des céréales et des bananes pour tout le monde.

— Pensez-vous que ça peut durer longtemps, monsieur Léon ?

— Difficile à dire, parce que c'est pas du temps qu'on est habitués d'avoir par icitte. Les temps changent, on a l'impression que les hivers ne sont plus les mêmes. C'est pas nous autres qui menons ça, c'est le gars d'en haut.

— J'peux pas reprendre la route de même, je risque ben trop d'avoir un accident et j'voudrais pas *scrapper* mon taxi, c'est mon gagne-pain.

— Restez avec nous autres, vous repartirez quand ça sera plus beau. Ça devrait pas durer plus d'un mois, répondit Léon en blaguant, pour soulager l'inquiétude du jeune homme, qu'il savait soucieux de se trouver loin de sa famille dans de telles circonstances.

— J'espère, ajouta Fernande, sinon monsieur Roméo va manquer d'histoires à nous raconter.

Et les autres sortirent du lit en entendant des rires provenant de la salle à manger. Les filles étaient déçues de ne pas pouvoir aller *magasiner*, mais elles pourraient finalement retourner avec Roméo étant donné qu'il ne prendrait la route que plus tard, lorsque la température serait plus clémente. Ça aura été une petite visite à Montréal unique en son genre. La moins dispendieuse qu'elles avaient faite à date ; elles se reprendraient sûrement plus tard au printemps.

Les 25 et 26 février 1961, il tomba sur la ville de Montréal plus d'un pouce d'une pluie verglaçante avec des rafales atteignant près de quatre-vingts milles à l'heure. La métropole connut alors l'une des pires tempêtes de verglas de son histoire.

Somme toute, le joyeux trio revint à Ste-Agathe après trois jours de camping chez la tante Fernande et avec plein d'histoires à raconter relativement à cette tempête hivernale.

* * *

Cette petite escapade à Montréal au milieu de l'hiver avait redonné de la vigueur à Rose, qui réintégra la maison familiale beaucoup plus gaie. Elle reprit donc son travail de tous les jours avec plus de vitalité.

La saison de ski s'était terminée tôt cette année au Mont-Sauvage. Ernest, maintenant au chômage, avait entrepris de faire les sucres. Sa mère avait insisté pour mettre la main à la pâte en se chargeant de faire bouillir le sirop. Ces longues journées passées dans la forêt eurent pour effet de distraire la vieille dame, qui délaissa momentanément son chapelet et son missel. Elle clôtura même la saison des sucres en servant un délicieux diner directement à la cabane à sucre; un repas à la bonne franquette où toute la famille Potvin fut conviée. L'ambiance était gaie surtout grâce à Jules Labrie, le mari de Diane. Cet ingénieur de Bell avait l'air sérieux comme un pape et quand il racontait une histoire, son auditoire le croyait jusqu'à ce qu'il réalise qu'il était mené en bateau.

À chaque fois que la famille était réunie, il en profitait pour raconter la fois où mémère mangeait de la tire sur la neige et que son dentier était ressorti collé à la toque de tire d'érable. Cette histoire faisait toujours rigoler la gang et mémère, avec les années, en riait elle aussi. Qu'il faisait bon d'enfin voir la famille s'amuser et ne ressentir aucune animosité! Fallait-il qu'ils vivent autant d'épreuves pour enfin apprendre à vivre ensemble?

Avec l'arrivée du printemps, signe de renouveau, Rose avait entrepris un grand ménage en lavant plafonds et murs de chacune des pièces. Elle avait convaincu son père de faire peinturer la cuisine, qui en avait grandement besoin. On avait fait appel à monsieur Paquette, un peintre du village qui travaillait comme un artiste. Il maniait le pinceau comme un magicien manipule sa baguette, et les résultats étaient tout aussi extraordinaires.

Il ne restait plus que le prélart à changer et Rose envisageait d'aller faire un tour au magasin Paquin à Ste-Agathe, afin de vérifier si elle pouvait trouver quelque chose d'abordable, même si ce n'était pas un luxe de remplacer le vieux couvre-plancher.

Mémère avait offert d'en défrayer le coût. Elle avait quelques économies de côté, car au moment où l'on avait découvert le corps de son mari dans les décombres, il tenait fermement dans ses bras le fameux pot de grès dans lequel il dissimulait depuis plusieurs années ses économies, à l'insu de son épouse. Il y avait un peu plus de trois mille dollars dans sa cachette.

Ernest avait été le premier à découvrir le corps de son père et il avait sûrement considéré le fait qu'étant donné que le sort l'avait durement éprouvé, il était préférable qu'il ne s'approprie pas cet argent. Comme un bon fils se doit de le faire, il avait remis la somme complète à sa mère. Elle avait ainsi pu s'acheter de nouveaux vêtements et divers articles essentiels. Elle en avait profité pour faire l'inventaire des articles de couture de sa défunte bru, et avait par la même occasion fait l'achat de morceaux de tissu pour confectionner des vêtements pour les enfants.

À Pâques, Pierre porterait fièrement un pantalon noir avec une petite chemise blanche que sa grand-mère lui avait confectionnés. Rose pour sa part, lui avait tricoté un débardeur et lui avait acheté une *necktie** pour compléter

---

* *Necktie : cravate*

son costume. Il aurait l'air d'un petit prince. Il étrennerait avec orgueil ce costume pour se rendre à la messe de minuit avec sa sœur Diane, qui l'avait invité à venir coucher chez elle après la cérémonie. Elle aimait bien ce petit homme que son père avait renié sans toutefois l'avouer ouvertement.

Cette nouvelle année se déroulait somme toute beaucoup mieux que la précédente et tout le monde s'en trouvait ravi. Yvon continuait de servir le lait avec monsieur Ladouceur au village et le contact avec cet homme joyeux semblait déteindre sur le jeune garçon qui, pour le plus grand plaisir de sa grand-mère Potvin, avait pris l'habitude de fredonner quelques ritournelles à l'occasion. La preuve, selon elle, du vieux dicton « qui se ressemble, s'assemble » !

Albert n'attendait que la fin de son année scolaire pour travailler à temps plein auprès de son nouvel employeur, monsieur Arthur Murchison, le gérant général de J.L. Brissette Limitée. Cette compagnie distribuait les réputés produits Coca-Cola. Monsieur Murchison attendait qu'il ait atteint seize ans avant de l'embaucher et en bon père de famille, il tenait également à ce qu'Albert termine sa 9e année au Collège Sacré-Cœur. Il le ferait travailler au tout début dans le bureau, à répondre au téléphone. Il pourrait également remplacer les livreurs sur la route, advenant que ceux-ci doivent s'absenter.

Cette florissante entreprise de boissons gazeuses avait été fondée au début du siècle, soit en 1911 par monsieur Jean-Louis Brissette, lequel, particulièrement avant-gardiste, y avait investi toutes ses économies. Ce jeune entrepreneur était auparavant coursier pour la compagnie C.P.R.

à Ste-Agathe, ce qu'on appelait à l'époque un porteur de messages.

Les boissons gazeuses donnaient du courage, selon les dires du temps. La compagnie offrait également les propres recettes de monsieur Brissette, des liqueurs à la cerise, à la fraise et au raisin. Cet homme audacieux avait un jour persuadé des membres du gouvernement provincial d'entretenir la route entre St-Jérôme et Ste-Agathe durant tout l'hiver, afin de lui permettre d'effectuer la livraison de ses produits jusqu'à St-Jérôme. Cela avait également contribué à l'essor économique de la région, qui était maintenant accessible en tout temps, non seulement par le transport ferroviaire, mais aussi par les grandes routes.

C'était pour Albert un emploi d'avenir, car il envisageait d'occuper un poste administratif. Il adorait les chiffres et avait un talent particulier pour l'écriture. Il avait été référé pour ce travail par le patron de son frère, monsieur Ladouceur, qui connaissait bien la famille Brissette. L'honnêteté et la ponctualité étaient les principaux atouts pour exercer cette fonction et Albert attendait impatiemment le mois de juin pour entreprendre son nouveau travail.

Il serait préférable pour ses nouvelles activités qu'il demeure au village et bien naturellement, c'est chez sa sœur Diane qu'il prévoyait de crécher en attendant de se trouver une chambre de pension abordable. Il avait hâte de quitter la maison familiale où il sentait le spectre de sa mère, laquelle n'avait que très peu connu de moments de bonheur en ces murs. Il voulait amorcer une vie bien à lui d'autant que la solitude ne l'effrayait pas.

Travailler et devenir indépendant pour vivre en toute liberté, telle était sa vision de l'avenir.

Rose voyait la famille s'éclater très lentement. Chacun circulait sans faire de vague, mais avec la ferme intention de fuir un jour. Elle seule se croyait obligée de rester, pour voir à la bonne marche de la maison avec sa grand-mère âgée. Il y avait encore trois jeunes à la maison, Yvon qui avait eu 14 ans en janvier, Pierre, 8 ans en avril et le petit Simon, qui aurait bientôt 2 ans. Il lui était impossible d'abandonner ces petits êtres qui étaient innocents. Elle avait appris à les aimer comme sa mère l'avait fait auparavant, avant qu'on ne tue l'entrain et la soif de vivre qui l'habitaient. Pauline avait quitté le jeu croyant avoir perdu la partie, ou plutôt n'ayant plus les atouts pour se battre suffisamment. C'était un beau message de courage finalement, se disait Rose. Au plus profond de sa peine cet hiver, elle pensa que jamais elle n'aurait pu commettre un geste semblable. La vie valait la peine d'être vécue et elle voulait croire que le bonheur l'attendait quelque part.

Si un jour elle s'était chargée de la maison du Lac Brûlé avec le projet de venger sa mère, elle se trouvait maintenant prise à son propre jeu. Son père avait dû se plier à sa façon de faire les choses, mais elle n'était pas assez maligne pour lui faire vivre d'autres tourments. Quelqu'un d'autre un jour se chargerait de lui remettre la monnaie de sa pièce, mais ce ne serait pas elle.

* * *

Monsieur Thompson téléphona mi-juin pour prévenir Ernest de son arrivée. C'est Rose qui prit l'appel, il lui dit tout simplement qu'il préférait aviser qu'il s'installerait plus tôt cette année et qu'il aimerait qu'elle demande à son père de faire le nécessaire pour ouvrir la maison avant la fin de semaine du 24 juin.

Elle conserva son calme et lui garantit que le message serait fait dès que son père rentrerait en fin de journée. Il lui demanda si elle serait toujours disponible pour les travaux ménagers et elle lui confirma que ça lui ferait plaisir en demandant si le mercredi était toujours le moment approprié pour eux, ce qu'il approuva. La conversation ne fut que de courte durée et le ton monocorde, ne laissant rien transpirer. Il la salua cependant en disant : « Bon après-midi, Rose et à bientôt ».

À bientôt, avait-il dit. C'était suffisant pour raviver la flamme qui crépitait en elle depuis l'automne précédent. Dans moins de trois semaines, il serait à nouveau dans les parages. Elle pourrait se contenter de le croiser à l'occasion, à défaut de plus. C'était mieux que tout ce qu'elle avait vécu loin de lui cet hiver.

Dès le lendemain, elle demanderait subtilement à son père d'ouvrir l'eau au chalet dès qu'il le pourrait, car, lui dirait-elle, monsieur Thompson avait demandé qu'un ménage en profondeur soit fait cette année à sa maison d'été. Elle aurait ainsi tout le loisir de passer du temps dans cette magnifique maison, avant que la famille ne vienne s'y installer.

Ernest attendit quelques jours avant de se rendre chez celui qu'il appelait depuis longtemps son bourgeois. Il ouvrit l'eau et l'électricité puis entreprit de nettoyer le garage en prévision de l'arrivée des touristes. Il n'aimait pas faire ce travail quand monsieur Thompson était alentour, car il ne pouvait pas toujours s'approprier ce qu'il jugeait inutile pour un homme aussi riche que son patron. De nombreux outils et matériaux avaient ainsi changé d'adresse au cours des dernières années et il était bien certain que ça passait inaperçu. Il considérait cela comme un dû, un pourboire que son patron ne lui donnait pas et que selon lui il méritait largement. Il se faisait donc justice lui-même et jusqu'à maintenant personne n'avait rien remarqué d'anormal. Ces richards vivaient tellement dans l'abondance qu'ils ne savaient même pas ce qui leur appartenait réellement. C'est du moins ce qu'Ernest croyait.

Rose se présenta donc un beau matin à la maison d'été, afin d'entreprendre le ménage. Elle passa la première heure assise sur le divan du salon, là où tout avait commencé. Elle se remémora chaque instant, chaque mot, chaque geste accompli. Elle se dit finalement qu'elle devait se secouer sinon elle ne serait pas en mesure de travailler pour lui cet été. Elle ne voulait pas lui laisser l'opportunité d'engager quelqu'un d'autre. Qui sait si Adéline Gagnon n'aimerait pas prendre son poste, maintenant que son fils était parti travailler dans l'Ouest canadien. Elle était désormais seule et avait tout le loisir de travailler.

Elle revint donc à plusieurs reprises pour soi-disant s'occuper de la maison, mais en fait elle se promenait dans chacune des pièces en rêvant d'une aussi belle vie. Elle fit tout de même les travaux de nettoyage nécessaires avant l'arrivée de la famille, qui étaient cependant moins exigeants que ce qu'elle avait mentionné pour justifier tout ce temps hors de chez elle.

Le vendredi 22 juin, bien que tout fût bien en ordre dans la belle maison, elle s'y rendit à nouveau pour prétendument terminer les derniers préparatifs. Elle fit le tour de la demeure pour s'assurer qu'elle n'avait rien oublié et surtout pour s'imprégner de l'odeur masculine qui y régnait. Quand elle se rendit dans la chambre principale, elle ouvrit la penderie et poussa l'audace jusqu'à se vêtir d'un vêtement appartenant à madame Thompson, une magnifique robe soyeuse de couleur saumon avec une dentelle ornant le cou et les manches. Le décolleté avantageait sa poitrine pulpeuse, et la ligne de ses hanches, magnifiquement galbée et seyante à ravir, en faisait un modèle de beauté.

Émerveillée par la douceur du dispendieux tissu, Rose ne porta pas attention aux pas feutrés de William qui montait l'escalier. Il pénétra doucement dans la chambre et fut stupéfait d'y découvrir la femme qui avait occupé ses rêves et ses pensées depuis tant de mois. Loin d'être frustré du cran de son employée qui avait outrepassé ses droits, il s'avança doucement et la prit par la taille pour finalement la faire pivoter vers lui.

— Monsieur Thompson, votre femme pourrait monter et nous voir.

— Ne t'inquiète pas, je suis seul ; ma femme est à nouveau hospitalisée, je ne sais quand elle sera en mesure de revenir à la maison.

Sans plus en dire, il déposa sur les lèvres de Rose un baiser qu'une longue attente avait nourri. Crispée de stupéfaction au départ, elle s'abandonna finalement à ce contact charnel tant désiré. Sans aucune parole, il entreprit de la dévêtir tout doucement et de réaliser le fantasme de ses nuits hivernales, soit de caresser de ses doigts cette peau chaste et pure. Plus rien ne l'empêcherait d'assouvir le besoin de joindre son corps à celui de cette jeune vierge qui, tout comme lui, ne demandait qu'à atteindre les sommets de l'extase.

La vie pour eux serait maintenant truffée d'embuches, mais ils avaient sans mot dire décidé de vivre leur bonheur en dépit de tous les obstacles qu'ils rencontreraient.

* * *

CHAPITRE 15

Amour gai, amour triste
(Été – automne 1961)

Ernest avait trouvé preneur pour son camion en se rendant chez sa sœur qui demeurait sur la rue Foucher, à Montréal. Il avait accepté d'aller porter quelques boîtes ainsi qu'un vieux meuble à la résidence principale de monsieur Thompson à Westmount, et en même temps, il en avait profité pour aller manger chez Fernande.

En passant sur la rue Lajeunesse, où il y avait plusieurs garages de voitures usagées, il avait eu l'idée d'aller voir ce qu'on lui donnerait pour son camion, se disant que dans cette grande ville, personne n'aurait eu vent du malheur qui avait déprécié considérablement son véhicule.

Le vendeur qu'il rencontra était plus petit que lui, ce qui flatta Ernest dont l'égo se fragilisait au contact des personnes de grande taille, tout particulièrement les femmes. Il le trouva cordial et courtois, voire un peu trop. Chaussé de bottines dont les talons semblaient le grandir anormalement, il faisait le *fier-pet**   dans son petit habit à carreaux. On aurait cru qu'il était propriétaire du garage, tant il se vantait d'avoir la plus grosse clientèle du nord de la ville. En tout autre temps, cette rencontre aurait pu ressembler à une bataille de coqs, mais aujourd'hui, le bonhomme Potvin se devait d'être plus rusé s'il voulait parvenir à ses fins.

La propreté et l'état général du véhicule ne laissaient personne indifférent. Ernest raconta une histoire selon laquelle il avait des problèmes financiers et devait, à contre-cœur, se départir du véhicule qu'il avait acheté. L'employé fit une courte inspection du véhicule et lui fit une offre relativement raisonnable dans la situation. La décision ne fut pas longue à prendre et il acheta en retour un camion plus vieux de quelques années, mais libre de souvenirs. C'est ainsi qu'il troqua son camion bleu pour un camion rouge et c'est le cœur plus léger qu'il revint chez lui le soir.

Il avait ainsi l'impression d'avoir tourné la page et de pouvoir commencer à vivre à nouveau.

Cet été-là se déroula calmement, sans qu'aucun drame ne vienne assombrir les journées ensoleillées pleines de promesses d'avenir.

Dans la maison des Potvin, c'était la grand-mère qui menait maintenant la barque, et ce, avec l'assentiment de Rose, qui n'avait aucun problème à lui laisser le contrôle. Elle respectait Amanda beaucoup trop d'ailleurs pour lui ravir le pouvoir. L'aïeule avait apporté de la sérénité dans un lieu qui avait pendant des années été empreint

---

* *Fier-pet : prétentieux*

200

d'agressivité, de reproches et de critiques. Tout le monde s'en trouvait mieux et le bonheur semblait à nouveau pouvoir prendre racine au fond du cœur de chacun.

Rose se concentrait sur les travaux effectués à la maison de William où elle se rendait maintenant deux jours par semaine, en plus des repas qu'elle devait préparer en remplacement de madame Gagnon. Monsieur Thompson avait gentiment remercié celle-ci au printemps, prétextant ne plus avoir besoin de ses services, mais en retour, il lui avait trouvé un poste de dame de compagnie pour la mère d'un ami anglophone demeurant dans la région. Tout le monde était content puisque ce nouvel emploi était beaucoup plus stable et mieux rémunéré pour la veuve.

Tout allait pour le mieux et tout comme la rivière, le temps s'écoulait calmement sur ce lot de terre où les inondations étaient beaucoup plus fréquentes que les sécheresses.

À l'automne, William retourna à Montréal comme les années précédentes. Pendant tout l'été, il avait entretenu avec Rose une liaison amoureuse, tout en lui demandant à maintes reprises de ne pas avoir d'attentes. Il lui expliquait qu'il ne pouvait lui accorder l'exclusivité puisqu'il était marié. Elle lui répétait qu'elle comprenait la situation, et qu'elle était satisfaite du temps qu'il lui accordait.

La veille de son départ, ils semblaient ne plus pouvoir se séparer l'un de l'autre. Contrairement à ce qu'il avait prévu comme adieu, il n'avait pu se contenir et il lui avait fait l'amour avec la passion du désespoir. Il savait qu'il n'avait pas le droit de prendre en otage le cœur de cette jeune biche ; il y avait trop de risques de la blesser. Avant qu'elle ne le quitte, William avait encouragé Rose à faire sa vie en sortant avec des amies et en rencontrant d'autres garçons.

— Tu sais Rose, que j'ai des obligations envers ma famille et que je ne suis pas en mesure de t'accorder une place dans ma vie.

— Je sais William, et je ne te demande rien. Mais je te jure sur mon âme que je resterai ici et que je t'attendrai.

— Je ne veux pas que tu m'attendes, il te faut vivre avec des gens de ton âge. Tu es jeune et belle. Profite de cette période de ta vie qui ne reviendra jamais ; je ne dois aucunement faire partie de tes projets d'avenir.

Et cette nuit-là, elle s'étendit sur son lit, mais le sommeil ne venait pas. Elle détacha sa longue jaquette et palpa ses seins, en songeant que plus personne ne les caresserait maintenant que son amant quittait la campagne. Comment ferait-elle pour survivre maintenant qu'il n'y aurait plus personne pour nourrir son corps de passion ? Elle s'endormit finalement, recroquevillée, en pleurant sur son malheureux destin.

Elle se leva tôt pour avoir l'opportunité de le voir une dernière fois avant son départ, mais en arrivant chez lui, elle constata malheureusement qu'il était déjà parti. Après leur conversation de la veille, William avait préparé ses bagages et il avait pris la route avant que le jour ne se lève, pour justement éviter une rencontre fortuite. Il devait lui aussi reprendre sa vie en main.

* * *

Rose passa l'hiver à lire des romans d'amour, à se morfondre et parfois même à pleurer pendant de longues heures, la nuit. Le jour, elle s'occupait dans la maison avec mémère Potvin et elle jouait avec le petit Simon. En après-midi, elle allait souvent faire une longue marche et ses pas la conduisaient inévitablement vers la maison de William, où elle prenait de grandes respirations en ayant l'impression ainsi d'emmagasiner un peu du monde de son bien-aimé à l'intérieur de ses entrailles.

La fonte des neiges et les activités de la cabane à sucre faisaient miroiter à Rose l'arrivée de son bel amour. Elle reprenait à nouveau des couleurs et la joie de vivre refaisait surface. La bonne humeur émergeait de sa dormance.

Ne tenant plus en place, au début du mois de juin, tout en servant le dessert, elle avait subtilement demandé à son père :

— Y faudrait que tu penses bientôt à ouvrir l'eau et l'électricité chez monsieur Thompson si tu veux que j'aille y faire le ménage. Tu sais qu'il était arrivé assez tôt l'an dernier.

— Ça ne sera pas nécessaire, lui avait simplement répondu Ernest. Il n'ouvrira pas la maison cet été.

Rose fut abasourdie et malgré le fait qu'elle devait conserver tout son calme, elle ne put s'empêcher de s'enquérir :

— Comment ça se fait, ils ouvrent la maison tous les étés depuis toujours. Es-tu bien sûr de ça ?

— Me prends-tu pour un navet ? C'est lui-même qui m'a téléphoné vendredi soir, pendant que t'étais chez ta sœur au village. En tout cas, ça fait une maudite *escousse** que la maison des Thompson n'a pas été fermée l'été.

Et mémère, qui sirotait son thé dans lequel elle avait trempé un beigne durci, se remémora haut et fort :

— J'me rappelle que c'était arrivé une année où la vieille madame Thompson, la mère, avait été ben malade. Son mari avait eu pas mal peur de la perdre cette année-là, mais c'est vrai que ça fait longtemps. Fernande restait encore à maison, dans ce temps-là.

Rose ne semblait pas vouloir encaisser la nouvelle et elle s'acharnait à poser des questions :

— Est-ce qu'il a dit pourquoi il n'ouvrait pas sa maison ?

— Pour commencer, c'est pas de tes affaires, rétorqua Ernest d'un ton empreint d'exaspération. Il a décidé d'aller dans les vieux pays avec sa femme pour l'été. Il semble que ça va être bon pour sa santé.

En songeant à ce voyage outre-mer, Ernest ne put se retenir de commenter :

— Je te dis que de l'argent, ça ne leur pèse pas au bout des doigts, eux autres. Maudits Anglais ! Ils nous font travailler pour des *peanuts* pis y font la grosse vie sur notre dos.

Mais Rose n'écoutait plus, elle tentait de se convaincre qu'elle rêvait ou que son père avait mal compris. Elle se refusait de croire que William l'avait réellement oubliée.

Afin qu'Ernest ne réalise pas trop son désarroi, elle s'empressa de se rendre sur la galerie et commença à enlever le linge sur la corde en prenant tout son temps. Dès

---

* *Escousse : moment, temps*

qu'il eût quitté la maison, elle retourna dans sa chambre pour laisser libre cours à sa peine.

Ainsi son épouse légitime était sortie de l'hôpital et elle partageait à nouveau sa vie de tous les jours ; Rose en était folle de jalousie. Pourquoi est-ce que c'était toujours les mêmes qui faisaient les frais des vicissitudes de la vie ? Elle en avait marre de vivre des hauts et des bas avec ses émotions ; elle avait l'impression de n'avoir été qu'un épisode dans la vie de William, l'espace d'une saison, et elle se sentait rejetée comme un vulgaire animal de compagnie que l'on n'a plus le goût de flatter.

* * *

L'attitude d'Ernest avait beaucoup changé et le calme qui habitait la demeure était apaisant. L'automne de l'année 1962 était déjà là et l'été semblait ne pas vouloir s'arrêter, ou plutôt les yeux d'Ernest rayonnaient suffisamment pour ensoleiller le canton.

C'est qu'il avait une amie dans sa vie en la personne de la veuve Adéline Gagnon. À force de fréquenter sa mère et de partager leurs repas, la dame avait tissé des liens avec le maître des lieux, qu'elle se plaisait à distraire par ses récits burlesques. Elle était une conteuse née.

Les enfants voyaient rire leur père, ce dont ils n'avaient pas l'habitude. Ils en étaient blessés en songeant à leur mère dont la vie avait été si moche.

Fallait-il avoir fait tant souffrir une pauvre âme pour qu'Ernest se décide à enfin vivre normalement et cesser d'empoisonner les gens qui l'entouraient ?

Quand Adéline restait pour le souper, il n'était pas rare que les adultes jouent aux cartes jusqu'à tard dans la soirée après que les enfants soient couchés. Mémère Potvin ne voulait pas voir son amie retourner seule, à pied, vers sa maison quand la noirceur s'était installée. Elle demandait alors à Ernest d'être galant et d'aller reconduire leur convive.

Tout le monde était inquiet dernièrement au Lac Brûlé, car on avait entendu des coyotes et on avait même trouvé une carcasse de chevreuil près du lac, ce qui n'inspirait pas confiance. Ernest allait donc reconduire la dame directement chez elle et jour après jour, elle semblait l'apprivoiser comme mémère Potvin l'avait fait un jour avec le vieux papa ours.

C'est ainsi qu'un vendredi après-midi, Ernest prit son bain, se vêtit avec soin, coupa sa barbe et se parfuma avec de la lotion Old Spice. Personne n'osa rien dire, mais tout le monde le regarda d'un drôle d'air. Il y avait irrémédiablement anguille sous roche.

Il était tout juste quatre heures et le père de famille avisa sa mère et sa fille Rose qu'il serait absent pour le repas.

— J'ai rencontré un vieux chum au village. Y m'a demandé d'aller le trouver pour souper à l'hôtel. Je ne voulais pas, mais y a tellement insisté que ça aurait eu l'air fou de refuser. On a été au collège ensemble ; ça a l'air qu'il voudrait revenir s'installer dans le bout.

Et sans plus se justifier, il avait quitté la maison rapidement.

Rose avait tout juste attendu qu'il sorte sur la galerie pour dire d'un ton complice à sa grand-mère :

— Si ça doit arriver un jour, c'est aujourd'hui que les poules vont avoir des dents.

* * *

Ernest s'était finalement décidé à demander un rendez-vous formel à Adéline. Il avait prévu de l'emmener prendre un petit souper au restaurant Chez Gaudet, sur la rue Principale à Ste-Agathe, avant de traverser au cinéma Roxy, juste de l'autre côté de la rue.

Quand il arriva chez elle, elle n'était pas encore prête et elle l'invita à s'asseoir au salon, où elle lui offrit une bière. Elle continua ensuite de flâner dans la maison en faisant semblant de se préparer, pour finalement venir le rejoindre au salon et lui expliquer :

— Je m'excuse Ernest, mais je ne pourrai pas aller souper avec toi au village. Tu sais, ça fait une mèche* que je suis veuve et ça me gêne sans bon sens de me montrer parmi le monde avec toi, alors que ça fait ben juste deux ans que ta femme est morte.

— J'te comprends Adéline, mais j'va pas rester *tu seul* toute ma vie pour les autres. On fait mal à personne. Pis à notre âge, on n'a pas trop de temps en avant de nous autres.

— Moé, je comprends ça, mais tu sais les mauvaises langues au village, y diraient que c'est moé qui t'ai couru après. Tu sais que c'est toujours les femmes qu'on blâme dans ce temps-là.

---

* Ça fait une mèche : ça fait longtemps

— Chez nous, j'ai dit que j'allais en ville rencontrer un vieux chum, pis si on veillait icitte à la place ; ça pourrait-tu se faire ?

Adéline fut tout heureuse de la décision de son prétendant. Toute la journée, elle avait songé à la façon dont elle pourrait le dissuader d'aller se pavaner au village sans toutefois le blesser. Connaissant suffisamment son caractère bouillant pour craindre une querelle, elle appréhendait de mettre en péril leur relation qu'elle souhaitait tellement voir se concrétiser.

— Ça fait joliment mon affaire Ernest. Un restant de bouillie pour souper, ça pourrait-tu faire ton bonheur ?

— J'ai pas ben ben le choix, dit-il pour la taquiner. En plus, j'ai senti une odeur de tarte aux pommes, ça fait que ça me tente *en pas pour rire*[*].

Et c'est ainsi qu'Ernest commença à fréquenter la veuve et durant tout l'hiver, il passa plusieurs soirées chez elle à l'écouter se raconter.

Quand le printemps arriva, il parla avec sa mère et lui demanda si elle trouvait cela convenable qu'il pense à se remarier avec Adéline, même si elle était son ainée de quatre ans. Elle lui confirma que les hommes n'étaient pas faits pour vivre seuls, mais lui spécifia qu'il devrait faire ça sans « fla-fla^{**} ».

— T'es pas obligé de faire exprès pour faire jaser le monde. Tu sais que ça ne leur en prend pas gros.

---

* *En pas pour rire : vraiment, à l'extrême*
** *Fla-fla : sans luxe*

— Vous savez que c'est pas mon genre. On va faire un petit mariage ben simple; on va s'en venir faire un diner de famille icitte.

— Chu ben contente pour *toé* mon gars. T'as l'air ben plus heureux asteure. On dirait que t'avais de la rage dans le cœur avant. Depuis la mort de Pauline, on aurait dit que t'avais un abcès qui attendait d'être pété.

— Si vous saviez comme je regrette, mais c'est fait, c'est fait. Asteure j'veux regarder en avant.

Les enfants, qui étaient habitués de voir madame Gagnon chez eux pour les repas ou pour jouer aux cartes, furent cependant surpris quand ils apprirent que leur père la fréquentait depuis déjà plusieurs mois et qu'il songeait à l'épouser. Il n'y avait que le petit Simon qui, ayant très peu connu sa mère, aimait bien cette femme qui le gâtait de mille attentions.

Les autres ne s'étaient pas encore remis de la perte tragique de leur maman et ils ne voulaient pas voir qui que ce soit venir fouiller dans ses chaudrons ou plus encore, partager le lit de leur père.

Toujours accablée par sa peine d'amour, la belle Rose avait pris la décision de retourner à Montréal et les projets de son père n'avaient fait que l'inciter à mettre les siens à exécution plus tôt que prévu.

L'annonce du remariage d'Ernest avait été l'élément déclencheur. Elle était ferme là-dessus. Tout comme le restant de la famille, elle ne voulait pas voir une autre femme prendre la place de sa pauvre mère dans la maison familiale, déjà qu'elle pestait quand elle voyait son père faire les yeux doux à cette femme plus vieille que lui.

Elle se disait qu'à quarante-huit ans bien sonnés, il aurait bien pu contenir ses ardeurs et s'occuper de ses enfants et de sa mère au lieu de jouer au jeune premier.

Elle s'interrogeait tout de même sur la raison qui motivait son père à faire pareille chose. Comme elle le connaissait, elle savait bien qu'il ne faisait jamais rien sans recevoir en retour une compensation. Elle s'en était bien rendu compte quand elle était chez les Thompson. Combien de fois avait-il apporté de la nourriture à la maison ; de la farine, du sucre et des conserves, que son patron achetait toujours en très grande quantité. Ernest, cet homme profiteur et égocentrique, ne se serait pas entiché d'une femme, s'il n'y avait pas eu de bénéfice à en tirer.

Rose était d'avis que son avenir n'était pas au Lac Brûlé ni même au village de Ste-Agathe. Elle retournerait dès que possible chez sa tante Fernande à Montréal et elle multiplierait les démarches pour se trouver un emploi et un petit logement. Cette fois-ci, elle était un peu moins pressée, car elle avait des économies en poche. Elle avait bien un projet en tête en retournant dans la grande ville, mais pourrait-elle le réaliser ?

Elle ferait appel à son frère Luc quand il serait question de se trouver un gite bien à elle, mais elle devait auparavant attendre le bon moment. Elle regrettait de quitter ses frères, mais elle devait avant tout penser à elle.

Elle avait quelques amies, mais ça ne remplacerait jamais son amant qu'elle avait aimé plus qu'elle ne croyait pouvoir aimer un jour. Elle l'imaginait avec son beau complet bleu, lui, si grand, si mince avec des cheveux foncés et des yeux noirs comme l'ébène. Ces yeux-là l'avaient regardée comme personne ne l'avait fait auparavant. Elle lui avait donné ses vingt ans et elle aurait bien aimé recevoir les intérêts en retour.

* * *

Le temps des fêtes se déroula dans une harmonie à tout le moins artificielle. Les réunions de famille, qui n'étaient jamais très enjouées, se déroulèrent avec des discussions somme toute futiles et les soirées se terminèrent exception-nellement tôt. Le prochain mariage d'Ernest et Adéline, prévu une semaine après Pâques, laissait planer un certain malaise au sein de la famille au complet. Même la grand-mère commençait à regretter la liaison de son fils avec son amie, qui semblait changer d'attitude depuis qu'elle se savait promise.

Ernest rencontra les enfants d'Adéline chez elle lors du diner du jour de l'an. L'ambiance fut un peu plus gaie même si la fille ainée, Madeleine, se faisait quelque peu réticente à laisser sa mère prendre pour époux celui qu'elle appelait le bonhomme Potvin. Elle avait entendu des ragots selon lesquels celui-ci avait la main leste ; elle entendait bien avoir l'œil ouvert.

Son frère Jean, pour sa part, était fier de voir sa mère trouver enfin un homme pour s'occuper d'elle jusqu'à la fin de ses jours. Il avait maintenant l'impression d'être libéré de l'obligation de s'occuper de tous les travaux dans la maison d'Adéline.

Pour son autre frère, Euclide, on en avait que peu de nou-velles depuis qu'il travaillait dans la région d'Edmonton.

Qui sait s'il ne trouverait pas enfin un travail régulier qui lui plairait et s'il délaisserait une fois pour toutes les jupons maternels.

De toute façon, les enfants n'avaient que très peu connu leur père, car ils étaient très jeunes à son décès. En revanche, ils avaient souvent vu leur mère à bout de forces, pleurer sur son sort. C'était peut-être la meilleure solution en fin de compte.

Entre les festivités de fin d'année et celles de Pâques, la vie au Lac Brûlé fut relativement calme. Ernest travaillait toujours au Mont-Sauvage à Val-Morin, Yvon terminait sa dernière année d'école et la grand-mère s'occupait beaucoup des deux plus jeunes qui s'étaient beaucoup attachés à elle.

La famille Potvin ressemblait à toutes les familles de la région sauf que dès qu'un oiseau quittait le nid, il ne revenait que rarement le visiter. Rose mit tout en œuvre pour être loin de la maison familiale le jour du mariage. Elle avait fait la promesse à sa mère, en prière, que jamais elle ne féliciterait les tourtereaux.

* * *

CHAPITRE 16

CHACUN SA ROUTE
(PRINTEMPS 1963)

L UC se réjouissait de la décision de sa sœur Rose de revenir s'installer à Montréal. Il lui avait même offert de venir partager son logement. Il se disait que ce serait plus plaisant à son retour du travail, d'avoir enfin quelqu'un à qui parler.

Lorsqu'il était arrivé à Montréal, il avait habité chez une vieille dame qui lui avait été référée par son employeur. Elle s'appelait Églantine Dionne, mais tout le monde l'appelait mémé Églantine. Celle-ci arrondissait ses fins de mois en logeant de jeunes garçons qui travaillaient tous pour la même compagnie. Luc ne gardait que de bons souvenirs de cette époque où il avait eu l'impression de vivre dans une famille chez qui la gaieté était au menu tous les soirs.

En cours de route, un copain de travail lui avait fait miroiter toute la liberté qu'ils auraient en vivant dans un logement bien à eux. Fini le partage de la salle de bain avec plusieurs locataires et plus de règles strictes à respecter. L'esprit troublé par les projets dont son ami le nourrissait,

Luc avait donc quitté à regret la chaleureuse maison de chambres de madame Dionne pour un nid beaucoup moins douillet, mais où il pourrait profiter pleinement de sa liberté.

Après avoir astiqué seul tous les recoins du nouveau logis afin de faire disparaitre des *bibittes* qu'il n'avait jamais vues de sa vie, le jeune homme avait rapidement réalisé qu'il n'avait pas fait le bon choix. Il manquait surtout les bons repas préparés par sa logeuse et l'esprit de famille qui régnait autour de la table. La solitude lui pesait et son ami Robert l'avait juste utilisé pour mener à bien sa vie d'excès.

Quelques semaines après avoir emménagé sur la rue Poirier, à son retour à la maison, il avait surpris Robert au lit avec la fille de leur contremaître. Complètement abasourdi, il était parti pour ne revenir que quelques heures plus tard. Il avait été intransigeant et avait exigé que son ami cesse d'emmener des filles dans leur logement. Il craignait également de perdre son emploi si son supérieur apprenait que sa jeune fille s'adonnait librement à des ébats amoureux alors qu'elle avait à peine seize ou dix-sept ans.

Comme ils n'avaient pu s'entendre sur ce que Luc appelait des fréquentations acceptables, Robert avait quitté les lieux et Luc se devait maintenant d'assumer les frais de location tout seul.

Il travaillait sur le quart de soir à l'usine Canadair de Cartierville, une compagnie fondée en 1944. Canadair était le plus grand constructeur d'avions au Canada et il avait eu l'opportunité d'y être embauché dès son arrivée à Montréal. Il avait commencé en travaillant à l'entretien, mais sa curiosité et sa minutie lui avaient rapidement ouvert des portes. Alors qu'un employé était absent, on lui avait demandé de travailler dans le département des pièces où il était maintenant magasinier.

À cette époque, le président de Canadair était monsieur J. Geoffrey Notman, un homme de grande taille à la mâchoire carrée, qui avait la réputation de ne pas avoir le cœur sur la main. On en avait eu la preuve cette même année quand, alors qu'une augmentation de salaire étant prévue, il l'avait tout simplement abolie, prétextant devoir effectuer des coupures sur tout. L'ironie avait été poussée à son comble, quand il avait décrété d'un ton froid et cassant que les prix seraient augmentés à la cafétéria et que ceux qui ne seraient pas contents n'auraient qu'à apporter leur boîte à *lunch*.

Les employés étaient mécontents, mais Luc se faisait distant des fauteurs de troubles. Il voulait conserver cet emploi à tout prix, car il ne voulait pas retourner à la campagne pour tout l'or du monde. Il avait découvert le plaisir de vivre dans l'anonymat. Il ne connaissait que peu de gens, avait très peu d'amis et vivait de préférence en reclus. Il allait chez tante Fernande à l'occasion pour manger un bon repas en famille et occupait son temps libre à lire et à cuisiner. Il entretenait son logement comme il avait vu sa mère le faire à la maison. Tout y reluisait comme un sou neuf.

Il avait toujours eu une belle complicité avec sa sœur Rose, car ils étaient quasi du même âge. Elle était de treize mois son ainée. Il lui semblait qu'elle avait toujours été là, à côté de lui, que ce soit dans ses jeux d'enfants, à l'école ou lors de ses premières sorties d'adolescent. Elle était belle et raffinée et il se disait que c'était une femme comme elle qu'il voudrait un jour rencontrer, mais la timidité l'empêchait de se mêler aux jeunes de son âge. Ce n'était pas assis dans son logement qu'il avait à craindre d'être fauché par la foudre.

Auparavant, quand Rose vivait à Montréal, ils allaient parfois marcher, patiner ou voir un film au cinéma, mais depuis qu'elle était partie, il s'était confiné chez lui et broyait du noir. Le départ subit de la mère avait atterré toute la famille, et plus encore les ainés, qui avaient eu connaissance des circonstances qui avaient mené la pauvre femme à agir de la sorte. Luc avait depuis l'impression d'avoir mis sa vie sur une tablette. Il vaquait à ses occupations jour après jour, mais l'entrain et la joie de vivre étaient en sommeil. Le retour de Rose dans son patelin serait sa bouée de sauvetage, il en était certain.

C'est donc avec enthousiasme qu'il se rendit au terminus d'autobus provincial ce samedi 6 avril 1963 pour l'accueillir.

— Tu n'as pas beaucoup de valises, ma sœur, es-tu bien certaine que tu vas rester en ville ?

— Ne t'inquiète pas mon frère, j'ai demandé à Roméo, le chauffeur de taxi, de m'apporter mon *stock* quand y va avoir un voyage à faire en ville.

— Toujours prêt à rendre service, Roméo. Lui y va l'avoir gagné son ciel à force d'aider tout le monde de même.

— Es-tu toujours certain de bien vouloir partager ton logement avec moi ? Tu sais que j'ai mauvais caractère des fois.

— Rien que des fois, tu dis ? C'est pas grave, il faut que je m'exerce pour quand je penserai à me marier.

Et c'est ainsi que commença une nouvelle vie, un nouveau départ pour les enfants Rose et Luc Potvin, dans le secteur de Cartierville.

Rose se trouva un emploi dans la même semaine chez un médecin dont l'épouse était mi-voyante. Elle devait s'occuper de l'entretien de la maison et des repas, ainsi qu'assister la dame handicapée dans ses déplacements. La pauvre femme, qui dès son jeune âge avait dû porter des lunettes, avait vu sa vision se détériorer très rapidement au cours des dernières années et elle en était astreinte à vivre dans un monde où tout n'était qu'ombres et contours.

Elle s'appelait Emma Proulx, avait soixante ans, de taille moyenne, avec une magnifique chevelure grisonnante soigneusement coiffée. Son teint rosé et ses traits délicats laissaient deviner un caractère docile et affable.

Lors de sa rencontre avec le médecin pour le poste convoité, Rose avait tout de suite ressenti beaucoup d'empathie pour cette famille dont le travail du mari était très exigeant et la vulnérabilité de sa femme si flagrante. Une lettre de recommandation du curé Anthime Sicotte de la paroisse de Fatima, faisant foi de la loyauté et l'honnêteté de la jeune fille, permit au médecin de procéder immédiatement à l'embauche. Elle pouvait entrer en fonction dès qu'elle serait disponible et Rose décida donc de passer l'après-midi avec la femme du docteur, pour se familiariser avec les travaux à effectuer et les exigences relatives à son invalidité. Le soir venu, quand elle réintégra l'appartement, elle rayonnait de bonheur.

— Ça y est, j'ai été engagée, cria-t-elle à son frère, en arrivant dans le logement. Le docteur m'a tout de suite dit que j'étais la femme dont il avait besoin. Et si tu voyais la maison, un vrai château.

— Pis toi, t'aimes pas ça pantoute la vie de princesse, lui répondit-il en riant.

— Chacun a ses caprices, mon petit frère. Il faut croire que les sauvages auraient dû me laisser à Westmount au lieu d'arrêter au Lac Brûlé.

— Et aujourd'hui, tu parlerais peut-être juste en anglais et tu aurais le bec pincé comme la femme de l'avocat Bibeau.

— Au moins, je vais pouvoir te payer ma part de loyer pour le mois.

— Au lieu de manger encore des *beans* à soir, est-ce que tu préférerais que je te serve des «fèves au lard», toi la nouvelle gouvernante?

— Tu peux rire de moi si tu veux, mais j'vais pas rester une servante toute ma vie. J'ai bien dans l'idée de voir d'autres choses que des guenilles pis des chaudrons. Regarde-moi bien aller. Tu n'en croiras pas tes yeux.

* * *

Ernest Potvin épousa Adéline Gagnon le samedi 20 avril 1963 à 8 heures le matin, dans la sacristie. On ne pouvait éviter tous les curieux, mais en faisant de la sorte, on en diminuait tout de même le nombre. Par la suite, un petit goûter à la bonne franquette mit en présence les enfants des deux familles. Très tôt en après-midi, tout le monde était de retour à son domicile respectif.

Aucune musique n'avait diverti les convives et curieusement, la mariée était vêtue d'une robe mauve et son mari, de l'habit noir qu'il portait quelques années auparavant pour enterrer sa première femme.

À Cartierville, cette journée-là, Rose et Luc ne discutèrent pas de l'événement qui se déroulait à la campagne alors qu'ils étaient maintenant dans leur monde de citadins. Ils semblaient avoir tous les deux mis une croix sur leur vie passée. Ils regrettaient un peu par rapport aux plus jeunes qui restaient encore au Lac Brûlé, mais Rose envoyait à l'occasion des lettres et des colis pour eux. Ils savaient ainsi qu'il y avait une grande sœur et un grand frère quelque part qui les aimaient et que quelqu'un serait là s'ils décidaient à leur tour de prendre leur envol un jour.

* * *

Rose croyait que la fuite vers la grande ville lui redonnerait toute l'énergie nécessaire pour alimenter une certaine joie de vivre, mais il n'en fut rien. C'est ainsi qu'elle se retrouva un samedi matin à errer sur la rue Metcalfe dans Westmount, aux abords de la résidence de William Thompson.

Elle avait imaginé une belle et grande maison, mais jamais elle n'aurait pu croire qu'elle puisse être si majestueuse. Construite sur trois étages avec un revêtement en brique, elle était ceinturée d'une magistrale galerie blanche moulurée de dentelles boisées. Au deuxième étage, sur la façade, on pouvait voir un balcon également paré de garnitures et le troisième étage était joliment éclairé par un œil de bœuf en vitrail.

Rose en était muette d'admiration. Ses yeux étaient pleins de larmes et son cœur battait la chamade. Elle aurait voulu s'évanouir à cet instant dans le but bien précis d'être secourue par celui qui hantait ses rêves. Les jambes alourdies par le chagrin, elle parvint à marcher pour fuir ce qui lui déchirait les entrailles.

Elle ne pouvait imaginer qu'à travers la fenêtre, William l'avait aperçue alors qu'elle contemplait sa résidence. Il avait lui aussi le cœur serré. Il avait rompu avec elle dans un dessein bien légitime, celui de ne pas lui faire de mal, mais il en était quand même follement amoureux.

Mais que pouvait-elle bien faire à Montréal? se demanda-t-il. Serait-ce le destin qui avait voulu les remettre en contact, maintenant que sa femme avait été une fois pour toutes internée à l'asile St-Jean de Dieu à la suite d'une tentative de suicide?

Au matin du jour de l'An de cette année, William l'avait découverte inerte, assise sur la galerie arrière de la maison, vêtue d'une fine robe de nuit de satin et tenant dans ses bras une poupée de porcelaine qui arborait la même délicate robe.

La pauvre dame était en état d'hypothermie avancée et l'on avait peine à discerner son pouls. Le docteur Rivard, médecin de la famille Thompson, fut appelé sur les lieux, lui prodigua les premiers soins avant de demander à ce qu'elle soit hospitalisée dans les plus brefs délais. On avait craint pour sa vie pendant un bon moment, mais son état physique s'était peu à peu stabilisé. Elle ne parvint cependant pas à recouvrer toute sa lucidité et elle avait peur de William dès qu'il entrait dans sa chambre.

On diagnostiqua rapidement une surdose de valium, un tout nouveau médicament qui venait d'être commercialisé pour les maladies nerveuses. Irène avait ainsi pris du valium, des aspirines et du whisky et elle s'était aventurée à l'extérieur, où son mari l'avait heureusement trouvée avant qu'il ne soit trop tard. Il était cependant évident qu'elle ne pouvait plus être laissée seule à la maison et qu'elle était devenue une menace pour elle-même.

Depuis, William payait grassement les Sœurs de la Providence pour en prendre soin, mais il n'effectuait plus aucune visite à l'asile. Il savait pertinemment qu'il ne pourrait plus jamais vivre auprès d'elle et il croyait qu'elle serait plus stable si elle vivait dans un milieu neutre, où rien ni personne ne viendrait perturber ses jours et ses nuits.

Mais pourquoi, ce matin, était-il à la fenêtre tout juste quand ce rayon de soleil était passé devant chez lui? Était-ce un signe du destin ou une réponse à ses prières, alors qu'il se demandait s'il pourrait être heureux autrement qu'à travers son travail?

* * *

Luc entendit sa sœur arriver en fin d'après-midi. Il était inquiet, car elle était partie tôt et ne semblait pas dans son assiette. Discret comme il aimait qu'on le soit à son sujet, il ne l'avait pas questionnée, mais il était resté à la maison au cas où elle aurait besoin de lui à son retour et il avait vu juste. Quand elle pénétra dans le salon et qu'elle vit son frère qui l'attendait, elle se jeta dans ses bras et pleura les quelques larmes qui lui restaient au fond du cœur. Elle implorait sa bonne maman afin qu'elle vienne atténuer sa peine de là-haut.

Quand le calme se réinstalla, la sœur et le frère s'installèrent à la table de cuisine et Rose avoua à Luc son impossible idylle. Il lui dit qu'il se doutait bien de quelque chose, mais qu'il comprenait mal qu'elle se mette dans un tel état pour un homme qui, à son avis, n'en valait pas la peine. Elle ne lui raconta que ce qu'elle croyait nécessaire, gardant pour elle tous les beaux moments d'intimité passés en compagnie de son bel amour.

Rose reprit dès le lundi matin son travail auprès de madame Emma, ce qui lui apporta tout de même un certain réconfort. Elle mettait les bouchées doubles et s'étourdissait à vouloir distraire celle qui en demandait pourtant si peu. Elle développa ainsi un lien particulier avec la dame, qui lui était reconnaissante de toutes les attentions dont elle lui faisait bénéficier. Le plus beau moment était celui où Rose lui faisait la lecture de magnifiques romans d'amour. Cette dame, que son mari estimait grandement, prenait plaisir à l'écoute des beaux textes récités divinement et Rose, de son côté, rêvait en s'imaginant être l'héroïne du bouquin. Il n'était pas rare qu'une larme sillonne sa joue quand elle narrait un moment qui semblait lui avoir appartenu naguère.

* * *

Un soir du mois de mai, Luc entra au travail pour son quart de nuit et peu de temps après son arrivée, il fut demandé au bureau du contremaître. Quelle ne fut pas sa surprise de voir monsieur Thompson sur place en train de discuter en anglais avec celui-ci.

— Bonjour, Luc, comment ça va ? Tu sembles surpris de me voir ici ?

— Un peu, monsieur Thompson. Comment allez-vous ?

— Ça va très bien. Tu sais, il n'est pas dans mes habitudes de déranger les gens à leur travail. J'ai cependant utilisé un subterfuge pour demander à te parler en prétextant un problème au niveau de pièces en commande. Tu m'excuseras, mais j'avais réellement besoin de m'entretenir avec toi.

— Vous m'inquiétez là, monsieur Thompson. Est-ce qu'il se passe quelque chose de spécial au Lac Brûlé pour que vous soyez icitte à cette heure-là ?

— Non, ne t'en fais pas. Je n'avais pas d'autre moyen d'entrer en communication avec toi et comme je savais que tu travaillais pour Canadair, j'ai utilisé mes contacts pour me rendre jusqu'à toi.

— Qu'est-ce que je peux faire pour vous aider ?

— Il faudrait que je rejoigne absolument ta sœur Rose, car ma femme est malade et j'aurais réellement besoin d'aide à la maison. On m'a dit que ta sœur était revenue à Montréal et je ne sais pas si elle accepterait d'effectuer différents travaux à ma résidence de Westmount.

Luc n'était pas dupe, mais il joua le jeu afin de ne pas intimider l'homme d'affaires respecté.

— Oui, elle est revenue, mais elle travaille chez un docteur de Cartierville. Lui aussi, sa femme est malade. Mais vous pouvez toujours aller la voir au logement qu'on partage elle et moi. Je vais vous donner mon adresse. Elle arrive à la maison tous les soirs à cinq heures et demie.

Et c'est ainsi que Rose trouva William assis dans les marches conduisant au petit logement du deuxième étage, un William ému de revoir sa douce flamme et une fille heureuse et apeurée à la fois devant cette promesse de passion et la crainte d'avoir mal à nouveau.

Sans dire un mot, elle le précéda dans le salon vétuste et ils remplacèrent les paroles par de longs baisers. Ils avaient soif l'un de l'autre, et ne semblaient plus vouloir se détacher. Sans aucune gêne ou retenue, ils firent l'amour comme si c'était la toute dernière fois et ils décidèrent d'un commun accord de ne pas penser au lendemain. Ils avaient toute une soirée d'amour à vivre et ne voulaient pas l'assombrir par des idées noires.

Heureux hasard ou connivence, le matin même Luc avait averti sa sœur qu'il était invité chez des amis pour le souper et qu'il ne reviendrait pas à la maison avant de se rendre au travail. Il souhaitait le bonheur de sa sœur et il n'aurait rien fait pour y faire ombrage, mais il redoutait aussi qu'elle puisse à nouveau souffrir.

* * *

CHAPITRE 17

CONTRAT DE MARIAGE
(PRINTEMPS – ÉTÉ 1963)

Du jour au lendemain, Yvon avait l'impression que l'ambiance familiale tendait à changer de ton et que la placidité des derniers mois n'avait été qu'une suspension temporaire des hostilités. Il s'avérait que tout de suite après son mariage, Ernest avait simplement décidé de remettre son habit de vieil ours.

Sous la férule de Rose et de mémère, son père avait docilement laissé couler les jours en vaquant à ses occupations, mais il avait subitement repris de la vigueur à la suite de sa rencontre avec l'ancienne veuve qui le vénérait ouvertement, voire avec excès.

— Chassez le naturel, y revient au galop, lui dit un soir mémère, témoin d'un de ses accès de colère alors que les patates avaient collé.

En riposte à sa mère, Ernest s'était levé avec hargne, renversant sa chaise, et il avait quitté la maison. Le petit Simon s'était mis à pleurer alors que Pierre et Yvon avaient continué de manger sans regarder la responsable de cette nouvelle dispute, celle qui, depuis peu de temps, jouait à la mère dans la maison. Par expérience, ils savaient pertinemment que ce n'était pas la dernière fois qu'une telle scène se produirait.

Yvon qui adorait son père dans son jeune âge, avait depuis développé une rage envers celui-ci en lui imputant le décès de sa mère.

Depuis l'arrivée du petit Simon, son paternel l'avait littéralement mis de côté et ne se préoccupait plus que de ce petit braillard, en qui il mettait tous ses espoirs et ses ambitions. Yvon n'attendait plus que le moment propice pour faire comme les plus vieux de la famille l'avaient fait avant lui : partir.. Ça sentait l'amertume et l'arrogance dans la maison et il en avait mal au cœur.

Après son départ, mémère et Pierre se soutiendraient mutuellement et il demanderait subtilement à sa sœur Diane de veiller sur eux.

Le jeune Pierre, qui venait tout juste d'avoir dix ans, vivait dans cet univers en pensant tous les jours à sa mère qu'il avait tant chérie. Après son décès, il avait demandé à sa grand-mère comment il devait faire pour prier afin d'être certain que Pauline entende ses doléances.

— D'après moé, Pierre, il n'y a pas rien qu'une manière de prier. J'en connais plusieurs prières, mais ce que j'aime le plus c'est de lui parler, à lui en haut, dit-elle en pointant le ciel de son vieux doigt biscornu. C'est ça ou bien je parle avec ton grand-père, et j'y demande de s'occuper de ce qui me tracasse.

Pierre, qui vénérait sa grand-mère, ne pouvait détacher ses beaux yeux bleus de celle qui avait toujours su veiller sur lui depuis le jour de sa naissance. Celle-ci continua donc de lui transmettre sa vision de la prière.

— Écoute-moi bien mon beau, quand tu vas te coucher à soir, ferme tes yeux et ouvre ton p'tit cœur au Seigneur. Demande à ta mère de veiller sur toé.

— Mémère, vous parlez comme Monsieur le curé.

— Tu sais que Monsieur le curé était un p'tit gars comme toé quand il avait dix ans. Lui aussi, y s'en est posé des questions.

— Ça fait drôle de penser à monseigneur Noiseux en culotte courte, répondit-il en riant, lui qui n'avait pas ri depuis si longtemps.

Mémère Potvin, dévote, se dit que le rire de cet enfant n'était pas étranger à l'Esprit Saint qui veillait sur eux. Cela la conforta, à ce moment, dans sa décision d'accorder une place privilégiée à cette petite créature qu'elle savait issue d'un amour impossible. Il était l'innocence même et méritait l'amour maternel qui lui avait été ravi par la bêtise humaine.

*   *   *

Le soir où Ernest avait demandé la veuve Gagnon en mariage, il l'avait emmenée manger au restaurant Le Petit Poucet à Val David. Elle avait entendu parler de cet endroit dont la spécialité était le jambon fumé et les mets traditionnels, mais elle ne s'attendait pas à y mettre les pieds, elle qui avait rarement l'occasion de fréquenter les restaurants. Son prétendant avait l'intention de lui en mettre plein la vue et la tâche fut moins ardue que prévu.

Pendant le repas, il lui parla de la gestion de ses biens, qu'il se vantait d'avoir toujours menée d'une main de maître et du fait qu'il savait faire fructifier la moindre *cent*. Il raconta à la blague qu'un vieil ami disait de lui qu'il était né avec une piastre dans sa couche, comme s'il eût été plausible qu'Ernest Potvin eut des amis.

Elle, de son côté, n'avait aucune notion des chiffres et c'était ses enfants qui s'occupaient de l'administration de son butin, qui se limitait à la petite maison familiale dans laquelle elle avait élevé les siens sur le chemin Ladouceur.

Ernest lui fit comprendre qu'il n'aimerait pas, quand ils seraient mari et femme, que ses enfants s'immiscent dans leur vie. Elle comprit bien le sens de sa demande et accepta, selon ses souhaits, de lui léguer sa maison, le seul bien propre qui lui appartenait, en échange de la vie de couple qu'il lui proposait.

Assise confortablement dans la salle à manger du restaurant, elle entrevoyait la vie à venir sous un tout autre angle. Fini maintenant pour elle la misère que son veuvage avait engendrée. Elle s'en remettrait désormais à cet homme grand et fort, et ce, jusqu'à la fin de ses jours. Elle aurait enfin la tête tranquille, se dit-elle.

Il avait tenu à ce qu'ils fassent un contrat de mariage en bonne et due forme. Il lui avait bien répété que le notaire était un homme de loi et que leurs biens seraient ainsi mieux protégés. Adéline était tellement tourmentée à l'idée de se marier à nouveau qu'elle aurait signé n'importe quel bout de papier, les yeux fermés.

Ernest s'était donc rendu chez le notaire Jean-Baron Lafrenière et avait fait préparer les documents selon lesquels dame Adéline Gagnon, veuve, lui léguait sa maison et le lopin de terre sur lequel celle-ci était érigée, en considération du fait qu'il s'engageait à subvenir à ses besoins jusqu'à sa mort. Il insista pour que les documents soient signés avant la cérémonie du mariage qui, à défaut de signatures, n'aurait tout simplement pas lieu, parole de Séraphin.

Il craignait les enfants de sa promise, à tort ou à raison. Il redoutait qu'ils viennent lui mettre des bâtons dans les roues et il spécifia à sa future épouse qu'il avait toujours préconisé le respect et ne voulait pas que leurs affaires soient sues de tout un chacun, ce qui impliquait leurs enfants respectifs.

Quand tout fut bien enregistré et qu'il eut en main les documents légaux, il savoura une autre victoire personnelle. Il venait de s'enrichir d'un beau morceau de terre qui, contrairement au sien, menait directement au Lac Brûlé, et qui, il en était certain, prendrait rapidement de la valeur.

Le mariage fut ensuite célébré et Ernest recueillit tous les papiers qui étaient dans la maison pour apporter le tout dans le coffre-fort qu'il avait dans le garage. Il avait acheté ce gros coffre l'année d'avant, quand un marchand de pain du village avait décidé de moderniser ses installations. Il en avait eu vent et avait tout de suite fait l'achat de ce qu'il chérissait le plus, un coffre à trésor dont lui seul connaissait la combinaison.

Moins d'une semaine plus tard, il se rendit seul à l'ancienne maison d'Adéline et entreprit d'y changer les serrures. Il n'était pas question que les enfants de sa femme reviennent dans cette maison qui était maintenant sienne.

Il appela ensuite sa sœur Fernande à Montréal pour l'aviser qu'il avait une maison à louer pour l'été. Il était convaincu que celle-ci trouverait une bonne famille qui souhaitait sortir de la grande ville pour venir profiter du bon air des Laurentides.

Il avait vu juste, car Fernande en parla un peu au sortir de l'église le dimanche suivant et son mari Léon en fit autant à son travail. Ça ne prit que quelques semaines et un samedi matin, ils virent arriver une famille montréalaise qui espérait trouver un chalet pour la saison estivale. Ernest leur fit les conditions et demanda un acompte représentant près de la moitié de la somme totale, en spécifiant qu'il avait eu beaucoup d'appels et ne voulait pas perdre son été. Le tout fut conclu rapidement et il revint au garage avec l'argent qu'il déposa fièrement dans son coffre-fort. Sa femme ne saurait jamais combien il avait reçu pour la location de la maison, tout comme sa défunte Pauline n'avait jamais su combien il gagnait d'argent dans un mois.

* * *

Par un beau dimanche matin, au début du mois de juin, Adéline et Ernest revenaient de la messe à Fatima. En passant aux abords de son ancienne maison, elle aperçut la voiture de son fils Jean. Elle ne dit pas un mot, souhaitant secrètement qu'Ernest n'en tienne pas compte, mais c'était bien mal connaître son mari.

D'une rapide manœuvre, Ernest s'engagea dans l'entrée de la maison et gara habilement son camion de travers, de façon à obstruer la sortie. Il voulait ainsi délimiter son territoire et prendre le contrôle des lieux.

Avant de sortir de son véhicule, il interrogea sa femme d'un ton accusateur.

— Veux-tu ben me dire ce que ton gars fait icitte à matin ?

— Il m'avait demandé pour venir chercher le gros chaudron que je prends pour faire cuire mon bouilli. Asteure que je suis mariée, on n'en a pas besoin de deux ou trois gros chaudrons de même, ça fait que j'y ai dit qu'il pouvait venir le prendre.

— Calvaine, t'as jamais pensé de m'en parler avant. J'ai-tu l'air d'un coton, moé ? Tu vas donner à ton fils les gréements de la maison pis moé, j'va en acheter pour ceux qui ont loué cet été.

— Qu'est-ce que tu veux dire ceux qui ont loué ? T'avais dit qu'on verrait plus tard ce qu'on pourrait faire avec ma maison.

— Ta maison, écoutez-la donc ! C'est ma maison depuis plusieurs semaines ; tu le sais à part de ça. Je peux pas te faire vivre, entretenir une autre maison sans que ça rapporte rien pantoute.

Ernest s'enorgueillit d'avoir pu ainsi rabrouer sa nouvelle épouse. Il n'allait pas se laisser manger la laine sur le dos. En débarquant de son camion, il savoura également le fait de prendre son beau-fils sur le fait, alors qu'il tentait en vain d'ouvrir la porte de la maison. Cette maison lui appartenait désormais de plein droit et il se délectait déjà du moment où il l'apprendrait à Jean, le fils d'Adéline, qu'il appelait ironiquement « Jean Narrache* », ce qui exaspérait sa nouvelle épouse.

— *Quossé* que tu fais là, ti-gars, lui cria Ernest d'un ton bourru.

— Je m'en viens chercher quelque chose dans la maison de ma mère. On dirait que les serrures ont été changées, répondit Jean d'un ton impatient.

— C'est ça, je les ai changées, lui répliqua Ernest avec une moue sarcastique. Et il en rajouta en disant :

— Tu sais, bonhomme, que ta mère pis moé, on est marié asteure. C'est pas vous autres qui allez décider quoi faire dans la maison. Vous êtes plus chez vous.

— Inquiétez-vous pas, j'veux pas partir avec la maison, je m'en viens juste chercher un chaudron, ça ne va sûrement pas vous appauvrir monsieur Potvin, rétorqua le fils, assommé par l'attitude hautaine de son nouveau beau-père.

Mais Ernest n'entendait pas à rire et lui fit bien savoir.

— Ça commence comme ça, y viennent chercher un plat et tu t'aperçois après qu'y manque un bureau, une chaise, des outils. Je connais ça du monde qui quémande toujours les affaires des autres. Tu leur donnes un pouce et ça prend le pied au complet.

— C'est même pas de vos affaires, c'est à ma mère la maison, lança le fils d'un ton condescendant, tout en regardant sa mère d'un air inquisiteur.

Adéline, triste et gênée, détourna les yeux, car elle ne pouvait appuyer les dires de son fils qui avait longtemps

---

* Jean Narrache : pseudonyme d'Émile Coderre, poète qui écrivait des textes humoristiques se moquant et traitant de la misère des humbles gens.

fait office d'homme de la maison après le décès de son premier mari.

— Tu sauras mon jeune, j'ai acheté la maison de ta mère pas plus tard que le printemps passé.

— L'avez-vous payée au moins ? répondit Jean, frondeur.

Il réalisait qu'il avait bien jaugé le vieux Potvin. Il ne pouvait en vouloir à sa mère qui avait cru avoir rencontré l'amour, alors qu'elle s'était tout simplement liée elle-même à son bourreau.

— C'est pour des considérations futures comme monsieur le notaire appelle ça. Je pense que ta mère est assez vieille pour faire ses affaires toute seule. On va être obligés de s'en aller nous autres, parce que le diner nous attend. J'aimerais bien ça t'inviter, mais ça ne nous adonne pas aujourd'hui. On se reprendra une autre fois.

Ernest prit place dans son camion et intima à Adéline l'ordre de se dépêcher. La pauvre femme avait le cœur gonflé de tristesse et ses yeux étaient brillants de toutes les larmes retenues. Elle aurait voulu pouvoir prendre parti pour son fils, mais elle devait s'en remettre au jugement de son mari. Pour la première fois, elle se demanda si elle avait pris la bonne décision. Sur le chemin de retour, elle tenta de s'affirmer en disant ceci :

— Je trouve que t'es allé un peu fort avec mon garçon. Il ne voulait rien voler, c'est moi qui lui avais dit de passer.

— Je ne veux plus en entendre parler. C'est-tu assez clair ?

Mais Adéline ne voulait pas plier l'échine aussi facilement et elle décida d'en remettre sans penser aux contrecoups d'une telle attitude.

— Tu y as quasiment dit que tu ne voulais pas le voir à la maison, répliqua-t-elle à travers les larmes de rage qui inondaient ses joues rosies par l'irritation.

— À son âge, je pense qu'il n'a plus besoin de sa mère pour y faire à diner. On les a vus aux noces, il y a trois semaines, c'est assez à mon goût. Quand je t'ai mariée, j'ai pas voulu marier toute la famille.

Le fils d'Adéline avait quitté la cour de la maison en faisant tourner ses roues pour manifester son mécontentement. C'est sa sœur ainée, Madeleine, qui avait eu raison quand elle disait craindre ce vieux grincheux que sa mère voyait dans sa soupe. Ils n'étaient pas mariés depuis un mois, qu'Ernest s'était déjà approprié le seul bien qu'elle ait possédé de toute sa vie et c'était la maison que leur père avait achetée pour y installer sa famille. Les seuls souvenirs de lui étaient les anecdotes que leur mère racontait du temps où ils avaient emménagé au Lac Brûlé, dans ce qui était au début une toute petite bicoque. De peine et de misère, il leur avait bâti un nid qu'il avait dû quitter trop tôt à leur goût, la mort l'ayant ravi à ceux qui en avaient pourtant encore bien besoin.

Jean avait l'impression aujourd'hui qu'un méchant faucon s'était emparé du nid que la famille Gagnon avait si difficilement maintenu sur la branche.

* * *

À la maison, pendant ce temps, la grand-mère Potvin récitait son chapelet, tandis que le petit Simon s'amusait avec des blocs de bois qu'il empilait les uns par-dessus les autres. Un peu de calme ne faisait de tort à personne.

Pierre passait la fin de semaine chez sa sœur Diane qui lui faisait tellement penser à leur mère par ses façons d'agir. Le soir venu, il partageait le lit de son frère Yvon qui passait tous les week-ends à Ste-Agathe, afin de pouvoir effectuer son travail d'apprenti laitier avec monsieur Ladouceur.

Diane consacrait le plus de temps possible à sa famille, qu'elle ne voyait que très peu à cause de son travail. Son conjoint, Jules, aimait beaucoup les jeunes frères de sa femme et il s'en occupait beaucoup. Après le souper du samedi soir, ils s'installaient tous au salon pour écouter l'émission Jeunesse d'aujourd'hui. Diane se pâmait sur les chanteurs de charme comme Tony Massarelli et Robert Demontigny et les garçons faisaient des commentaires sur les danseuses à gogo légèrement vêtues de mini-jupes. Ils riaient et se moquaient des jeunes adolescentes hystériques qui criaient dès qu'elles apercevaient leurs idoles.

C'était un moment de répit dans leur jeune vie et toutes les raisons étaient bonnes pour venir passer du bon temps au village.

Le dimanche matin, ils allaient tous à la messe de 11 h 30 et après le diner, ils se promenaient souvent dans le village. Plus tard, en faisant un tour d'auto, Diane et Jules allaient reconduire les jeunes au Lac Brûlé. Le jeune couple en profitait pour visiter la vieille grand-mère, le petit Simon, la belle-mère Adéline et le père de famille, quand celui-ci n'était pas dans son garage ou à la cabane à sucre.

Ce dimanche-là, quand ils arrivèrent à la maison familiale, la tension était à couper au couteau. Adéline avait les yeux rougis à force d'avoir pleuré et elle se berçait en priant. Mémère tricotait et Ernest, très calme, jouait aux cartes avec Simon.

— P'tit *vlimeux*, t'as encore eu la crotte de poule, taquina-t-il le petit en lui frottant l'as de pique sous le nez.

— J'ai gagné papa, on joue encore ? Dis oui, dis oui.

— Non ! On a de la visite. Viens voir ta sœur Diane. Bonjour, ma fille, ça va bien ? lui dit-il comme si tout allait comme sur des roulettes.

— Oui, ça va. Et vous, le père. Comment ça se fait que vous soyez pas dehors par une belle journée de même ?

— J'avais promis à Simon de jouer aux cartes avec lui si y'était fin. Après, on va aller faire un tour à la cabane à sucre et on va ramasser des branches dans le bois. Les enfants ont pas été trop tannants ?

— Non, c'est quasiment des anges, dit-elle en regardant Pierre et Yvon qui s'étaient disputés ce matin-là avant la messe, à propos de cartes de hockey que Jules leur avait données.

— Ta job chez Bell, ça va toujours bien ? demanda mémère, qui avait rangé son chapelet dans la poche du tablier qu'elle portait du matin jusqu'au soir.

— Oui. J'aurais pu avoir une promotion si j'avais voulu m'en aller à Montréal. Mais ça me tente pas de m'exiler et Jules aime bien ça, la vie par icitte. Si ça marche à notre goût, on va peut-être regarder pour s'acheter une petite maison au village.

— Pourquoi acheter, je pourrais t'en louer une moi icitte, pas loin, pour un bon prix ? proposa Ernest, sautant sur l'occasion d'obtenir un revenu régulier pour sa nouvelle acquisition.

— Où ça icitte ? As-tu une autre maison au Lac Brûlé ?

— Ben oui, j'ai acheté la maison d'Adéline au printemps. Elle était plus capable de s'en occuper et il y avait des réparations à faire. Comme elle avait pas d'argent, j'y ai fait une offre qu'elle a pas pu refuser, expliqua-t-il en jetant un regard sévère à sa femme, qui comprit qu'elle ne pouvait remettre les pendules à l'heure.

— Non, papa, on veut s'installer au village. Les maisons sont plus chères, mais il y a plus de commodités alentour. Je peux faire toutes mes commissions à pied et le soir on va marcher au village.

— T'as l'air de vouloir jouer de la haute, ma fille. Fais ben attention de pas te retrouver le bec à l'eau.

— Il faut vivre avec son temps, le père, répliqua-t-elle du tout au tout.

Jules ne participait que très peu à ces conversations avec son beau-père, qu'il ne prisait guère. Par contre, il aimait beaucoup ses jeunes beaux-frères qu'ils gardaient souvent chez eux au village. Il venait les reconduire spécialement en après-midi, car la plupart du temps, mémère y était seule avec le petit Simon. Il aimait bien discuter avec la vieille dame, qu'il se faisait un devoir de visiter régulièrement avec sa femme Diane, du temps où elle avait sa maison bien à elle.

— On ne pourra pas rester longtemps après-midi parce qu'on attend de la visite pour souper, intervint Jules, afin de limiter la conversation qui aurait de toute façon tourné en rond.

— C'est ça, on vous retient pas, répondit le vieux *bougonneux*, qui savait très bien que son gendre ne l'aimait pas et se disait que de toute façon c'était réciproque.

— T'es pas à prendre avec des pincettes aujourd'hui, le père! As-tu mangé de l'ours à midi? lui lança Diane, qui était capable d'affronter son père qu'elle avait quitté quelques années plus tôt, afin de sortir de ses griffes acérées.

— Tu pourrais rester polie toé, au lieu de péter plus haut que le trou, ne put s'empêcher de riposter Ernest, qui tenait toujours à avoir le dernier mot.

— Viens t'en Jules. Ç'a pas changé icitte; aujourd'hui, c'est pas une bonne journée. Pour moé, la lune va être pleine avant longtemps. Bonjour, mémère, dit-elle en embrassant l'aïeule. En passant mémère, j'étais venue vous dire que j'étais partie pour la famille et que vous seriez arrière-grand-mère, annonça-t-elle les larmes aux yeux, sans pour autant regarder son père.

— Quelle bonne nouvelle, ma belle enfant! Comme tu me fais plaisir. Fais ben attention à toé. J'espère que le Bon Dieu va me donner la force d'aller t'aider quand tu vas acheter.

— Moé aussi j'voudrais vous avoir dans ce temps-là, et même avant. Quand j'ai mal au cœur le matin, je me dis que vous pis maman avez passé par là et ça me donne du courage.

Et elle quitta la maison en embrassant à nouveau sa grand-mère qui, à ses yeux, remplaçait vraiment sa mère partie trop tôt. Elle fit un simple signe de tête à son père qu'elle n'embrassait jamais, car il disait que c'était « rien que les licheux » qui faisaient ça. Il donnait déjà la main au petit Simon au lieu de le cajoler, lui qui était pourtant si jeune, encore un enfant. Il ne voulait pas en faire une tapette, mais un homme, disait-il. L'annonce de sa fille l'avait tout de même ému, même s'il ne voulait pas le montrer. Bien qu'il serait bientôt grand-père, il déplorait que ce ne soit pas son fils qui lui ait fait la même surprise. L'enfant à venir ne serait qu'un Labrie et jamais un Potvin et pour lui c'était une déception. C'était ça, le problème d'avoir des filles et Luc, son fils le plus vieux, n'était pas pressé de se marier ; il ne l'avait même jamais vu avec une fille. À son avis, ce n'était pas un vrai Potvin pour ne pas avoir le sang plus chaud.

Après le départ de Diane et Jules, la femme d'Ernest avait profité du fait que mémère allait faire une sieste avec le petit dernier, pour aller rejoindre son mari dans le garage et tenter de clarifier la situation.

— Ernest, j'aimerais ça te parler une minute, dit-elle doucement pour éviter un esclandre.

— Quossé qui a Adéline ? Ça pouvait pas attendre au souper ?

— Non, j'veux te parler en privé ; dans la maison, y a toujours du monde. J'ai pas aimé ce que tu as raconté à propos de ma maison.

— Quossé que j'ai dit qui n'a pas fait ton affaire ?

— Ben t'as dit que j'avais pas d'argent pour garder ma maison quand c'est toé qui m'as demandé de te la donner. C'est gênant un peu de passer pour une pauvre de même.

— Penses-tu que t'étais riche avant que j'te marie ? Si t'avais eu de l'argent, tu serais pas allée décrotter la *marde* du monde en travaillant en journée.

— C'est méchant ce que tu dis là Ernest, répondit Adéline, les larmes aux yeux.

— Peut-être, en tout cas, une chose est sûre, c'est que c'est rien que la vérité. Quand tu te maries, c'est l'homme qui mène. J'aimerais mieux que tu ne viennes pas trop souvent brailler pour des niaiseries comme ça.

À ces mots, Adéline ne put retenir quelques larmes qu'Ernest s'empressa d'assécher radicalement.

— Calvaine, arrête de soupirer comme une pauvre Madeleine.

Désenchantée et déçue par l'attitude de son homme qu'elle croyait si prévenant et attachant il y a tout juste quelques mois, elle s'en retourna vers la maison d'un pas enragé. Avait-elle surestimé Ernest ou lui avait-il laissé croire qu'il était une tout autre personne ? Qu'allait-il se passer dans les jours, les semaines et les mois à venir ? Aurait-elle à vivre plus de frustrations que de contentement ? Elle n'avait jamais eu la vie facile, mais malgré sa maigre pitance, on l'avait toujours respectée.

Elle était liée par un contrat de mariage en bonne et due forme qu'elle avait signé un jour avec entrain, mais qu'elle regrettait amèrement aujourd'hui. Saurait-elle s'acclimater à cette vie qui commençait si durement ?

Il lui était impossible, malheureusement, de faire marche arrière. Elle était tombée dans un piège à ours.

* * *

CHAPITRE 18

LE MAL IMAGINAIRE
(PRINTEMPS 1964)

— Bonjour, est-ce que je pourrais parler à monsieur Potvin, s'il vous plait ?

— Yé pas icitte. J'peux-tu prendre le message ?

— C'est le frère Desrosiers du Collège du Sacré-Cœur, c'est à propos de son fils Pierre. Je ne voudrais pas vous inquiéter inutilement, mais celui-ci souffre d'un terrible mal de ventre et je considère qu'il serait préférable que son père puisse venir le chercher le plus tôt possible, afin de consulter un médecin.

Intimidée par le langage cossu de l'homme religieux et anxieuse comme chaque fois qu'il était question de la santé de Pierre, la grand-mère bafouilla et tenta de répondre adéquatement à sa requête. Elle regrettait qu'Adeline soit occupée à étendre du linge sur la corde. Celle-ci avait un peu plus d'instruction et c'était habituellement elle qui répondait au téléphone.

— J'va essayer de le trouver, y est parti faire des commissions au village après le diner. Est-ce que vous pensez que c'est bien grave, monsieur ?

— Il m'est impossible de vous rassurer, ma bonne dame, mais je sais qu'il se plaint terriblement et ce n'est pas dans ses habitudes.

Mémère, énervée, raccrocha le téléphone. Elle se demanda où elle pourrait bien localiser son fils dans Ste-Agathe. Elle était très inquiète et se hâta d'aller chercher Adéline qui était grimpée sur la petite galerie surélevée au coin de la maison, laquelle lui permettait d'atteindre la corde à linge.

— Adéline, viens vite à la maison.

— Qu'est-ce qui se passe, madame Potvin, pour que vous vous énervez comme ça, y a-t-il quelqu'un de mort ?

— Ben non, sais-tu où Ernest allait à matin ? Le collège a appelé pour dire que mon p'tit Pierre est malade. Y faudrait que son père aille le chercher au plus sacrant.

— Vous savez, mémère, qu'Ernest me dit pas où il va quand y part de la maison. Depuis une secousse surtout, y parle pas ben gros. Attendez-moi une minute. J'vais essayer de le rejoindre chez Touchette ou chez Gaudet.

Le magasin Touchette était l'endroit à Ste-Agathe où l'on pouvait trouver de tout, allant du simple crochet jusqu'à la théière en fer blanc. On disait à la blague : « s'il n'y en a pas chez Touchette, il va falloir se rendre en ville pour en trouver ».

Quant au restaurant Chez Gaudet, c'était un autre commerce fortement achalandé. Situé au cœur du village, sur la rue Principale de biais avec l'église, c'était le rendez-vous de tous et là, habituellement, tout le monde se connaissait. Si l'on voulait lancer un potin, c'était le bon endroit pour laisser couler de croustillants détails.

Une fois rentrée dans la maison, Adéline s'empara du téléphone et appela en tout premier lieu au magasin chez Touchette, où Ernest avait l'habitude d'aller chercher les mille et un articles nécessaires aux nombreuses réparations qu'il effectuait pour ses divers clients. Il n'y était pas passé, alors elle laissa un message lui demandant de rappeler à la maison pour une urgence.

Elle téléphona ensuite au restaurant Gaudet où il allait parfois prendre un café depuis quelque temps, mais là non plus, on ne l'avait pas vu. On lui ferait le message si toutefois il pointait son nez. C'était la même réponse à la boucherie de Télesphore Charbonneau.

Finalement, Ernest téléphona à la maison. Sur un ton teinté d'impatience et d'agressivité, il interrogea sa femme sur la nature de son appel.

— Es-tu capable de me dire ce qui se passe ? On dirait que tout le monde me cherche dans le village. Y a-tu quelqu'un qui est mort ?

— C'est le collège qui a appelé parce que Pierre est malade. Il faudrait aller le chercher.

— Calvaine, quossé qui a encore lui ?

— Ça a l'air qu'il a mal au ventre sans bon sens depuis à matin.

— C'est correct, j'vais y aller. Y me reste juste une commission à faire avant.

Lorsqu'il arriva à la maison environ une heure plus tard, Pierre eut peine à débarquer du camion tant il était souffrant. Il avançait doucement, plié en deux, comme si chaque pas lui transperçait cruellement l'abdomen. Il avait les yeux rougis, mais plus secs qu'un noyau, n'ayant pas osé pleurer devant son père. Il le savait déjà mécontent d'avoir été dérangé dans ses occupations, en plus d'avoir été contraint de se rendre au collège, lui qui dénigrait les frères très ouvertement.

— Quossé qui t'arrive, lui avait lancé son père en embarquant dans le camion, t'étais pas capable de *toffer** jusqu'à 4 heures ?

— Ça faisait trop mal, avait répondu l'enfant en grimaçant de douleur.

— T'as pas la couenne assez dure. C'est la faute de ta mère qui t'a gâté pis mémère continue, rétorqua Ernest sur un ton sec qui ne laissait aucune place à la réplique.

Quand Pierre avait enfin aperçu sa grand-mère, il lui avait semblé que la douleur s'était faite soudain moins vive. Elle l'avait fait coucher dans son lit, privilège qu'elle lui accordait souvent depuis que son vieux mari était décédé, et elle lui avait mis un sac d'eau chaude sur le ventre.

— Comment ç'a commencé ce mal-là ?

— Je le sais pas, mémère. À matin, c'était correct, mais on aurait dit que j'avais un point dans le côté. Ça empirait tout le temps. C'était comme si on m'avait donné des coups de canif dans le ventre, mais depuis que je suis rendu à la maison, ça va un peu mieux.

---

* *Toffer* : endurer

— C'est parce que mémère est là, tu sais ben, lui dit-elle pour dédramatiser la situation. M'en va te donner une petite aspirine et ça devrait te faire du bien.

Et le petit Pierre, sous les bons soins de sa grand-mère, resta couché et essaya de dormir. Son père, qui l'avait accusé de le déranger pour rien quand il était allé le chercher, était reparti aussitôt vers son garage pour continuer son travail.

La grand-mère garda Pierre dans sa chambre toute la nuit et tenta d'apaiser sa douleur. Au matin, elle se dit que ce n'était pas normal et demanda à Ernest d'appeler le docteur Grignon.

— Êtes-vous certaine qu'on a besoin du docteur, que ça serait pas juste du caprice d'enfant gâté pourri ? Vous en prenez ben soin même que des fois, j'le trouve capricieux sans bon sens. C'est peut-être le mal imaginaire qu'il a.

— Si je te dis Ernest que ça prend le docteur, c'est pas des farces, répliqua Amanda en détachant les syllabes d'un ton autoritaire qui ne laissait aucune place à la négociation.

Ernest savait pertinemment qu'il n'aurait pas le dernier mot avec sa mère. Il appela donc au bureau du docteur et ce dernier, après lui avoir posé quelques questions, lui demanda d'emmener immédiatement le petit à l'hôpital. Il voulait l'examiner et semblait savoir de quoi il pouvait s'agir.

— Y veut que je l'emmène à l'hôpital à part de ça. Ça coûte les yeux de la tête d'aller là. S'il faut qu'il le garde en plus !

Et Pierre, inquiet en entendant parler de l'hôpital, ne put s'empêcher de pleurer en se jetant dans les bras de sa grand-mère.

— J'veux pas y aller moé, mémère. J'veux rester icitte avec vous. Donnez-moi de la tisane ou ben faites-moi une purgation à l'huile de castor, mais j'veux pas aller à l'hôpital.

— Ça va ben aller mon p'tit homme. Le bon docteur va te donner des remèdes ; tu vas aller mieux le temps de le dire. Fais-toi en pas.

Adéline qui ne se mêlait habituellement pas des affaires de sa belle-mère, prit alors la parole.

— Si vous voulez, madame Potvin, je peux y aller avec le p'tit moé, à l'hôpital. Vous savez, j'en ai eu trois et j'en ai pris soin rien qu'en masse.

— J'en doute pas une miette Adéline, c'est correct. Tu vas voir Pierre, ça ne sera pas long. Ta belle-mère va prendre soin de toé. Quand tu vas revenir, tu pourras encore coucher avec moé dans ma chambre.

Une fois arrivés à l'hôpital, le docteur Grignon, après un rapide examen, décréta que c'était bien ce qu'il pensait, il devait faire opérer l'enfant rapidement pour l'appendicite. Il n'y avait pas une minute à perdre. On fit son inscription et peu de temps après, Pierre fut hospitalisé. Les démarches furent aussi entreprises afin de contacter le docteur Giard, chirurgien, afin qu'il puisse procéder à l'intervention.

Ernest retourna à la maison avec Adéline juste avant l'heure du diner et celle-ci prépara une petite valise à apporter à l'hôpital quand ils y retourneraient en après-midi. Elle réalisa alors que l'enfant n'avait que des sous-vêtements et des pyjamas usés et elle en fit part à son mari.

— On pourrait aller y en acheter après-midi ; je les laverai à soir pour demain matin, proposa Adéline qui aimait bien ce petit qu'elle sentait complètement exclu de l'affection paternelle.

— Pourquoi y faudrait que je dépense de l'argent pour quelques jours à l'hôpital ? Une affaire pour que le docteur pèse plus fort sur le crayon.

— Voyons Ernest, intervint mémère. T'es un peu plus orgueilleux que ça. Veux-tu que tout le monde dise que t'es pas capable d'habiller tes enfants ?

— La mère, faite pas exprès pour me faire parler. J'ai pas le goût de me crêper le chignon aujourd'hui.

— En tout cas, une chose est certaine, c'est mon p'tit-fils, répliqua-t-elle, fâchée de voir son fils mettre de côté un enfant malade. Et elle rajouta d'un ton implacable :

— J'y ai jamais fait de cadeau à Pierre, ça fait que j'va donner de l'argent à Adéline pour qu'a lui achète deux pyjamas, une robe de chambre et des p'tites pantoufles au 5-10-15. Comme c'est là, ya juste les *canensons** que tu vas être obligé de payer. C'est pas ça qui devrait te mettre dans la rue.

— Vous avez toujours aimé ça de mener le père par le bout du nez ; des fois, on dirait que vous voulez faire la même affaire avec moé. Faites comme vous voulez, mais *ambitionnez* pas sur le pain bénit.

------

* Canenson : *caleçon, sous-vêtement*

Et comme d'habitude quand la discussion tournait au vinaigre, il retourna dans son garage, le temps que les femmes préparent le diner. Des journées comme celle-là, il s'en passerait.

* * *

— Allo Diane, c'est mémère qui parle.

— Quossé qui a mémère ? demanda Diane, inquiète d'entendre sa grand-mère qui n'utilisait que très rarement le téléphone.

— Inquiète-toi pas, mais ton p'tit frère, Pierre, est rentré à l'hôpital à matin ; y va passer au couteau*. Y se plaignait d'avoir mal dans le côté depuis hier ; le docteur Grignon a dit que ça pressait pour l'opérer.

— Qui c'est qui est avec lui ?

— C'est Adéline qui est allée avec ton père à matin, mais y sont revenus pour diner et pour venir y chercher du linge. Adéline a dit qu'a retournerait après-midi. Ton père va aller la conduire. Je voulais juste te demander si tu irais le voir à soir, parce que c'est certain que ton père y montera pas au village trois ou quatre fois par jour. Tu sais comment Pierre est gêné ; y me semble qu'on ne laisse pas un enfant de cet âge-là tout seul à l'hôpital.

— Inquiétez-vous pas mémère ! J'vais y aller. Cet enfant-là, c'est comme le mien pis, y a pas de malice.

---

* *Passer au couteau : se faire opérer*

248

— Merci ma fille, je savais que je pouvais compter sur toi. T'es comme ta pauvre mère, t'as le cœur sur la main. J'va être moins inquiète.

* * *

Pierre était déjà un enfant qui parlait très peu, timide et introverti. Il s'était créé un monde bien à lui. Il ne se mêlait presque pas aux autres enfants, certains ne se gênant pas pour le dénigrer et en faire le dindon de la farce. C'est qu'il était de stature plutôt frêle pour son âge et qu'il était très beau avec ses cheveux blonds frisés et ses yeux d'un bleu azur. Les professeurs le traitaient avec soin, ce qui, pour les plus malins, en faisait un «chouchou des frères».

Toujours assis dans la première rangée, il était très attentif. Il aimait les études et il n'était pas rare qu'il ait des notes parfaites et soit cité en exemple. Exactement tout ce que ça prenait pour en faire un exclu.

À la maison, c'était du pareil au même. Quand sa mère vivait, il était heureux car elle s'occupait de lui, mais depuis son décès, il prenait beaucoup plus conscience que son père ne l'aimait pas. Il ne savait pas pourquoi. Il se rappelait bien le jour où l'on avait trouvé sa mère inerte dans le garage. Alors qu'il se sentait triste à mourir, il était allé trouver son père assis dans la berceuse et il avait voulu se faire prendre pour partager sa peine, mais celui-ci l'avait repoussé en lui disant de se prendre une chaise. Quelle douleur intense il avait ressentie! Son père ne voulait pas de lui, il l'avait senti auparavant et il en avait maintenant la preuve.

Qu'est-ce qu'il avait donc pu faire ? Était-il responsable de la mort de sa mère ?

Maintenant, il était à l'hôpital tout fin seul. Ça faisait quelques jours et son père n'était jamais passé le voir. Mémère, pour sa part, était venue hier soir avec le bon monsieur Picard, celui qui livrait les œufs. Il aimait bien ce bonhomme qui avait des cheveux couleur carotte. Il lui avait même apporté un jeu de cartes pour qu'il fasse son jeu de patience pour se désennuyer.

Sa grand-mère lui avait fait du sucre à la crème en lui racontant qu'elle avait mis de la poudre magique dans sa recette. Ainsi, elle penserait à lui à chaque fois qu'il en prendrait un morceau. Il aimait tellement cette vieille femme qu'il croyait tout ce qu'elle lui racontait bien qu'il avait maintenant onze ans depuis quelques semaines.

Sa sœur Diane venait également tous les soirs et elle allait marcher avec lui dans le passage. Elle l'avait, un soir, emmené voir les bébés dans la pouponnière, car une de ses amies avait eu un petit garçon. Il avait vu les parents du nouveau-né et avait été étonné de voir combien le papa semblait heureux alors qu'il contemplait son rejeton. Est-ce que son père était fier lui aussi quand il était né ? Il lui était impossible de le savoir, mais il en doutait fortement.

Son ventre ne lui faisait plus mal, mais il avait le cœur déchiré. Depuis son départ de la maison, il y avait de cela quelques jours, il avait beaucoup réfléchi et il se disait qu'il n'était pas à sa place au sein de cette famille au Lac Brûlé. Peut-être avait-il été adopté comme le petit Charbonneau de Fatima ; ce serait une bonne raison pour que son père ne l'aime pas.

Si Diane pouvait le garder tout le temps, ce serait merveilleux. Mais maintenant qu'elle allait avoir un enfant bien à elle, elle ne voudrait pas d'un autre enfant plus grand. Au moment où il avait très mal, il avait prié le petit Jésus de venir le chercher pour qu'il aille enfin trouver sa mère. Il n'était pas heureux ici et personne à part mémère ne semblait vouloir de lui. Sans s'en rendre compte, ses yeux se mirent à couler. Il pleurait sur sa propre vie. Et tout à coup, une belle visite arriva, la tante Fernande de Montréal.

— Bonjour, mon beau garçon, qu'est-ce que tu fais à l'hôpital par une si belle journée ?

— Bonjour, ma tante, dit-il en séchant ses larmes pour ne pas avoir l'air d'un braillard, comme dirait son père.

— Je suis venue te chercher pour te ramener à la maison. Le docteur a signé ton congé. Es-tu content ?

— Oh oui ! Mon oncle Léon n'est pas avec vous ?

— Il nous attend dans le char. Dépêche-toi de t'habiller, moé, je vais ramasser tes affaires. J'ai aussi une bonne nouvelle à t'annoncer, mais on va aller à la maison avant.

Soudain, il lui semblait que la vie reprenait un peu son sens. Dans la figure épanouie de la tante Fernande, il retrouvait l'amour d'une mère. Il oublia aussitôt toutes les interrogations qu'il avait eues ; il était si content de quitter cette chambre sombre et froide où il avait pleuré toutes les nuits depuis son arrivée.

Pierre avait maintenant hâte de pouvoir retourner à l'école, même s'il savait qu'il ferait rire de lui. Au moins, il aurait l'appréciation des frères du Sacré Cœur qui voyaient en lui un futur novice.

Fernande et Léon avaient élevé leur famille dans un tout autre esprit que celui des Potvin. Le jour de leur mariage, elle avait bien spécifié à son promis qu'elle ne voulait plus jamais vivre des chicanes comme elle en avait vécu depuis sa naissance, où chaque journée avait son lot de disputes et de corrections. Fernande voulait vivre dans l'harmonie avec l'homme qu'elle aimait et à défaut d'y parvenir, elle préférerait se faire religieuse ou vieille fille.

Elle s'était juré de n'avoir des enfants qu'avec un homme qui les aimerait tout autant qu'elle et avait bien réussi avec ce cher Léon, un homme comme toutes les femmes en voudrait un, patient, joyeux et généreux. Son seul défaut était la lenteur, on disait qu'une tortue pouvait facilement lui tenir tête. Fernande pouvait bien s'en accommoder ; elle n'avait qu'à ralentir son tempo et cultiver un peu sa patience.

Depuis que sa belle-sœur Pauline avait choisi de se donner la mort plutôt que de continuer à vivre auprès d'un être tel que son propre frère, elle ruminait une façon de sortir le petit Pierre de cet enfer. C'était, à son avis, ce qu'il vivait avec un père tel qu'Ernest. Bien que l'enfant soit illégitime, secret qu'elle ne partageait qu'avec sa mère et son frère Georges, il n'en était pas moins innocent. À son avis, Ernest avait été en tout premier lieu l'artisan de son propre malheur. en s'appropriant la femme convoitée par son frère en utilisant de malins subterfuges.

Fernande avait donc pris la liberté d'entrer en communication avec son frère Georges à Détroit et lui avait demandé s'il était prêt à défrayer les coûts d'un collège à Montréal où Pierre serait pensionnaire. Elle savait que le petit s'ennuierait de sa grand-mère, mais elle ferait tout son possible pour combler le vide par des visites au cours de l'année et en l'accueillant chez elle au sein de sa propre famille durant les congés scolaires. Personne n'y verrait à redire puisqu'il s'agissait d'études et qu'on laisserait croire que c'est Ernest qui payait, ce qui ne lui déplairait pas, son égo pouvant grossir au gré des racontars.

Georges ne se fit pas prier longtemps pour donner une réponse à sa sœur. Il était prêt à tout pour cet enfant qui lui faisait tellement penser à sa belle Pauline. Il donna carte blanche à Fernande pour trouver un bon collège où inscrire Pierre, mais se demanda comment elle allait présenter le tout à son frère. Elle lui dit de ne pas se soucier de cela. Elle savait pertinemment qu'Ernest serait très heureux de ne plus avoir à s'occuper de cet enfant non désiré et qu'en plus, il serait conscient qu'il réaliserait ainsi une économie substantielle en le laissant quitter la maison. Sa deuxième victoire serait de savoir que son frère devrait payer pour ses erreurs, en l'occurrence un enfant né hors du sacrement du mariage, un être conçu dans l'adultère, le péché mortel.

La pensée d'un homme rancunier n'a pas la même voix que celle d'un homme aimant. Georges avait travaillé toute sa vie pour combler le vide de l'amour perdu. Il voyait aujourd'hui la possibilité de donner un sens à son avenir. Il ferait en sorte que Pierre puisse faire de longues études, peu importe le prix. Il essaierait de se rapprocher de lui tout doucement sans toutefois l'effrayer. Quand celui-ci serait adulte, il pourrait lui dire les liens qui les unissaient, mais seulement quand Pierre serait amoureux et en mesure de comprendre ce que représente l'amour qui unit deux êtres.

Dès qu'elle eut l'assentiment de Georges, elle planifia une visite au Lac Brûlé. En arrivant chez son frère le samedi matin, mémère lui apprit que le petit Pierre était hospitalisé à Ste-Agathe. Fernande profita donc de la situation pour parler à son frère tout de suite après le diner.

— Ernest, si je suis venue icitte aujourd'hui, c'est que j'ai quelque chose de ben important à te dire. C'est moé qui suis la plus vieille de la famille et si tu veux, on ne va pas se raconter des histoires.

— Quossé que tu veux me dire ? Parle, qu'on en finisse !

— C'est à propos de Pierre.

— Quossé qu'il a encore Pierre ? répliqua-t-il rapidement et d'un ton de mécontentement. On dirait que tout le monde parle juste de lui depuis une bonne escousse.

— Ça te dérange qu'on parle de cet enfant-là ?

— Oui parce que ça coûte cher en maudit un enfant chétif qui est toujours malade, surtout quand, en tout cas... j'me comprends.

— Donne-toi pas des grands airs, moé aussi je comprends ce que tu veux dire. Comme tu le sais, Georges est resté chez nous avant de s'expatrier aux États. On est toujours restés en contact.

— Quossé que tu veux dire ?

— Je veux dire que je sais pourquoi tu ne traites pas Pierre comme tes autres enfants.

— Y manque-tu de quelque chose ?

— Oui il manque de l'amour d'un père. Les enfants sont pas fous, pis y sont pas responsables des bêtises des adultes.

— Dans mon livre à moé, cet enfant-là c'est rien qu'un bâtard ! Yé ben chanceux, que j'y donne le nécessaire en plus d'y avoir donné mon nom.

— C'est justement pour ça que je suis là. Je veux l'inscrire au collège à Montréal, pensionnaire.

— Penses-tu que j'va payer le pensionnat à un bâtard, quand j'ai même pas pu le faire pour mes enfants, répliqua-t-il, enragé et prêt à tout pour se défendre devant sa sœur qui, à son avis, ambitionnait de son droit d'ainesse ?

— Non, tu ne vas pas payer, mais tu pourras dire à tout le monde que ton fils est pensionnaire dans le meilleur collège de Montréal, pis t'en péter les bretelles. Il y a un bienheureux donateur qui va acquitter tous les coûts et je m'occuperai de mon neveu, j'habite pas loin du collège. J'ai toujours aimé cet enfant-là de toute façon.

— Veux-tu me dire que Georges va enfin payer pour avoir engrossé ma femme ?

— T'as ben compris Ernest. Ton frère va payer pour l'enfant qu'il n'a pas vu grandir et c'est un bel acte de charité chrétienne, car cet enfant-là n'a pas demandé à venir au monde. J'ai juste besoin que tu me signes un mandat qui va me donner le droit de signer tous les papiers à ta place.

— J'va y penser ; j'te dirai ma réponse.

— Il n'en est pas question. La réponse je la veux aujourd'hui ; je vais revenir chercher l'enfant à la fin de ses classes en juin pour le préparer pour le collège en septembre prochain.

— T'aimes ça *runner*,* toé, on croirait entendre le père.

_____

* *Runner : mener, diriger*

Et finalement, Ernest signa le document que Fernande avait apporté. Il savait qu'il n'y avait rien d'autre à faire, et étrangement, il sentait qu'il serait maintenant libéré, n'ayant plus sous les yeux le fruit de la trahison.

Quand elle rentra à la maison, mémère annonça à Ernest qu'elle avait reçu un appel de l'hôpital disant que l'enfant avait son congé signé. C'est alors que Fernande et Léon s'étaient portés volontaires pour aller chercher Pierre avec la fierté de pouvoir lui apprendre la grande nouvelle.

D'ici deux mois tout au plus, le temps de terminer son école en juin, elle viendrait le chercher pour l'emmener chez elle. Elle allait lui préparer une nouvelle vie dans un milieu où, il était à souhaiter, on le respecterait.

* * *

CHAPITRE 19

LA MÉMOIRE DÉFAILLANTE
(NOVEMBRE 1964)

MÉMÈRE Potvin trouvait que le mois de novembre n'en finissait plus. Depuis le départ de Pierre pour le collège, la maison lui semblait bien grande. Elle se retirait le plus souvent dans sa chambre pour prier et laissait la place à Adéline qui vaquait aux travaux domestiques. Sa vie n'avait plus tellement de sens depuis que son vieux mari était parti. Elle vivait maintenant aux dépens de son fils cadet qu'elle avait beaucoup de mal à cerner. Elle l'évitait la plupart du temps en se réfugiant au fond de sa vieille chaise berçante avec son chapelet comme seul confident.

Ça avait été son anniversaire le mois dernier, mais elle ne se souvenait pas de l'âge qu'elle avait maintenant. Probablement au-delà de quatre-vingts ans. Elle avait eu la visite de certains de ses enfants et elle avait reçu des cadeaux, dont une belle jaquette de flanelle de coton. Elle l'avait bien pliée et mise au fond du dernier tiroir de son bureau avec un savon d'odeur, également obtenu à la même occasion. Elle la garderait au cas où elle serait obligée d'aller à l'hôpital ; pourquoi utiliser les neuves quand on en a des vieilles à user ?

Chose curieuse, elle avait trouvé des biscuits dans le fond de son tiroir en plaçant ses vêtements. Est-ce que ce serait Simon qui lui avait joué un tour, se demandait-elle ?

Comme tous les jours vers onze heures, Adéline préparait le diner. Elle profitait de la matinée pour faire son ménage, car tous les après-midis de la semaine, elle allait travailler en journée. Mémère gardait Simon qui avait déjà quatre ans et demi. Il jouait aux cartes avec la vieille dame et elle lui apprenait à réciter ses prières. Il savait déjà son Notre-Père et son Je vous salue Marie, mais il avait une terrible difficulté à faire son signe de croix sans inverser « le Saint-Esprit ». Il disait que ce n'était pas important puisqu'il n'allait pas encore à l'école.

— Madame Potvin, après-midi j'm'en va travailler chez la rougette à Paquette au *boutte* du chemin. Si chu pas revenue à cinq heures, pourriez-vous mettre le pâté chinois au feu ? Y faut que j'y fasse ses tartes et son ragoût de pattes aujourd'hui ; j'va peut-être finir plus tard à soir.

— Ben oui ma fille, inquiète-toi pas. Tu partiras aussitôt que le diner sera fini. J'va m'occuper de laver la vaisselle.

— Vous êtes ben fine de faire ça pour moé quand j'ai des grosses journées à faire en dehors.

— Ya juste ça, que j'peux faire asteure pour me rendre utile, pis ça me fait plaisir.

Les deux femmes, qui étaient amies avant le mariage, faisaient bon ménage et s'entendaient relativement bien. Elles avaient maintenant peu de temps pour jouer aux cartes, mais, dès qu'elles le pouvaient, elles faisaient une petite partie, histoire de se divertir un brin. Les loisirs au Lac Brûlé étaient inexistants et ils recevaient de moins en moins de visite, ce dont Ernest ne se plaignait guère.

Mémère allait à l'occasion visiter sa petite-fille Diane au village ou bien elle se rendait chez la famille Picard, pour passer l'après-midi avec sa vieille amie. Mais depuis quelque temps, elle était plus fatiguée et refusait désormais les occasions qu'on lui offrait de descendre au village. Elle se complaisait dans la maison à se bercer et à prier.

Adéline, pour sa part, allait parfois diner chez ses enfants, mais toute seule. Jamais Ernest n'avait accepté de l'accompagner ; il allait la conduire à la porte et revenait la chercher. Il n'entrait même pas pour les saluer, il klaxonnait et sa femme soumise le rejoignait dans le camion, après l'avoir excusé auprès de ses enfants, prétextant qu'il travaillait terriblement fort. Personne n'était dupe et on ne déplorait pas son absence, l'homme étant de plus en plus sauvage en vieillissant.

Ce soir-là, quand Ernest rentra à cinq heures, il fut surpris de trouver la maison si tranquille. La table n'était pas mise et mémère jouait aux cartes avec Simon.

— Adéline est pas icitte, pis le souper est pas prêt ?

— Y me semble qu'on vient juste de diner, as-tu encore faim ? lui demanda mémère toute surprise. Si tu continues à faire de la bedaine, tu vas *péter au frette* *mon gars.

— J'vous ai demandé où est Adéline, lui répondit Ernest d'un ton austère.

---

* *Péter au frette : mourir*

— J'suis pas certaine, mais y me semble qu'elle m'a parlé qu'elle allait passer l'après-midi avec madame Paquette. Tu sais, c'est la grosse bonne femme au bout du rang, celle qui porte toujours des robes avec des grosses fleurs. L'autre semaine, son chien était dans le poulailler...

Mais Ernest s'impatientait et sortit en trombe, sans continuer d'écouter le discours incohérent de sa mère. Il prit son camion et s'en alla directement chez les Paquette. Il ne prit pas la peine d'entrer chez ses voisins, mais il klaxonna jusqu'à ce que sa femme comprenne qu'il venait la chercher.

— Embarque au plus sacrant, lui intima-t-il. Tu peux travailler pour les autres tant que tu veux, mais y faudrait qu'avant, tu fasses ton ouvrage à maison. Yé passé cinq heures et demie et y'a rien de prêt pour souper. J'va-tu être obligé d'aller manger à taverne parce que ma femme m'en fait pas?

— Ernest, je ne peux pas laisser madame Paquette avec tout son manger à finir. A me paye pour faire ça. Mémère était supposée de mettre le souper au feu.

— Laisse faire mémère, lui coupa-t-il la parole. C'est pas mémère la femme de la maison, c'est toé.

Et sans plus attendre, il ramena sa femme à la maison, en continuant de lui vociférer des bêtises. Adéline n'y comprenait rien. Pourquoi mémère n'avait-elle pas fait ce qu'elle lui avait demandé? Habituellement, tout se passait très bien quand elle devait travailler un peu plus tard. Il fallait que ce soit justement ce soir que la vieille lui fasse faux bond.

Arrivé dans la cour, le couple constata que mémère était dehors, qu'elle ne portait pas de manteau et qu'elle se dirigeait vers le garage. Le petit Simon courait devant elle en jouant dans la neige alors qu'il n'avait pour tous vêtements que sa salopette et une petite chemise à carreaux. Ils en oublièrent instantanément leur différend.

— Madame Potvin, rentrez dans la maison avec Simon, vous allez être malade. C'est trop frette pour sortir pas habillée, lui dit Adéline, surprise de voir l'attitude de la vieille femme.

— J'allais juste chercher Ernest pour allumer le poêle. J'ai pas trouvé de bois dans la maison.

— Laissez faire pour le bois, je m'en occupe mémère, répondit Adéline, trouvant que décidément, la vieille dame était un peu bizarre ce soir. Il y avait déjà un bon moment qu'on n'avait plus de poêle à bois dans la cuisine.

Ernest se trouva déstabilisé de voir sa mère ainsi perturbée et il en oublia même que deux minutes plus tôt, il hurlait des insanités à Adéline.

Tout le monde rentra à l'intérieur sans autre explication et Adéline entreprit immédiatement de faire cuire le repas. Elle dressa ensuite la table et pour faire patienter tout le monde, elle leur servit une soupe aux pois qu'elle avait rapidement mis à réchauffer. Mémère parla de tout et de rien pendant le souper et dès qu'elle eut pris son thé, elle retourna dans sa chambre pour prier.

— Qu'est-ce qui arrive à maman tout d'un coup ? demanda Ernest à Adéline, comme tout homme normal discuterait avec sa femme face à un problème.

— J'sais pas. Elle était ben à midi, quand chu partie. J'avais préparé le pâté chinois pour le souper et j'y avais demandé de le mettre au feu avant que j'arrive. Elle m'a même demandé pour faire la vaisselle à ma place à midi.

— A doit être fatiguée, on verra demain.

Ernest n'envisageait aucunement de s'excuser de son attitude envers sa femme. En son for intérieur, il considérait qu'elle devait avant tout s'occuper de sa maison et ne pas se fier à la vieille dame. Ils ne pensèrent plus ensuite à cet événement, car les jours suivants, mémère alla un peu mieux. À l'occasion, elle confondait les heures de repas, mais à cet âge avancé, ils se disaient que c'était banal.

Elle se levait également parfois dans la nuit et elle allait se bercer dans la cuisine pour prier. Ernest et Adéline se dirent alors, pour excuser son geste, qu'elle dormait tellement durant la journée, qu'il était plausible qu'elle soit déphasée dans ses horaires de sommeil.

Le temps passait et la famille s'organisait pour les fêtes de fin d'année. Adéline préparait de la nourriture le matin avant d'aller faire ses journées d'ouvrage à l'extérieur. Elle devait récupérer le maximum de temps, car elle était maintenant toute seule pour effectuer les travaux de routine. Mémère s'impliquait de moins en moins dans la maison.

Dans la famille, tout semblait aller pour le mieux. Ernest était même allé dans la forêt pour couper un sapin avec Simon. Il l'avait installé dans le salon et s'était rendu dans la cave pour sortir de vieilles boîtes de décorations de Noël. En entrant dans le salon, on sentait une odeur de moisi provenant du vieux carton, mais heureusement, la senteur du sapin prenait le dessus. Il demanda à Adéline de faire un beau sapin de Noël pour le petit Simon. Il avait promis à celui-ci que le père Noël lui apporterait de beaux cadeaux. Il avait déjà fait l'achat d'une bicyclette chez Jos Kelly sur la rue St-Joseph à Ste-Agathe, à la fin de la saison. Une belle bicyclette rouge avec deux petites roues en arrière, afin que Simon puisse apprendre tranquillement sans risquer de se blesser.

C'était le premier enfant de la famille qui aurait une bicyclette neuve. Tous les autres avaient appris en utilisant de vieux bicycles que leur père ramassait dans les vidanges et qu'il raboudinait du mieux qu'il le pouvait. Il y avait des privilèges à être le plus jeune de la famille et Ernest était heureux de pouvoir gâter son petit dernier.

La veille de Noël, ils partirent pour la messe et mémère resta à la maison. Il n'était plus de son âge d'aller à des cérémonies aussi tardivement. Elle se coucha tôt après le souper pour être en forme le lendemain.

Ernest avait promis à Simon de l'emmener à la messe de minuit s'il dormait dans la soirée. Le petit avait mis son pyjama à sept heures, mais s'était relevé deux fois plutôt qu'une, car il avait soif, il avait envie de pipi, il avait peur, mais chaque fois son père lui disait de retourner au lit. Il avait finalement dormi une petite heure avant qu'Adéline ne le réveille pour le préparer à cette belle sortie de famille. Le paternel voulait surtout lui montrer le petit Jésus dans la crèche. Il lui donnerait ensuite une pièce de monnaie afin qu'il la donne à son tour au petit ange en plâtre à l'avant de l'église; celui qui bougeait la tête en signe de remerciement.

Ernest avait de bons souvenirs de ces moments vécus avec son père. Il avait alors à peu près le même âge que Simon, sauf qu'à cette époque, ils avaient parcouru le trajet en calèche. Il souhaitait que son fils imprime ces moments privilégiés au plus profond de sa mémoire.

Ils avaient prévu de servir un petit repas au retour quand Simon aurait ouvert les quelques cadeaux que son père lui avait achetés et qu'il avait pris la peine de déposer devant le sapin juste avant de partir pour l'église. Il n'y avait de cadeaux que pour Simon, les plus vieux ayant décidé d'aller passer le réveillon avec Diane et Jules à Ste-Agathe.

Ernest se réjouit donc de voir son fils émerveillé devant sa nouvelle bicyclette et ils passèrent ensuite à table, sans toutefois réveiller mémère qui semblait dormir comme un loir.

Tôt le matin, Ernest se leva, comme à l'habitude avant tout le monde ; il grignota le reste d'une tourtière laissée à refroidir sur le dessus du poêle la veille. Adéline arriva ensuite, pressée de préparer le déjeuner pour éviter un esclandre de son époux en ce jour de festivité où certains des enfants devaient venir diner.

— Mémère est pas debout ? lui demanda Adéline, surprise de ne pas voir la vieille assise dans la berceuse.

— Non. C'est rendu qu'a dort plus qu'un bébé.

Adéline, soudain inquiète, se rendit à la chambre de la grand-mère. Elle frappa doucement à sa porte et comme il n'y avait aucune réponse, elle ouvrit la porte pour découvrir que l'endroit était vide. Le lit était bien fait, mais la porte de sa penderie était grande ouverte.

— Ta mère est pas dans sa chambre, prévint-elle Ernest en revenant, soucieuse. Son lit est fait, mais son *coat* est pas dans la garde-robe.

— Où c'est qu'à peut être allée ? À c't'heure là, le matin de Noël, ça se pourrait-tu que Diane soit venue la chercher hier soir ?

— Ça a même pas d'allure. On est partis pour la messe à onze heures et quart.

— J'va l'appeler quand même, a peut pas être allée ailleurs.

Ernest passa quelques appels pour finalement réaliser que sa mère était partie en pleine nuit et que personne ne l'avait vue. Ils entreprirent donc des recherches aux alentours de la maison et dans le garage. Ils se rendirent même jusqu'à la cabane à sucre, mais il n'y avait aucune trace de la vieille dame.

Après quelques heures, ils trouvèrent finalement mémère assise dans la cuisine de la maison de monsieur Thompson. Elle avait pris la clé qu'on laissait sous le paillasson depuis toujours et elle était entrée. N'eussent été des traces de pas vues dans la neige, qui sait le temps qu'on aurait pris à la localiser. À l'arrivée de son fils, la vieille dame tentait d'allumer le vieux poêle à bois en grelottant. Elle était dépeignée et avait mis son manteau par-dessus sa robe de nuit. Elle avait les yeux hagards, mais semblait cependant sereine.

Ils la ramenèrent à la maison et Adéline entreprit de lui faire prendre un bain chaud. Elle lui donna ensuite un petit bouillon de dinde et la coucha avec plusieurs couvertures afin d'éviter qu'elle n'attrape une pneumonie, ce qui aurait pu être fatal à son âge.

Ernest appela sa sœur Fernande à Montréal pour lui faire part des derniers événements. Celle-ci dit qu'elle avait prévu de monter au Lac Brûlé pour le Jour de l'an, mais que compte tenu de la situation, elle viendrait voir sa mère dès le lendemain. Elle demanda cependant à son frère de veiller étroitement sur celle-ci en attendant sa visite. Le diner de Noël n'avait pas eu lieu, tout le monde participant aux recherches. Ils profitèrent cependant de la bonne bouffe dès qu'ils surent que mémère était en sécurité. Celle-ci ne semblait pas réaliser ce qui s'était passé et ne voyait rien d'étrange à sa sortie de la nuit précédente.

Elle dormit une bonne nuit et se leva le lendemain comme si rien de tout cela n'avait eu lieu. Dans sa tête, l'espace de quelques heures, elle était retournée en arrière, assez loin pour croire qu'elle travaillait en journée et devait nettoyer la maison de sa bourgeoise, madame Thompson, d'où sa sortie au petit matin.

Adéline ne voulut pas dormir dans sa chambre cette nuit-là et elle sommeilla assise dans la berceuse, jusqu'à ce que son mari se lève le matin pour déjeuner. À plusieurs reprises, elle se rendit dans la chambre de sa vieille amie pour s'assurer qu'elle était bien.

Fernande arriva en fin d'avant-midi avec son mari et une belle surprise. En effet, à cause des congés scolaires, Pierre était avec eux. Habillé comme un petit homme, il marchait d'un pas assuré vers la maison qui l'avait vu grandir.

— Bonjour, papa, dit l'enfant qui n'avait pas vu Ernest depuis le mois d'août.

— Bonjour, garçon. Ça va ?

— Oui, ça va.

Mais ni l'un ni l'autre ne pouvait faire le premier pas. Aucun baiser, aucune poignée de main, rien qu'un léger signe de la tête.

L'enfant se dirigea cependant de gaieté de cœur vers sa grand-mère pour l'embrasser.

— Bonjour, mon p'tit garçon, t'es donc ben beau. C'est ton plus vieux ça Fernande?

— Non, mémère, c'est Pierre. Vous vous souvenez du p'tit Pierre. Il étudie à Montréal asteure.

— Oui, j'me rappelle. Comment qui va, Georges?

Tout le monde se tut et se tourna vers la grand-mère qui venait de faire référence à une vérité connue de peu de personnes, mais toujours vivante dans sa mémoire confuse.

— Avez-vous vu Diane? demanda Fernande pour faire diversion. À doit être à la veille d'acheter à l'heure qu'il est? Je l'ai trouvée pas mal grosse quand je suis venue dans le nord pour la fête de maman à l'automne. Elle avait une méchante bedaine, ça ne me surprendrait pas que ce soit des bessons.

Mais personne n'était dupe, et rien ne laissait entendre que l'on voulait avoir une conversation qui puisse avoir du sens. On ne cherchait qu'à tuer le temps. Fernande demanda donc à sa mère si elle pouvait venir avec elle dans sa chambre et elle lui demanda si elle aimerait venir passer quelques jours à Montréal. Elle tenterait de la faire voir par son médecin et verrait si elle pouvait faire quoi que ce soit pour elle.

Ils partirent donc tôt après le diner avec la grand-mère pour tenter de voir comment ça irait dans un autre environnement. Dans la semaine suivante, Fernande dut se rendre à l'évidence que la santé mentale de sa mère déclinait et qu'elle n'était pas en mesure de la garder à la maison de façon sécuritaire. Elle appela donc Ernest et lui demanda d'appeler le docteur Grignon afin de savoir où l'on pouvait bien la conduire.

C'est donc au début du mois de janvier 1965 qu'Amanda Potvin fut hospitalisée à l'hôpital de l'Annonciation, où peu de temps après elle sombra dans un monde bien à elle où les gens de son entourage n'avaient jamais existé. Certaines journées, elle était en amour avec Édouard, qu'elle prévoyait d'épouser et en d'autres occasions, elle pleurait sa mère qui dans son esprit venait tout juste de mourir.

Elle reprenait l'itinéraire sinueux de sa vie, mais dans le sens opposé des aiguilles d'une montre, rencontrant des joies et des peines avec son vieux corps usé par les années.

* * *

CHAPITRE 20

DINER DE FAMILLE
(11 AVRIL 1965)

R OSE était fière que sa tante Fernande ait pensé à l'inviter à diner pour l'anniversaire de Pierre. Son frère Luc avait également pu se joindre à eux. Ils n'avaient pas revu leur frère depuis qu'il avait été admis au pensionnat en septembre de l'année précédente. Ce qu'elle ignorait, c'est que l'oncle Georges serait de la fête. Il était arrivé dans le courant de la semaine et devait passer un mois à Montréal pour son travail. Elle aimait beaucoup cet oncle si distingué dont sa tante parlait avec tant de gratitude.

Rose arriva la première et trouva que Pierre avait beaucoup changé depuis qu'il était pensionnaire. Il avait pris de la maturité, mais il semblait gêné avec elle, qu'il n'avait pas vue depuis si longtemps. Cela prit quelques minutes avant qu'il soit à l'aise et qu'il accepte de se raconter un peu. Il s'était fait des amis et aimait beaucoup ses études. Il apprenait l'histoire, le latin et la géographie, mais cette dernière matière était de loin sa préférée. Il disait qu'auparavant, il ne pouvait imaginer que le monde était aussi vaste. À l'écouter ainsi, on constatait que même son langage était différent puisqu'il utilisait des mots et des expressions révélateurs d'une belle éducation.

— Pierre, t'es pas venu au Lac Brûlé avec tante Fernande au Jour de l'An. Je pensais te voir là, mentionna Rose.

— Non, j'étais déjà allé à Noël, quand mémère s'est écartée*. Au Jour de l'An, je suis resté au collège ; on m'a choisi pour chanter à la messe de minuit en solo. Je dois avouer que c'est gênant, mais c'est aussi assez impressionnant.

— Je ne savais pas que tu aimais chanter à ce point-là.

— On n'a pas le choix au collège. Il faut qu'on choisisse une activité et je n'ai jamais été très doué pour les sports d'équipe. J'aime bien ça, faire partie de la chorale. On dirait que quand je chante, je ne pense à rien.

— Je suis bien fière de toi. J'aimerais ça te revoir, si tu as une sortie avant la fin de l'année scolaire ou au moins, avant que tu ne retournes au Lac Brûlé pour l'été.

— Je ne veux pas retourner au Lac Brûlé au mois de juin, dit-il sans hésiter. Depuis que mémère est placée, j'ai moins le goût d'y aller. Moi et papa, ça ne va pas. Je vais te dire quelque chose, mais je ne voudrais pas que tu en parles.

— C'est certain que tu peux avoir confiance en moi, répondit Rose, inquiète mais heureuse de voir son frère reprendre confiance en elle et accepter de lui faire une confidence.

— Depuis que je suis au collège, j'ai écrit une lettre par semaine à mémère et à papa. Je peux comprendre que mémère ne pouvait pas me répondre, mais qu'Adéline et

---

* S'écarter : se perdre

papa n'aient pas trouvé le temps de me donner des nouvelles au moins juste une fois, ça m'a fait de la peine au début, mais ça m'a aussi ouvert les yeux. J'ai su par ma tante Fernande que mémère était malade et qu'on l'avait placée à l'Annonciation, ça fait que j'ai demandé à rester au camp des frères pour l'été. Ma tante dit que c'est correct que j'y aille.

Pierre semblait heureux de se raconter ainsi, mais au fond de son regard, Rose percevait une importante préoccupation.

— Rose, savais-tu que c'est ma tante Fernande qui est responsable de moi ? Ça a l'air que papa lui aurait signé des papiers. Il m'a peut-être donné à elle, mais je n'ai pas voulu lui demander. En tout cas, j'suis ben mieux comme ça. Mais s'il vous plait, parles-en pas parce que ma tante sait pas que je suis au courant. Je l'ai entendue quand elle parlait avec l'oncle Léon.

Les yeux de l'enfant reflétaient un mélange de joie et de tristesse. Les larmes d'abandon se confondaient avec l'éclat de sa confiance en sa nouvelle tutrice. Il avait maintenant du mal à continuer son récit, car il craignait que l'amertume ne prenne le dessus. Fort heureusement, l'oncle Georges arriva dans le salon et monopolisa l'attention.

— Bonjour, les jeunes, comment ça va ?

Il s'avança vers Rose, l'embrassa sur les deux joues et il fit ensuite la même chose avec Pierre qui fut surpris de l'attitude de son oncle. Il n'avait pas été habitué à ces marques de familiarités avec son père, mais il avait pour son oncle un attachement particulier. En effet, durant tout l'hiver, il avait échangé quelques lettres avec lui et ça avait créé un lien bien particulier. Celui-ci semblait vraiment s'intéresser à ses études et ça le stimulait.

— Ça va bien mon oncle, répondit Pierre, enhardi par cette approche amicale.

— J'te remercie mon grand pour les belles lettres que tu m'as envoyées cet hiver comme tante Fernande te l'avait demandé. J'espère que tu ne trouvais pas trop de fautes dans les miennes parce que ça faisait longtemps que je n'avais pas écrit en français.

— Non, pis c'était *l'fun* d'avoir de la malle de temps en temps. Les frères nous appellent en avant quand on a du courrier et puis on a l'air important ; surtout que moi, j'avais des lettres qui venaient des États-Unis.

Rose comprit à ce moment que l'oncle Georges était derrière le fait que son jeune frère puisse faire des études de ce niveau. Il ne s'était jamais marié et n'avait donc pas d'enfant. Il avait décidé de faire instruire un neveu. Elle était bien heureuse que ce soit Pierre qui ait pu bénéficier de ce geste empreint d'une telle générosité.

Elle laissa donc les hommes au salon, car la discussion avait pris une tournure différente. La partie de hockey de la veille était le sujet de conversation de l'heure. Les Canadiens de Montréal, grâce à leur victoire de 3 à 1 sur les Maple Leafs de Toronto, n'en étaient plus qu'à un match avant d'accéder à la finale de la Coupe Stanley. Ils voulaient à tout prix déloger l'équipe de Toronto qui était championne en titre des trois dernières Coupe Stanley et qui, de plus, les avait éliminés l'année précédente. Tout le monde voulait une revanche et l'on croyait fermement que le trophée tant convoité devait revenir à Montréal.

Georges qui vivait à Détroit depuis plusieurs années demeurait un fier partisan du club de hockey canadien et il vénérait l'entraineur Toe Blake et le capitaine de l'équipe, le grand Jean Béliveau, dont il vantait le talent.

Rose se rendit donc à la cuisine pour aider sa tante Fernande à terminer les préparatifs du repas. Elle aimait bien l'ambiance familiale de cette maison et elle n'aurait voulu pour rien au monde déplaire à sa tante et son oncle, sans qui elle aurait parfois l'impression d'être une orpheline égarée dans la grande ville de Montréal.

Elle avait la tête ailleurs ce matin-là, sachant que William et ses amis étaient partis au chalet du Lac Brûlé si tôt ce printemps. Le bel homme d'affaires anglophone parlait peu devant elle, mais elle comprenait à travers les branches qu'il avait une vie sociale beaucoup plus élaborée maintenant que sa femme était en institution. Rose ne faisait cependant pas partie de ces gens qu'il fréquentait, car elle n'était pas de son monde. Il se contentait de venir la voir un soir à l'occasion au logement, pendant que son frère était au travail.

Elle en avait marre d'être ainsi utilisée et de ne pas avoir de place plus importante dans sa vie. Il lui disait qu'il l'aimait beaucoup et il lui faisait de magnifiques cadeaux, mais jamais il ne la sortait en public à Montréal. Une seule fois, en novembre dernier, alors qu'elle s'était plainte de ce genre de vie, il l'avait emmenée à Québec pour un week-end. Elle avait ainsi vécu deux jours de rêve, mais au retour il avait repris sa routine, et elle ne l'avait qu'entrevu entre Noël et le Jour de l'An, le temps d'un petit repas qu'elle lui avait préparé dans ce qui lui semblait être son refuge, à l'abri des regards indiscrets, dans un monde pour ainsi dire mythique.

Elle se demandait parfois combien de temps elle tiendrait ce rôle ingrat de maîtresse d'un homme bien nanti, dont la femme était malade et internée.

Heureusement qu'il y avait son travail auprès de madame Proulx, à qui elle s'attachait de plus en plus. Elle ne voulait cependant pas travailler là toute sa vie. Elle avait plus d'ambition, mais hésitait à laisser en plan le docteur et son épouse qui avaient tellement confiance en elle. Dernièrement, il avait même engagé une femme de ménage afin qu'elle ait plus de temps à accorder à sa femme qui adorait se faire faire la lecture. Elle passait de merveilleux moments auprès de cette dame, mais sa morosité était lourde à assumer parfois, et il était même arrivé que madame Proulx tente de la faire parler des tracas qu'elle semblait avoir. Elle hésitait à parler avec l'épouse du docteur, qui pourrait ensuite la juger et ne plus avoir autant de respect pour elle.

Elle décida qu'il lui faudrait parler avec William dès qu'il lui accorderait une nouvelle soirée. Elle devait savoir quels étaient ses buts et ce qu'il prévoyait pour eux dans un avenir prochain. Elle ne pourrait vivre ainsi encore longtemps.

Le simple fait d'avoir pris cette décision lui permit dès lors de participer gaiement à la journée de fête de Pierre, qui se déroula dans une chaude ambiance familiale comme les enfants d'Ernest n'en avaient que peu connue. Pierre reçut en cadeau de son oncle Georges un magnifique porte-document en cuir véritable dans lequel il trouva un stylo de grande qualité, un cahier à spirales avec couverture en cuir et un dictionnaire Larousse. Il serait ainsi bien outillé pour continuer une partie de ses études.

Tante Fernande pour sa part lui avait tricoté deux belles paires de bas. Rose et Luc s'étaient cotisés et lui avaient acheté une petite montre Timex avec un bracelet en cuir brun. L'enfant était ému d'être aussi gâté pour son anniversaire de naissance et ses yeux s'attristèrent en songeant que sa maman serait fière de lui et qu'il serait plaisant qu'elle soit ici avec eux.

Rose, voyant tout ce que l'oncle Georges faisait pour cet enfant, eut soudain une pensée qui lui traversa l'esprit, pensée qu'elle effaça tout de suite de sa tête. Sa mère aurait-elle pu un jour faire l'amour avec un homme avec qui elle n'était pas mariée et qui par surcroit était le frère de son père ? C'était totalement impensable, mais tout de même plausible aux yeux de la jeune fille rêveuse, qui aimait imaginer des scénarios romanesques.

Luc, qui était plus insouciant, vivait ces beaux moments en famille sans se soucier de tous ces détails. Il était heureux de rencontrer son jeune frère et son oncle des États-Unis, mais ça s'arrêtait là. Il était cependant beaucoup plus inquiet pour sa sœur ainée qui vivait une relation illicite avec monsieur Thompson. Au-delà de la morale, c'était beaucoup plus à elle qu'il songeait et la voir triste l'attristait également. Il devrait parler avec ce monsieur Thompson et lui demander de laisser sa sœur tranquille. Elle avait un bon travail et devrait se trouver un garçon qui était libre et de son âge. Elle n'avait aucun avenir avec cet homme, même s'il était très riche. On ne devrait jamais mêler les classes de gens, selon lui.

Il laisserait le temps faire, mais si ça persistait, il devrait s'en mêler. Il devait protéger sa sœur, qu'un malheur plus grand pouvait atteindre.

* * *

CHAPITRE 21

Fête des Mères
(Dimanche 10 mai 1964)

En ce dimanche de la fête des Mères, Diane allaitait le petit Steve maintenant âgé de quatre mois. Depuis l'arrivée de son fils, elle voyait la vie différemment. Elle pensait souvent à sa mère qu'elle avait si souvent vue triste et fatiguée et regrettait de n'avoir pu l'aider à ces moments-là. Elle n'était pas suffisamment mature à cette époque pour comprendre vraiment ce qui se passait au sein de la famille, et elle remerciait le ciel chaque jour d'avoir épousé Jules Labrie, cet homme si bon et généreux.

Elle visitait rarement son père depuis que mémère était placée, mais elle se rendait à l'Annonciation environ une fois par mois, ou du moins quand Jules pouvait l'y conduire. Elle voulait s'assurer que mémère était bien même si celle-ci ne la reconnaissait désormais plus du tout. Lors de sa dernière visite, elle lui avait apporté une boîte de chocolats et elle avait vu une lueur dans les yeux de sa grand-mère au moment où elle avait goûté le premier morceau. Il lui restait, pour tout plaisir, celui de déguster une douceur même si tout autour d'elle, la vie était aride et morne.

Il semblait que son père n'était pas retourné voir mémère depuis qu'elle était dans cet établissement. Il disait que de toute façon, elle ne le reconnaissait pas et qu'il y avait des gens payés pour s'en occuper. Pourquoi devrait-il alors s'en soucier ?

Dès que Jules serait revenu de la messe de neuf heures, elle coucherait le bébé et irait à la prochaine messe. C'était ainsi depuis la naissance de l'enfant et elle ne voulait pas mettre de côté la religion qui lui apportait un tel réconfort moral. Elle se trouvait privilégiée d'avoir une si belle vie.

Son jeune frère Yvon avait cessé de travailler pour le laitier, monsieur Ladouceur et elle en ignorait la raison. Elle lui avait bien sûr demandé mais, mal à l'aise, il s'était contenté d'une réponse évasive. Elle saurait bien un jour ou l'autre ce qui était arrivé. Yvon travaillait maintenant comme pompiste au garage Lortie et avait l'ambition de devenir policier. Elle l'y encourageait même si elle craignait de le voir faire un travail aussi dangereux. Il continuait de demeurer chez elle en pension, car il ne pouvait voyager du Lac Brûlé tous les jours. De plus, il lui avait déclaré qu'il ne voulait plus vivre dans cette maison avec un père aussi austère. La petite pension qu'il payait aidait la jeune famille, mais chaque semaine, Diane lui mettait un peu d'argent de côté dans un compte qu'elle avait ouvert à son insu. Elle se disait qu'un jour, il aurait bien besoin de ces quelques dollars pour s'installer. Elle jouait un rôle de mère pour Yvon comme elle souhaitait pouvoir le faire pour son fils plus tard.

Quand Jules arriva de la messe, il avait dans les mains un magnifique bouquet de fleurs.

— Bonne fête à la plus merveilleuse des mamans de la terre, dit-il à Diane en lui tendant les fleurs et en l'embrassant.

— Merci Jules, c'est trop. T'es assez fin que parfois je me demande si je mérite autant de gentillesse. Ça n'a même pas d'allure.

Et Diane se mit à pleurer en se jetant dans les bras de son époux. Une si belle attention de sa part l'avait plongée dans une grande tristesse, lui rappelant que sa mère n'avait pas eu l'opportunité de vivre de si beaux moments et qu'elle n'avait été sur la terre que pour récolter peines, violences et ingratitude.

Fallait-il qu'elle ait été malheureuse pour laisser derrière elle ses enfants et fuir dans un monde où même son Dieu pourrait lui refuser l'accès à sa maison, à cause de son geste fatal ? Combien elle avait prié pour le salut de l'âme de sa pauvre mère ! Ce Dieu si bon, l'avait-il écoutée ?

C'est l'esprit ainsi tourmenté qu'elle partit assister à la prochaine messe à l'église de Ste-Agathe, en laissant son mari triste de voir la femme de sa vie ainsi abattue. Il maudissait son beau-père, l'instigateur de tous les malheurs de la famille Potvin.

Il s'installa dans la cuisine pour lire le journal *La Patrie*, comme il le faisait tous les dimanches. Il s'alluma une cigarette Export « A », en pensant à la petite maison à vendre sur la rue Giguère, à Fatima. Dès le lendemain, il irait s'informer à la banque pour savoir s'il pouvait emprunter suffisamment pour en faire l'acquisition. Elle était annoncée à huit mille dollars, mais il croyait pouvoir l'avoir pour sept mille cinq cents dollars. Il savait que sa femme dirait que c'était trop cher pour eux, mais il avait des économies et voulait en faire profiter sa famille. Ce serait peut-être difficile la première année, mais il trouverait un petit travail les fins de semaine si cela s'avérait nécessaire. Depuis que Diane avait laissé son poste chez Bell, il n'y avait plus qu'un seul salaire pour tout payer, mais ils avaient coupé des sorties et il s'attendait même à recevoir une augmentation de salaire dès le mois de juin.

C'était décidé, il voulait créer un petit nid pour la famille Labrie et il ferait tout son possible pour que ça ne tarde pas.

* * *

Au Lac Brûlé, la fête des Mères serait passée inaperçue si ça n'avait été de Madeleine et son époux Marcel Larivière, qui arrivèrent après le diner avec un bouquet d'hydrangées roses. Ils furent suivis de près par Jean et son épouse Janine, qui eux avaient opté pour une grosse boîte de chocolats Laura Secord.

— Bonjour, maman, dit Madeleine en embrassant sa mère qui avait déjà les larmes aux yeux.

— Bonjour, les enfants, vous n'auriez pas dû. Vous travaillez assez fort sans être obligés de dépenser de l'argent pour moé. Comment ça va vous autres ?

— Ça va bien maman. Et ça va aller ben mieux quand j'vais vous avoir dit ce que j'ai à vous dire, répondit rapidement Jean, fier de ce qu'il allait bientôt annoncer à sa mère. L'année prochaine, ma femme Janine va fêter elle aussi la fête des Mères, continua-t-il, ce qui fit sourire son épouse, quelque peu gênée d'aborder ce sujet en famille.

Adéline, heureuse de la nouvelle, s'empressa d'embrasser sa bru et de la rassurer. Il s'agissait de quelque chose de si naturel qu'elle ne devait pas être perturbée par son état. Contrairement aux autres dimanches, Ernest était resté à la maison et elle en était heureuse, mais inquiète à la fois. Elle souhaitait qu'il y puisse y avoir réconciliation entre lui et ses enfants, mais elle craignait également qu'il y ait de la chamaille.

— Eh bien, la mère, dit Madeleine émue, vous allez être obligée de vous mettre à tricoter de jour et de nuit parce que moé aussi j'vais avoir besoin de vous comme grand-mère. Ça fait deux mois qu'on le sait, mais ça presse pas de dire ces affaires-là tout haut quand on ne sait pas encore si on va pouvoir le garder. Ça fait assez longtemps qu'on en veut qu'on reste un peu superstitieux.

— C'est un beau cadeau que vous me faites là, les enfants, dit une Adéline que la fête des Mères semblait voulait combler différemment cette année. As-tu compris Ernest ? On va être grands-parents d'icitte la fin de l'année.

— Oui, j'ai compris, mais ça ne sera pas moi le grand-père de ces enfants-là. Eux autres, y sont pas mes enfants à moi, dit-il en pointant Madeleine et Jean, démontrant ainsi toute l'aversion qu'il leur portait.

— C'est mieux comme ça, se hâta de répondre Madeleine qui s'était sentie foudroyée par les propos avilissants. Moi non plus j'veux pas d'un ours comme grand-père pour mes enfants. J'aurais peur qu'il les morde.

Sur ces mots, elle quitta la maison en larmes alors que son mari, Marcel, un petit homme trapu mais fort comme un bœuf, entreprit de remettre le bonhomme Potvin à sa place.

— Ça se peut-tu que personne ne vous ait montré à vivre, vous ? C'est la fête des Mères et vous êtes obligé de faire de la peine à tout le monde. Vous vous prenez pour le nombril du monde, mais moi je pense que vous êtes rien qu'un beau trou de cul. Pas besoin d'être fort pour faire brailler les femmes. Il faut juste être un vrai sans-cœur.

Il attrapa Ernest par sa chemise et ses bretelles et le bouscula dans le coin de la cuisine en le malmenant et en lui vociférant des bêtises. Ce dernier, surpris, perdit l'équilibre, tomba sur le dos et se cogna la tête sur le coin de la table. Il se releva en furie et tenta de frapper Marcel qui l'évita et lui décocha un coup de poing à la mâchoire. Le vieux s'étendit de tout son long par terre et Adéline se pencha pour tenter de l'aider à se relever. Ernest la bouscula et lui fit perdre pied et c'est dans les bras de son fils Jean qu'elle tomba.

— Ça va faire là, dit Jean en criant de façon à saisir toute la maisonnée qui s'affolait. On n'est pas des enfants et quelque part on est parents d'une manière ou d'une autre. Ça fait qu'on va tous retourner chez nous pis on va continuer comme on faisait avant. La mère, si vous voulez, j'va venir vous chercher pour souper à la maison. Je vous reconduirai après.

— J'aimerais ça, mon gars, répondit Adéline sur un ton de martyre, mais je peux pas laisser mon mari comme ça. On se reprendra une autre fois, si ça ne vous dérange pas, ajouta-t-elle en épongeant le sang qui coulait de la babine du vieil ours blessé.

— C'est correct maman, on vous comprend. On va faire comme vous le voulez, mais si jamais vous changez d'idée, appelez-nous.

Et Madeleine qui était entrée à nouveau pour saluer sa mère, mit en garde son beau-père.

— Vous pouvez faire la loi icitte, mais avisez-vous jamais de toucher à un cheveu de ma mère parce que vous allez avoir affaire à moé ! Si votre femme a décidé de mourir au lieu de vivre avec vous, ma mère n'est pas obligée de faire pareil.

Et tout le monde quitta les lieux en laissant Adéline abattue par la peine de voir ses enfants partir de la maison. Elle réalisa à cet instant qu'elle ne serait jamais vraiment chez elle dans la maison d'Ernest et qu'elle n'aurait jamais le loisir de recevoir sa famille à sa guise.

Ernest pour sa part était frustré d'avoir été frappé par le gendre de sa femme, celle qu'il faisait vivre depuis déjà plus de deux ans. Il tenait toujours compte du temps où Adéline visitait sa mère comme d'une période où elle était devenue une dépense pour lui.

Ernest se disait que les jeunes gens étaient des êtres ingrats et non respectueux. Ils pouvaient bien tous avoir leurs enfants, jamais il ne les laisserait mettre les pieds chez lui. Il avait eu sa famille bien à lui et il comptait bien ne plus faire vivre des étrangers.

Si ça n'avait pas été un dimanche, il serait allé travailler à la maison de monsieur Thompson, qui lui avait demandé d'effectuer des travaux de rénovation dans la cuisine. De père en fils, on ne travaillait pas le dimanche, respectant le jour du Seigneur. Il aurait bien mis fin à cette coutume, mais quelque peu superstitieux, il craignait que le Bon Dieu ne prenne ombrage de cela et le punisse. Il avait selon lui été suffisamment puni dans sa vie.

Il se coucherait donc cet après-midi avec le petit Simon et à leur réveil, il l'emmènerait manger un hot dog chez Ti-Rouge en bas du village. Adéline se ferait à souper à la maison et quand il reviendrait, elle se serait calmée.

Demain, lundi, la vie reprendrait son cours sur le Chemin Ladouceur et on oublierait ce triste dimanche. Ernest était en train de faire maison nette autour de lui. Adéline n'irait pas trop souvent chez ses enfants, car il craignait qu'on ne lui monte la tête. Elle était sa femme à lui, ses enfants étaient maintenant des adultes et avaient leur propre famille. Chacun chez soi et tout irait pour le mieux.

* * *

CHAPITRE 22

AU VOLEUR
(JUILLET 1965)

Albert aimait bien le défilé de la Saint-Jean-Baptiste au village. C'était une belle attraction et les organisateurs prenaient toujours un petit garçon de cinq ou six ans, obligatoirement un p'tit blond, qu'on déguisait et qui participait au défilé avec le mouton du vieux Beaulieu. Tout le monde riait de ce mouton, car il était tellement sale que ça prenait toujours plusieurs heures pour le nettoyer et le préparer en vue de la fête. Certains racontaient qu'une année on l'avait tellement lavé qu'il ne frisait plus au moment de la cérémonie.

Cette année, après la traditionnelle parade, Albert s'était rendu à l'Hôtel Belmont avec des amis pour continuer la fête. Il aimait bien prendre quelques bières, mais n'avait pas l'habitude de s'accrocher les pieds. Ce soir-là, tout le monde avait eu un plaisir fou alors que la petite mère Goulet, comme on l'appelait, s'était jointe au groupe et avait joué de l'accordéon comme elle seule savait le faire. Les gens présents s'étaient bien amusés.

En fin de soirée, il avait rencontré le fils de sa belle-mère, Euclide. Celui-ci revenait tout juste d'un long voyage dans l'Ouest canadien. Il racontait ses péripéties aux jeunes qui avaient les yeux béants d'admiration pour ce gars du village qui avait eu l'audace d'aller travailler si loin au Canada et qui avait vécu autant d'aventures. Il leur avait même dit avoir vu de vrais cowboys et sur un ton plus intimiste, avait mentionné ses rencontres avec de magnifiques jeunes filles qui, disait-il, avaient la « patte légère ».

Euclide se cherchait maintenant du travail, car, selon ses dires, il avait été victime d'un vol à main armée dans le train tandis qu'il revenait au Québec. Alors qu'il prévoyait de venir s'installer au village pour y vivre sa vie, il s'était fait voler tout près de quatre mille dollars. Il racontait comment il avait réussi à désarmer l'un des voyous sans penser à sa vie qu'il mettait en jeu, mais malheureusement, le deuxième individu en avait profité pour s'enfuir avec son argent. Ce soir, Monsieur le curé lui avait offert le repas au presbytère et plus tard dans la soirée, il avait accepté quelques bières payées par des amis rencontrés à l'hôtel.

Albert proposa à Euclide de l'emmener coucher chez sa logeuse qui pourrait sûrement lui trouver une place le lendemain. Pour cette nuit, il lui ferait un lit de fortune dans sa propre chambre en partageant avec lui couvertures et oreillers. Il lui avait également proposé de l'aide pour se trouver du travail.

Le jour suivant, effectivement, il le présenta à monsieur Murchison, son patron chez J.L. Brissette. À cette période de l'année, on cherchait toujours des employés pour la saison estivale. La population doublait dans certaines municipalités, le tourisme étant la source de revenus première de la région.

Pour ce qui était de sa logeuse, madame Dupuis, elle avait généreusement accepté de lui installer une chambre au grenier. Elle l'avait cependant averti que ça devait être temporaire, car cette pièce de la maison n'était pas chauffée et elle ne pourrait l'héberger l'hiver venu à moins qu'une autre pièce ne se libère d'ici là.

Albert s'était donc porté garant du fils d'Adéline. Il se disait que celle-ci n'était pas une méchante femme et qu'elle serait heureuse que son garçon puisse à nouveau s'installer dans la région.

Il participa donc à l'apprentissage d'Euclide dans la compagnie, lui montrant tous les dessous des différents postes qu'il avait lui-même un jour ou l'autre occupés alors qu'il remplaçait des employés absents. Il devait également faire son travail de bureau, mais restait disponible pour son frère par alliance afin qu'il s'acclimate facilement à son nouvel emploi. Ce dernier semblait aimer les nouveaux défis et faisait du bon travail. Il était un peu malhabile, mais avec le temps, il pourrait sûrement s'améliorer.

Après seulement deux semaines d'entrainement, on envoya Euclide avec un chauffeur faire le circuit qui couvrait le Mont-Tremblant, St-Jovite et St-Faustin. La compagnie Coca-Cola livrait dans les hôtels, les restaurants, les épiceries et les stations-service. À la fin de la journée, à force de transporter des caisses de liqueurs, Euclide était épuisé. Le soir, la logeuse, madame Dupuis, leur faisait de bons repas et poussait même la générosité jusqu'à leur préparer des collations dans la soirée. Elle aimait tellement

Albert qu'elle traitait Euclide sur le même pied d'égalité. Elle avait l'impression de prendre soin de deux jeunes enfants, elle, la vieille fille qui gardait sa mère et son frère et dont une maison était tellement vaste, qu'elle ne pouvait la rentabiliser qu'en louant des espaces.

Le mois de juillet 1965 s'écoulait lentement et les touristes étaient nombreux dans les Laurentides cette année-là. À la fin du mois, un dimanche matin, madame Dupuis qui s'était levée assez tôt pour préparer le déjeuner, demanda à Albert d'aller réveiller Euclide, qui, comme bien souvent, n'était pas debout en même temps que les autres pour le repas du matin. Il avait tendance à rentrer de plus en plus tard la fin de semaine.

— Euclide n'est pas dans sa chambre, madame Dupuis. Savez-vous s'il est rentré coucher ?

— Je ne l'ai pas entendu. Et vous, maman, est-ce que vous avez entendu rentrer Euclide, hier soir ? dit-elle plus fort.

Mais la vieille dame qui était plus ou moins sourde et dont la tête semblait parfois être visitée par des idées rocambolesques, ne fit pas attention aux propos de sa fille, trop intéressée par la cassonade qui fondait continuellement dans son gruau à chaque fois qu'elle en rajoutait.

— Retourne donc voir si son bagage est encore là, demanda madame Dupuis qui avait soudain une intuition. Son nouveau chambreur n'ayant pas payé sa pension depuis déjà trois semaines, elle redoutait le pire. Elle connaissait ce genre de gars qui arrive de loin et qui fait tout de suite la grosse vie aux dépens des autres.

C'est un Albert perplexe qui revint du grenier et dit qu'Euclide était bel et bien parti et qu'il ne restait rien de ses affaires dans la pièce.

Non seulement Euclide avait pris la fuite, mais il n'était pas parti les mains vides. Les bijoux de madame Dupuis, son sac à main, ainsi que l'argent qu'Albert cachait sous son matelas pour ses sorties de fin de semaine, tout avait été dérobé. Il avait même poussé l'audace jusqu'à fouiller dans l'armoire de la cuisine pour prendre l'argent que la logeuse mettait dans une tasse pour payer le laitier et le boulanger.

Albert se sentait responsable et partit sans déjeuner, avec la ferme intention de localiser le voleur. Il arpenta la ville d'un bout à l'autre, demandant aux gens qu'il rencontrait s'ils auraient vu celui qu'il considérait comme un cambrioleur.

En arrivant au restaurant Gaudet, il constata que tout le monde semblait discuter du même sujet. Il apprit donc qu'un individu s'était introduit dans l'église durant la nuit et que le tronc de l'église avait été dévalisé. On avait même ouvert le tabernacle et les calices avaient disparu. Sacrilège ultime, des hosties avaient été trouvées dans l'allée centrale de l'église, gisant sur le sol comme de piètres vestiges.

Le récit des faits prit rapidement une allure dramatique et Albert quitta rapidement le restaurant, inquiet et terriblement tourmenté. Il n'avait qu'une idée en tête, et c'était d'aller rencontrer Monsieur le curé après la grand-messe pour lui raconter ce qui s'était passé chez madame Dupuis. Il ne tenait pas à accuser Euclide Gagnon, mais il avait de fortes présomptions quant au fait que c'était lui le responsable de l'offense faite au Bon Dieu dans sa propre maison. Une fois qu'Albert lui eut tout raconté, monsieur l'Abbé communiqua immédiatement avec la police de la ville pour déclarer les nouveaux éléments. On devait tout de suite arrêter le fautif et recouvrer les biens sacrés, propriétés de l'Église. Toute la communauté avait été requise ce matin-là pour prier pour que celui qui avait commis une telle offense au Seigneur reprenne ses esprits, se défasse de l'emprise du démon et rapporte ce qu'il avait ignoblement subtilisé dans les lieux saints.

* * *

Le lundi matin, Albert arriva au travail épuisé de n'avoir pu fermer l'œil de la nuit. Il n'était pas au bout de ses peines, car dès qu'il se pointa à son bureau, monsieur Murchison le fit demander. Quand il arriva dans le grand bureau du patron, il vit que celui-ci était en présence d'un policier. On lui dit alors que les recettes de la fin de semaine avaient été volées dans son bureau et que lui seul avait les clés. Assommé par cette révélation, il tenta immédiatement de se disculper.

— Ce n'est pas moi, monsieur Murchison. Vous devez savoir que je n'aurais jamais pu faire quelque chose comme ça. C'est certain que c'est Euclide Gagnon le voleur, parce qu'il a aussi volé à l'église et chez madame Dupuis. Il s'est sauvé durant la nuit.

— Et tu es certain que tu ne serais pas son complice, toi ? On m'a dit que tu étais plutôt souvent en sa compagnie dernièrement.

— C'est juste parce que je voulais lui montrer l'ouvrage, et j'pensais que ça l'aiderait à apprendre. Je ne peux pas être son complice, vous savez que je suis honnête. Gagnon m'a même volé mon argent dans ma chambre.

— Tu vas être obligé de venir au poste, lui dit alors le constable Richard Legault, de la police municipale. Il faut qu'on fasse une enquête et tu es quand même notre premier suspect.

Ainsi, Albert se retrouva menotté et conduit au poste de police sur la rue St-Joseph. Il était gêné et craignait que qui que ce soit ne le reconnaisse. À qui pourrait-il demander conseil, il ne voulait pas aller en prison !

Dès son arrivée au poste, on le conduisit au sous-sol et on l'installa dans une cellule.

— Vous n'allez pas me mettre en prison, monsieur Legault. Vous le savez que j'suis pas un criminel.

— J'te connais mon Potvin, mais j'ai une job à faire. J'va t'mettre dans la cellule, mais je ne barrerai pas la porte. Il faut que j'fasse des téléphones pis que j'*checke* des affaires. Si tu restes tranquille, ça va bien aller. Je vais revenir un peu plus tard.

Albert fut donc écroué dans une petite cellule et s'assit sur le lit de métal. Il avait le goût de pleurer, mais se devait de garder sa dignité. La seule chose qui lui vint en tête fut de prier et de demander à sa mère de lui venir en aide.

Il se remémora ce qui s'était passé depuis qu'Euclide était revenu à Ste-Agathe. Il avait été très souvent en sa compagnie et jamais il n'aurait cru que ça puisse prendre une telle tournure. Il avait voulu tout lui apprendre, mais il réalisait maintenant que celui-ci était très curieux et préparait probablement son méfait depuis longtemps.

De son côté, il avait été élevé dans une maison où régnait beaucoup de violence, mais où l'on prônait l'honnêteté sous peine de réprimande sévère. Leur père les avait bien mis au fait de cela et ils le craignaient suffisamment pour lui obéir.

Le policier ne revint au poste que quelques heures plus tard. Apparemment, tout le village voulait parler au représentant de la loi et il était le seul à pouvoir répondre à tous aujourd'hui.

— Albert, ça va mal pour toé, mon homme. Tu vas être obligé de me raconter quossé que t'as fait dernièrement avec Euclide.

— J'ai rien fait moé, monsieur Legault, vous pouvez me croire.

— Ça n'a pas vraiment l'air de ça au village. Vous avez fait pas mal de ravages.

— Je vous dis que ce n'est pas moé.

— Il y a juste toé qui peux dire ça, mais le monde a l'air de penser autrement. T'étais où hier soir et cette nuit ?

— J'ai été souper chez ma sœur Diane et j'suis revenu à ma chambre chez madame Dupuis vers dix heures.

— T'es-tu arrêté à l'église avant d'aller te coucher ?

— Jamais, je vous le jure sur la tête de ma mère.

— Jure pas trop vite, garçon. On a trouvé ta *slip* de paye à terre dans la sacristie de l'église. C'est assez pour toé, ça ?

— J'vous ai dit qu'il m'a volé mon argent dans ma chambre et mon chèque de paye était avec.

— On va prendre tes empreintes. Tu vas coucher en dedans mon grand. T'es son complice. Mon père disait que celui qui tient le sac est aussi coupable que celui qui vole.

Et c'est ainsi qu'on fouilla Albert, on prit ses empreintes et on l'enferma à double tour dans la cellule. On lui mentionna qu'il pouvait passer un appel téléphonique, mais il n'osa pas téléphoner à qui que ce soit. Un peu plus tard, un policier vint lui apporter deux hot dogs et une liqueur, le repas typique des détenus. Albert n'avait pas faim et l'inquiétude le rongeait. Comment parviendrait-il à se sortir de cette impasse?

* * *

Deux agents de la police provinciale arrivèrent chez Ernest à l'heure du diner. Ils cherchaient Euclide Gagnon, le fils d'Adéline.

— On ne l'a pas vu depuis qu'il est revenu de l'Ouest, répondit Ernest, enragé de voir la police se pointer chez lui comme ça pendant le diner.

— Madame Potvin, demanda le policier, quand avez-vous vu votre fils pour la dernière fois?

Adéline était intimidée par les policiers, mais craignait de répondre devant Ernest, car elle ne lui avait pas dit qu'Euclide était venu la voir quelques semaines auparavant. Elle voulait éviter une chicane et avait cru bon de taire sa visite, surtout qu'il était venu pour lui demander de l'argent. Elle lui avait donné vingt dollars, la seule somme qu'elle avait à elle et dont Ernest n'était pas au courant. C'était de petits cadeaux qu'elle avait eus au fil du temps et elle cachait cela dans son tiroir de sous-vêtements au cas où elle en aurait besoin.

Lors de cette visite à sa mère, Euclide avait enjôlé celle-ci et lui avait raconté la fameuse histoire selon laquelle il avait été victime de vol à main armée lors de son retour de l'Ouest canadien et avait même risqué sa vie pour tenter de désarmer le voleur. Il lui avait expliqué que depuis qu'il était parti, il y a quelques années, il avait pris sa vie en main. Il en rajouta en disant qu'il avait rencontré là-bas un curé originaire de Mont-Laurier qui l'avait mis sur la bonne voie.

S'il lui demandait cet argent aujourd'hui, avait-il continué, c'est qu'il préférait demeurer en pension au village et ne pas l'ennuyer maintenant qu'elle était mariée. Il avait cependant besoin de quelques dollars pour assumer ses frais de logement en attendant de recevoir sa première semaine de salaire. Toute fière de voir son fils tellement enthousiasmé par sa nouvelle vie, elle n'avait pu faire autrement que de lui donner le peu d'argent qu'elle avait économisé.

Les policiers avaient deviné que madame Gagnon connaissait des détails qu'elle dissimulait ou qu'elle ne pouvait pas révéler devant son mari.

— Madame Gagnon, vous savez que si vous ne dites pas la vérité vous pourriez être complice d'un crime.

— Mon fils est venu me voir quand il est revenu de l'Ouest, avoua-t-elle sans toutefois regarder son mari, mais il n'est pas resté ben longtemps.

— Qu'est-ce qu'il vous a raconté ?

— Il m'a demandé de l'argent en attendant qu'il ait sa première paye. Il voulait s'occuper lui-même de ses affaires et il avait besoin d'argent pour payer sa chambre au village. Vous savez, il m'a raconté qu'il s'était fait voler son argent par des bandits sur le train, qu'y avait plus une maudite *cenne*.

— Combien lui avez-vous donné ?

— J'avais juste vingt dollars alors j'y ai donné. Y a toujours été bon pour moé. C'est mon enfant après tout.

— On vous comprend madame Potvin, mais à matin au village on cherche quelqu'un qui a volé à l'église pis à la *business* de monsieur Brissette.

En entendant ce qu'Adéline avait à dire, Ernest devint rouge de rage et attendait le départ des policiers pour sermonner sa femme qui lui avait caché la visite de son voyou de fils. Il pensa à son coffre-fort dans le garage et se félicita de n'avoir jamais parlé à Adéline ou à quiconque du fait qu'il en possédait un. Jamais il ne donnerait la combinaison à qui que ce soit, on ne pouvait maintenant plus faire confiance à personne. Il ne s'attendait cependant pas à la suite des événements.

— Votre fils, Albert a aussi été arrêté à matin pour ces vols-là. Selon nous, ils auraient été de connivence.

— Ça se peut pas qu'Albert ait volé une vieille cenne noire à quelqu'un. C'est le gars le plus honnête que je connaisse. Il sera pas dit que mon fils va rester en prison une seule journée de plus.

— Faites ce que vous avez à faire monsieur Potvin. Nous, on fait juste notre job ; et si vous cachez Euclide

Gagnon quelque part dans votre maison ou sur votre terre, vous allez être arrêtés vous aussi.

— Inquiétez-vous pas pour ça, rétorqua Ernest, enragé. Si ce bandit-là remet les pieds icitte, c'est à l'hôpital que vous allez le retrouver.

Et les policiers quittèrent la maison sans avoir obtenu plus d'informations, mais en ayant déclenché une discussion houleuse dans le couple Potvin.

Un peu plus tard, Ernest se rendit directement au poste de police de Ste-Agathe et demanda à voir son fils, privilège qu'on lui accorda puisqu'Albert n'avait rien demandé depuis son arrestation et qu'il était très docile.

— Papa, quossé que vous faites icitte, dit Albert, surpris de voir son père à travers les barreaux.

— Je veux juste savoir si t'as trempé là-dedans.

— Je vous jure que non, papa. Jamais j'aurais pu voler une cenne noire à personne. C'est Euclide, c'est certain. Y doit être loin asteure. Y m'a même volé mon argent, mon chèque de paye et la sacoche de madame Dupuis. C'est un maudit menteur, c'est de valeur parce que c'est le gars de madame Adéline, votre femme.

— T'as pas besoin de t'inquiéter pour elle. J'va commencer par te sortir de là. J'va appeler l'avocat Demers, y m'en doit une. D'habitude c'est l'avocat des pauvres, mais il sait que j'suis pas riche non plus. Tu vas coucher chez vous à soir, j't'en passe un papier.

Ernest n'avait qu'une parole et aurait tout fait pour sortir son fils dont il croyait la version. Il n'eut cependant pas à faire intervenir un avocat, car dans le même laps de temps, Euclide fut arrêté.

Les agents de l'Office des Autoroutes des Laurentides avaient intercepté un véhicule dans le secteur de la côte à Marcotte, à St-Jérôme et il s'était avéré qu'il s'agissait d'un véhicule volé dans la cour du garage Paquette, à Ste-Agathe, durant la fin de semaine précédente. Le conducteur avait été mis en état d'arrestation. En fouillant le véhicule, ils avaient trouvé dans le coffre arrière de la voiture des articles d'église enveloppés dans une nappe blanche, des bijoux de femme, un sac du dominion avec de l'argent, des cartouches de cigarettes, un chèque de la compagnie J.L. Brissette libellé au nom d'Albert Potvin, ainsi que plusieurs chèques de diverses entreprises libellés au nom de la compagnie de Coca-Cola. Avec ces indices, ils conclurent qu'il était probable que la compagnie J.L. Brissette ait été la cible d'un cambrioleur dernièrement ainsi qu'une église, et que cet ignoble individu avait sûrement fait plusieurs autres victimes.

Quand les policiers de l'Office des Autoroutes du Québec le mirent en état d'arrestation, il s'identifia comme étant Albert Potvin. Il résista fortement et l'on dut utiliser la force nécessaire pour le contenir et le menotter. Il fut ensuite conduit au poste où l'on procéda à diverses vérifications.

En lien avec les chèques trouvés sur lui, les agents communiquèrent avec monsieur Murchison. Le gestionnaire confirma qu'il connaissait bien un Albert Potvin, mais que celui-ci était présentement écroué à Ste-Agathe relativement à différents larcins commis dans le village durant le week-end. Il ajouta que les agents de la police municipale de Ste-Agathe recherchaient activement un dénommé Euclide Gagnon, un type qui arrivait de l'Ouest canadien et qui avait également travaillé pour sa compagnie. Il semblait avoir disparu depuis que les vols avaient été déclarés. Il donna la description de Gagnon et les policiers de l'Office des Autoroutes du Québec décidèrent de transférer le prévenu au poste de la police provinciale de Ste-Agathe, qui participait à l'enquête conjointement avec la police municipale. À leur avis, le dossier pourrait s'avérer assez complexe puisqu'il était possible que le criminel ait commis d'autres délits au Québec et ailleurs au Canada, depuis le temps qu'il errait par les chemins.

C'est ainsi qu'Albert put recouvrer sa liberté vers neuf heures ce soir-là. Il était soulagé, mais à la fois déçu d'avoir été aussi dupe et d'avoir été utilisé par un homme qui n'avait aucun scrupule. Il se promit à l'avenir de veiller à ses affaires et de ne pas s'occuper des autres. Il serait peut-être moins charitable, mais il avait payé cher pour apprendre qu'on est vulnérable quand on a le cœur sur la main.

* * *

CHAPITRE 23

FEUILLES D'AUTOMNE
(OCTOBRE 1965)

L A fin de l'été 1965 avait été plutôt mouvementée à Ste-Agathe, cette petite ville habituellement calme. Les habitants étaient maintenant plus prudents ; les nouveaux arrivants qui se présentaient et envisageaient de s'installer étaient scrutés à la loupe. Avant de leur donner la bénédiction, on leur demandait de faire leurs preuves. Même Monsieur le curé avait maintenant le pardon un peu plus difficile. Il était toujours sur ses gardes. On n'acceptait plus d'héberger des sans-abris et on les dirigeait plutôt vers le poste de police où il leur était maintenant possible d'obtenir une place pour dormir quand les cellules n'étaient pas occupées par des détenus.

Ernest avait recommencé à transporter son bois. Ça lui prenait beaucoup plus de temps depuis qu'il n'avait plus ses fils à la maison. Il n'avait que le petit Simon et ça prendrait encore quelques années avant qu'il puisse travailler avec lui. Il avait cependant hâte qu'il grandisse pour l'emmener plus souvent quand il faisait ses travaux.

Il prévoyait d'agrandir sa cabane à sucre cette année, car il avait eu du bois de surplus lors des rénovations chez monsieur Thompson.

William Thompson laissait maintenant sa maison ouverte toute l'année. Adéline y allait une fois par semaine pour faire le ménage, habituellement le lundi ou le mardi après que le patron soit reparti à Montréal avec ses visiteurs. Ses voisins avaient pu remarquer qu'il emmenait parfois une dame qui restait avec lui à la maison de campagne, maintenant que sa femme était hospitalisée. Il avait bien tenté de faire croire à Ernest que c'était une cousine, mais celui-ci avait déjà vu neiger et savait bien que l'homme n'est pas fait pour vivre seul. En échange de son silence, monsieur Thompson rémunérait beaucoup plus grassement son employé.

Il se disait parfois qu'Ernest sortirait son caractère de vieil ours s'il savait qu'il avait également une relation avec sa fille Rose, qui vivait maintenant à Montréal. Il profitait des soirs de travail de Luc pour se payer des petites soirées de plaisirs charnels avec la belle brunette quand il n'avait pas de sorties sociales à faire. Il aimait bien Rose, mais avec le temps, il avait réalisé qu'il ne pouvait être vu dans des cocktails avec celle-ci. Elle n'était pas de son rang.

Il voulait à la fois la protéger et ne pas la perdre. Elle lui en demandait toutefois plus avec le temps et il trouvait difficile de devoir rendre des comptes. Il savourait sa liberté et profitait au maximum de cette époque où l'on commençait à prôner l'amour libre.

Rose se contentait de ces visites impromptues, mais en secret, elle priait pour qu'un jour la femme légitime de

William décède et qu'il la demande en mariage. Elle savait que c'était pratiquement irréalisable, mais elle voulait tout de même se permettre de rêver.

En attendant, elle s'était inscrite pour des cours de sténo-dactylo le soir et elle espérait d'ici quelques années obtenir un poste mieux rémunéré et plus en vue. Elle souhaitait augmenter son niveau et sa qualité de vie.

Luc avait encouragé sa sœur à poursuivre ses études, mais il ne lui avait jamais dit qu'il était au courant des visites que William lui faisait quand il était absent. Il avait bien remarqué l'humeur changeante de sa sœur, selon qu'elle avait vu ou non son amant. Tout ce que Luc voulait, c'était le bonheur de Rose. Son bonheur à lui semblait impossible, il en était convaincu. Il continuerait à vivre avec Rose et à faire un bon travail chez Canadair. Il amasserait de l'argent et un jour, il aimerait partir vivre ailleurs, loin de tout.

Diane était la plus heureuse des femmes depuis qu'elle avait emménagé dans sa petite maison de la rue Giguère, à Fatima. Elle avait fait un ménage de fond en comble, son mari avait peinturé toutes les pièces de la maison et elle s'occupait de fabriquer de nouveaux rideaux pour toutes les fenêtres. Quand elle en avait l'opportunité, elle achetait des meubles de seconde main et elle avait même aménagé un petit logement au sous-sol qu'elle louait à son frère Yvon qui avait commencé à fréquenter une jeune fille du village dernièrement. Elle voulait faire tout ce qu'il était possible afin qu'il ait un bon départ dans la vie. Elle devait également prévoir des couches neuves pour la venue d'un nouveau petit bébé au printemps prochain. Jules était tout heureux de la nouvelle. Ils souhaitaient avoir une fille afin d'avoir le couple, mais ils prendraient ce que la vie leur enverrait pourvu que le bébé soit en santé.

Albert avait pu reprendre son poste à la compagnie J.L. Brissette, et le patron lui avait même présenté des excuses pour avoir cru un jour qu'il ait pu être mêlé à cette supercherie. Albert comprenait son supérieur qui avait gros à perdre et ils établirent à nouveau une belle relation basée sur la confiance. Albert avait eu sa leçon et son travail serait maintenant confidentiel. Personne ne pourrait lui soutirer quelque information, il serait comme la tombe. Plutôt mourir que de retourner en prison.

L'année 1965 s'achevait sur une note de calme après la tempête. La famille Potvin était dispersée ; chacun à sa façon cherchait à réussir sa vie. Les conjoints ou amis qui se greffaient à eux faisaient en sorte qu'ils devenaient plus ouverts à certains niveaux et la maturité aidant, dans la majorité des cas, de bien meilleures personnes.

La vie au Lac Brûlé n'avait plus vraiment de sens pour la nouvelle génération des Potvin. Trop de malheureux souvenirs s'y rattachaient. Ils avaient choisi le village de Ste-Agathe-des-Monts ou la grande ville de Montréal pour s'établir.

Au Lac Brûlé, il ne restait que le vieil ours qui n'avait d'affinités qu'avec son petit ourson. La vieille Adéline était la gardienne de la cage, mais c'était elle qui vivait derrière les barreaux tandis que les ours circulaient librement.

* * *

Qui parviendra à faire plier l'échine du tyran ?

Il ne faudrait pas sous-estimer son frère Georges qui n'a pas encore terminé de régler ses comptes avec ce frère cadet, ou bien même, certains de ses enfants devenus adultes, qui décideraient de se faire justice.

A moins que ce ne soit tout simplement Ernest lui-même qui s'engouffre en exploitant son avidité gloutonne.

Les prochaines années sauront nous dévoiler ce que la vie réserve à tous les membres de la famille Potvin.

* * *

CHEZ CLERMONT ÉDITEUR

Les Héritiers du vide, Steve Melanson (2011)

Du carmel au bordel, Thérèse Deschambault (2012)

Les jumelles Guindon, Lucy-France Dutremble (2013)

Vaudou 101, spiritualité moderne sans sorcellerie, Dr. Jean Fils-Aimé (2013)

La danse du temps, l'insoumise, Lila Solice (2013)

La danse du temps, l'intrépide, Lila Solice (2013)

La vieille laide, tome 3, Lucy-France Dutremble (2013)

Quelqu'un quelque part, Abigail O'Connor (2013)

Les dessous d'une V.-P., Rosette Laberge (2014)

Ma vie en dents de scie, Pierre (Pière) Sénécal (2014)

Mon entreprise, comment éviter la crise, Claude Dugré (2014)

10 leaders remarquables, Collection Mon succès (2014)

Alicia, Lucy-France Dutremble (2014)

Beach Bum, Pierre Brume (2014)

La famille Giordano, tome 1, Diane Marinelli-Drouin (2014)

Le vieil ours, Colette Major-McGraw (2014)